KERSTIN GIER

In Wahrheit wird viel mehr gelogen

Weitere Titel der Autorin:

16152 Männer und andere Katastrophen
16172 Fisherman's Friend in meiner Koje
14407 Ehebrecher und andere Unschuldslämmer
16236 Lügen, die von Herzen kommen
16255 Ein unmoralisches Sonderangebot
15296 Die Mütter-Mafia
15462 Die Patin
15614 Für jede Lösung ein Problem
15711 Ach, wär ich nur zu Hause geblieben
15906 Gegensätze ziehen sich aus

KERSTIN GIER

# In Wahrheit wird viel mehr gelogen

ROMAN

luebbe

Dieser Titel ist auch als Hörbuch bei Lübbe Audio lieferbar.

luebbe in der Verlagsgruppe Lübbe

Originalausgabe


Umschlaggestaltung: HildenDesign, München
Einband-/Umschlagmotiv: © Getty Images/Iconica, fat_fa_tin/shuttestock
Autorenfoto: Oliver Favre
Satz: Bosbach Kommunikation & Design GmbH, Köln
Gesetzt aus der Goudy

Druck und Einband: CPI-Ebner & Spiegel, Ulm

Printed in Germany

ISBN 978-3-7857-6014-7

5 4 3 2 1

Sie finden uns im Internet unter: www.luebbe.de
Bitte beachten Sie auch: www.lesejury.de

Die besten Dinge im Leben sind nicht die,
die man für Geld bekommt.
*Albert Einstein*

Dieses Buch ist für Frank,
weil er immer dafür sorgt, dass das Leben weitergeht,
während ich wieder mal in der Warteschleife hänge.
Du bist wirklich unbezahlbar.

»Haltet euch fern von den Idioten«

*Lebensmotto von Lemmy Kilmister,*
*Sänger von Motörhead*

»Sind Sie hingefallen?«

Aber nein. Ich liege hier einfach nur so auf dem Bürgersteig rum und schaue mir die Sterne an.

»Haben Sie sich verletzt?« Es war ein junger Mann, der sich über mich beugte. Im Licht der Straßenlaterne sah er ganz gut aus. Und er guckte besorgt und freundlich.

Schade, dass er ein Idiot ist.

Gar nicht so einfach, sich von den Idioten fernzuhalten. Es wimmelte ja nur so von ihnen. Selbst in dieser gottverlassenen Vorstadtsiedlung nachts um halb zwölf.

Von diesen Doofen-Fragen-Stellern hatte ich heute schon einige getroffen. Der erste kam vorbei, als ich die Hecke meiner Schwester schnitt. Er schaute mir eine Weile dabei zu und fragte dann: »Na? Schneiden Sie die Hecke? Jetzt im November?«

Es war dieser schreckliche Nachbar, der meine Schwester und ihren Mann ständig verklagt. Herr Krapfenkopf. Den Namen hatte ich mir gemerkt, weil Mimi und Ronnie ziemlich oft über ihn und Frau Krapfenkopf redeten.

Ich ließ die Heckenschere weiterrattern. »Ich schneide doch nicht die Hecke, Herr Krapfenkopf, ich dirigiere die Berliner Philharmoniker.«

»Wie haben Sie mich genannt?« Das Gesicht des Nachbarn lief rot an. Zum ersten Mal kam mir der Gedanke, dass »Herr Krapfenkopf« nicht sein richtiger Name sein könnte. Obwohl er ausgezeichnet zu ihm passte. »Das wird ein Nachspiel haben!«, zischte er und stiefelte davon.

Später, im Supermarkt, traf ich Mimis Freundin Constanze. Sie mochte ja nett sein, aber sie gehörte leider auch zu der Sorte Menschen, die einen mit unintelligenten Fragen nerven.

»Ach, hallo, Carolin!«, sagte sie freundlich. »Was machst du denn hier?«

Mal überlegen: Ich gehe gerade durch einen Supermarkt und schiebe einen Einkaufswagen vor mir her. Was mache ich also hier?

»Man hat mich gerufen, um eine Bombe in der Käsetheke zu entschärfen«, sagte ich. »Und was machst du hier?«

»Ach, ich mache nur schnell den Wochenendeinkauf.«

»Tatsächlich? Ist ja ’n Ding.«

Constanze lächelte nachsichtig und warf einen Blick in meinen Einkaufswagen. Sellerie, Pastinaken, Lauch, Crème fraîche und Hähnchenbrust. Für die Suppe, die Ronnie heute Abend kochen wollte. Außerdem vier Flaschen Rotwein und Tampons. Ich wartete darauf, dass Constanze fragte: »Kaufst du Sellerie, Pastinaken, Lauch, Crème fraîche, Hähnchenbrust, Rotwein und Tampons?«, aber das tat sie nicht. Sie zeigte auch nicht auf die Tampons und sagte: »Ah, deshalb die schlechte Laune!« Sie richtete lediglich schöne Grüße an Mimi aus und wünschte mir einen schönen Abend.

Danke, gleichfalls.

Wir hatten wirklich einen schönen Abend. Gleich nach

dem Einkaufen fing ich nämlich mit dem Rotweintrinken an. Bis zum Abendessen hatte ich die erste Flasche geleert. Das heißt, ein Glas trank Ronnie, während er die Suppe kochte. Die zweite Flasche musste ich mit Mimi und Ronnie teilen. Die dritte trank ich ganz allein, als Mimi und Ronnie zu Bett gegangen waren. Ich machte das Licht aus, lehnte mich auf die Fensterbank und schaute beim Trinken hinaus in den Garten. Der Vollmond hing leuchtend hell und gelb über den kahlen Ästen des Apfelbaums. Er sah aus wie ein Zitronenbonbon, das jemand an den Himmel geklebt hatte. Ich versuchte mit der Zungenspitze zu testen, ob er wirklich nach Zitrone schmeckte. Und an dieser Stelle begriff ich, dass ich tatsächlich sehr, sehr betrunken war. Da es das erste Mal in meinem Leben war, dachte ich ernsthaft, frische Luft würde mir helfen, wieder nüchtern zu werden. Weit kam ich nicht. Ich schwankte den Gartenweg hinunter, öffnete das Tor – und plumpste auf den Bürgersteig, weil ich vergessen hatte, dass es hier eine kleine Stufe gab.

Ja, und hier lag ich nun.

Ich kam nicht allein wieder hoch. Nicht etwa, weil ich mir etwas gebrochen hätte. Mir tat auch nichts weh. Ich fühlte mich einfach nur wie ein Stück nasse Seife. Aber seltsamerweise war es lustig, jedenfalls musste ich die ganze Zeit vor mich hinkichern.

Und jetzt war ja auch dieser nette Idiot vorbeigekommen, um mir zu helfen.

»Hörst du mich überhaupt?« Er war schon zum Du übergegangen, obwohl ich noch keinen Ton gesagt hatte. »Soll ich einen Krankenwagen rufen?«

O Gott. Das fehlte noch. Unter normalen Umständen würde die Sache anfangen, mir peinlich zu werden. »Natürlich höre ich Sie. Ich bin nur betrunken, nicht taub. Ziemlich betrunken. Ich meine, ich habe versucht, am Mond zu lecken. Sieht er nicht aus wie ein Zitronenbonbon?«

Der Mann sah mich eine Weile unschlüssig an. »Ich helfe dir hoch, wenn du versprichst, mir nicht auf die Schuhe zu kotzen.«

»Das ist nur fair«, sagte ich und lachte. Es klang ein bisschen eingerostet, aber es war eindeutig ein Lachen. Ein Hoch auf den Rotwein!

Noch vor ein paar Wochen habe ich gar nicht gewusst, was für eine wunderbare Wirkung Wein auf die Stimmung hat. Ich hatte nie mehr als ein Glas getrunken, und auch das nur, weil ich nicht zugeben wollte, dass ich den Geschmack von Wein nicht besonders schätzte, egal wie teuer und besonders er auch sein mochte. Duft von reifen Pflaumen, Fruchtaromen, gut eingebundene Tannine, mineralisch im Abgang, blablabla. Mittlerweile war ich davon überzeugt, dass es den kultivierten Weintrinkern in der Mehrzahl gar nicht um den Geschmack ging, sondern auch nur um die Wirkung. Dieses ganze Drumherum war doch nur ein Alibi, um sich kultiviert den Kopf zuzuknallen.

Aber es hatte was.

Und wenn einer Grund hatte, sich den Kopf zuzuknallen, dann ich. Ich war sechsundzwanzig Jahre alt und vor vier Wochen Witwe geworden. Und vor drei Wochen hatte mich der Bruder meines Mannes auf die Herausgabe einer »großen Girandole in vergoldeter Bronze«, einer »vergoldeten Schnupftabaksdose mit Schildplattdeckeleinsatz und figürlich graviertem Perlmuttdekor« und eines 6-Parteien-Mietshauses in Düsseldorf-Carlstadt verklagt.

Unter anderem.

Wenn das kein Grund für ein gepflegtes Besäufnis war, dann wusste ich es aber auch nicht.

Scheiß Gleichgewicht.

»Hätten Sie gewusst, was eine Girandole ist?«

Der nette Idiot antwortete nicht. Er zog mich hoch und stellte mich auf die Beine. In meinem Kopf musste sich alles neu sortieren. Es fühlte sich nicht so an, als würde es gelingen. Ich hatte Mühe, die Augen offen zu halten. Und in meinem Magen rumorte es, als hätte ich ein Alien verschluckt.

»Weißt du eigentlich, wie viele Gehirnzellen bei so einem Besäufnis absterben?«

»Ich hab genug davon«, sagte ich.

Der Mann sah mich streng an. »Zwei-, dreimal, und du hast dich um den Schulabschluss gesoffen.«

Ich musste wieder lachen. »*Ich* bin hier nich' die Dumme. Ich weiß, was eine Girandole is! 'n scheiß Kerzenständer is' das.« Eine Haarsträhne fiel mir ins Gesicht, und ich strich sie hinter mein Ohr. »Man lernt überhaupt viel, dieser Tage. Hätten Sie zum Beispiel gewusst, dass es zu einer Urne auch noch eine Überurne gibt? Ich kann Ihnen eine zeigen, ich habe eine besonders schöne in meinem Zimmer stehen.«

»Wohnst du weit von hier?«

Ah, der junge Mann schien Interesse an einer Besichtigung zu haben. »Na ja, Sie sollten aber nicht zu viel erwarten. Sieht ein bisschen aus wie die Suppenterrine, die meine Eltern von meiner Großtante Elfriede geerbt haben. Ich frage mich, ob es extra Überurnendesigner gibt, oder ob das dieselben Leute sind, die Suppenterrinen entwerfen.«

Der Mann schaute mich nur an. Ich konnte seinen Blick schwer deuten, aber ein bisschen angeekelt sah er schon aus. Ich grinste ihn breit an.

»Sie verstehen mich gar nicht, was? Ich nuschele viel zu sehr, ich weiß, kann mich selber kaum verstehen, macht aber nichts, ist irgendwie lustig, fast so, als ob ich polnisch reden würde, was? Das kann ich nämlich auch. *Cholera, ale mi się chce rzygać.*«

»Wo wohnst du?«

»Das war nicht die Adresse. Das war Polnisch und heißt: ›Scheiße, mir ist schlecht.‹ Interessiert Sie nicht, was?« Ich zeigte auf Mimis Haustür. »Is' nich' weit, aber im Augenblick kommt es mir so vor.«

Das musste man dem Mann lassen: Er war sehr ritterlich. Er packte mit einer Hand meinen Arm, legte die andere um meine Taille und führte mich den Gartenweg hinauf. Ich konzentrierte mich auf meine Füße und sah dabei, dass ich noch meine Pantoffeln anhatte.

»Schlüssel?«

Oh. Mist. Den hatte ich drinnen vergessen. Genau wie meinen Mantel.

»Ich könnte auf der Terrasse schlafen, dann muss ich niemanden wecken«, sagte ich, aber da hatte der Typ schon geklingelt. Zwei Mal.

»Deine Eltern sollen ruhig sehen, dass du betrunken bist«, sagte er. »Dir hätte ja weiß der Himmel was passieren können. Da können die sich ruhig mal ein paar Gedanken drüber machen.«

»Tsssshhh«, machte ich. »Für wie alt halten Sie mich? Für siebzehn?«

»Höchstens«, sagte der Idiot. »Eigentlich sollte man mit siebzehn schon wissen, wie schädlich Alkohol ist.«

Mein Schwager öffnete die Tür. Bei meinem Anblick riss er entsetzt seine Augen auf. Dabei war er es und nicht ich, der nur eine Pyjamahose trug und einen ziemlich haarigen Bauch hatte. Mir entfuhr ein leises »Cholera!«

Hinter ihm kam Mimi, sich den Bademantelgürtel zuknotend, die Treppe hinunter. »Was ist passiert?«

»Nichts! Wir wollten nur eine kleine nächtliche Urnenbesichtigung machen«, sagte ich, aber ich hörte genau, dass es klang wie »Nschwisichtchn«.

Der Mann hielt mich immer noch fest. »Ich möchte mal wissen, wieso man es ihr so leicht macht, an Alkohol zu kommen«, sagte er vorwurfsvoll zu Ronnie. »Was nutzt das Jugendschutzgesetz in den Läden, wenn die Kinder zu Hause freien Zugang zu Papas Weinkeller haben?«

»Wir hatten nur einen Bordeaux zum Abendessen«, murmelte Ronnie. »Einen Achtundneunziger Chateau Ni… – ähm, sagten Sie *Jugendschutzgesetz?*«

Ich kicherte, hörte aber wieder auf, als ich Mimis blasses Gesicht sah. Auch die anderen guckten ziemlich ernst. Ich war ganz offensichtlich die Einzige, die hier irgendwas komisch fand.

»Sie können sie loslassen. Wir kümmern uns um sie«, sagte Mimi. Ihre Stimme zitterte ein wenig.

»Ich glaube nicht, dass sie alleine stehen kann.« Der Griff um meinen Arm lockerte sich erst, als Ronnie mich mit beiden Händen gepackt hatte. »Sie lag auf dem Bürgersteig! Wer weiß, wie lange schon.«

»Wie gut, dass Sie vorbeikamen.« Mimi biss sich auf die Unterlippe. »Ich werde Ihnen ewig dankbar sein. Ich möchte gar nicht daran denken, was alles hätte passieren können.« O Gott – hatte sie etwa Tränen in den Augen?

Jegliche durch Alkohol herbeigeführte Erheiterung verflüchtigte sich. Stattdessen meldete sich mein schlechtes Gewissen. Sogar die Katze, die aus dem Wohnzimmer kam, um zu sehen, was los war, machte ein schockiertes Gesicht.

»*A, urna! Dziś zamknięte dla zwiedzających!*«, murmelte ich peinlich berührt. Offenbar war ich noch nicht betrunken genug.

»Ich sag ja, man kann sie kaum verstehen.«

»Weil das polnisch ist, Sie Idiot.« Mir ist plötzlich furchtbar übel. Gut möglich, dass ich mich übergeben muss. Oder sterben. (Daher der dramatische Präsens.)

In meinen Ohren fängt es an zu rauschen. Wahrscheinlich sterben jetzt alle Gehirnzellen ab, die ich für einen Schulabschluss brauchen könnte. Gut, dass ich schon einen habe. Außerdem ist es sowieso egal, wenn ich jetzt sterbe.

»Halt sie bloß fest, Ronnie!«

Ich höre ihre Stimmen nur ganz undeutlich. Mir geht es gar nicht gut. Es ist auch nicht mehr lustig, jetzt. Kalter Schweiß bricht aus allen Poren. Das Rauschen in den Ohren wird lauter. Und dann höre ich gar nichts mehr.

Ich glaube, ich bin gestorben. Oder eingeschlafen.

»Mach es wie die Sonnenuhr,
zähl die heit'ren Stunden nur.«

*Poesiealbumsspruch. Keine Ahnung von wem.
Verklagen Sie mich doch!*

*Demnach vergangene Zeit
seit dem 21. Oktober:
0,2 heitere Stunden.
Positiv: Wenn das so weitergeht,
bleibe ich auf ewig jung.*

Ich will mein persönliches Drama wirklich nicht schönreden, aber bei allem Unglück hatte es durchaus auch Vorteile. Erstens musste man sich um überhaupt nichts kümmern, und zweitens durfte man sich in jeder Beziehung hängen lassen. Oder sagen wir so: Man kann sich eine Menge herausnehmen, wenn einem gerade der Ehemann gestorben ist. Plötzlich und unerwartet, wie es immer so schön heißt. Als trauernde Witwe kann man abwechselnd ekelhaft und gemein sein oder den ganzen Tag apathisch vor sich hinglotzen, man darf vergessen, sich die Haare zu waschen, und braucht sich nicht zu kämmen und zu schminken. Man darf mitten in den »Tagesthemen« einen Schuh auf Tom Buhrow schleudern (also, auf den Fernseher), und man darf sich um elf Uhr vormittags ins Bett legen, ohne mit irgendwelchen Vorwürfen rechnen zu müssen. Wenn man plötzlich auf die Idee kommt, die Hecke zu schneiden, wird einem sofort ganz begeistert die elektrische Heckenschere in die Hand gedrückt, und wenn man dabei eine Magnolie verstümmelt, die gar nicht zur Hecke gehört, schimpft niemand mit einem. Man kann egoistisch, mäkelig, ungerecht, ja, einfach nur widerwärtig sein – und alle haben Verständnis dafür. Auch wenn man sich so betrinkt, dass man im Stehen einschläft und gar nicht mehr merkt, dass man den Parkettboden vollko… – äh, mit Erbrochenem ruiniert. Meine Schwester und mein Schwager umsorgten mich in den Tagen danach nur umso liebevoller. Und auch meinen Eltern, die zweimal täglich anriefen, um sich nach meinem Befinden zu erkundigen, kam kein einziges vorwurfsvolles Wort über die Lippen. Sie sagten mir nur immer, wie lieb sie mich hätten und dass ich sehr tapfer sei. Ja, meine Mutter verstieg sich sogar zu so theatralischen Sätzen wie: »Mein Schatz, ich weiß, das sind die schwärzesten Stunden deines Lebens, aber du wirst das alles überwinden, und glaub mir, auch für dich wird irgendwann wieder die Sonne scheinen.« Und das von meiner Mutter: Wenn jemand in einem Fernsehfilm so etwas sagte, dann verdrehte sie nur die Augen und schaltete um.

Der Einzige, der sich offenbar nicht von meinem persönlichen Unglück einschüchtern ließ, war Herr Krapfenkopf. Das konnte aber auch daran liegen, dass er gar nichts davon wusste. Von seinem Anwalt kam ein Brief an Ronnie und Mimi, in dem stand, dass »die Person, die zurzeit illegal bei Ihnen wohnt und arbeitet« ihn als *Karpfenkopf* beschimpft und mit einer Kettensäge bedroht habe, und dass Herr Krapfenkopf sich daher vorbehalte, Anklage wegen Beleidigung, beabsichtigter Körperverletzung und Schwarzarbeit sowohl gegen mich als auch gegen Ronnie und Mimi einzureichen.

Mimi und Ronnie wollten mir den Brief erst gar nicht zeigen, um mich nicht unnötig aufzuregen, aber ich regte mich nur darüber auf, dass Herr Krapfenkopf anstelle von Krapfenkopf Karpfenkopf verstanden hatte. Was für ein Idiot. Mimi reichte das Schreiben an den Anwalt weiter, den sie für mich organisiert hatten. Nicht wegen Herrn Krapfenkopf, sondern wegen der Briefe, die ich in Sachen Mietshäusern, Schnupftabaksdosen und Girandolen vom Anwalt des Bruder meines Mannes bekommen hatte.

Wie gesagt, als trauernde Witwe darf man sich so ziemlich alles erlauben. Dennoch zwangen Mimi und Ronnie mich nach der Sache mit dem Wein und dem kleinen Intermezzo auf dem Bürgersteig, eine Therapeutin aufzusuchen. Angeblich war sie großartig und hatte Ronnie »in seiner schlimmen Krise« sehr geholfen.

»Ich wusste gar nicht, dass du mal eine schlimme Krise hattest«, sagte ich. Genauso wenig, wie ich einen derart behaarten Bauch bei ihm vermutet hätte.

»Doch. Nach unserer Fehlgeburt«, sagte Ronnie. »Frau Karthaus-Kürten ist wirklich sehr hilfreich gewesen.«

*Unsere* Fehlgeburt. Das war typisch Ronnie. Er hatte auch immer »Wir sind schwanger« gesagt. Er war ohne Zweifel von allen Idioten, von denen ich umgeben war, der liebenswerteste und weichherzigste. Ich wusste auch, dass er es nur gut mit mir meinte.

Aber trotzdem.

»Ich will da nicht hin. Ich halte nichts von Therapeuten und Leuten mit doofen Doppelnamen und überflüssigem Gelabere über mein inneres Kind und meine zu früh beendete anale Phase. Ich bin auch nicht depressiv, ich bin nur traurig. Ich habe meinen Mann verloren!«

Ronnie hatte sofort Tränen in den Augen, als ich das sagte, und er streichelte meine Hand. »Es wird dir aber guttun, wenn dir jemand Wege aus der Trauer zeigt. Zurück ins Leben. Glaub mir, ich weiß, wovon ich rede.«

»Ich glaube, ich muss mich wieder übergeben«, sagte ich.

Ronnie ließ meine Hand los, griff sich die Obstschale vom Couchtisch und hielt sie mir erwartungsvoll unter die Nase, während Äpfel und Bananen auf den Boden plumpsten. Mimi verdrehte die Augen.

»Ich meinte das mehr im metaphorischen Sinne«, sagte ich. »Diese Art Gespräch verursacht einfach Übelkeit bei mir.«

Mimi hob das Obst auf. »Es wird dir guttun, mit jemandem zu reden, der nicht nur deine Trauer versteht, sondern auch deine Wut.«

»Ich bin nicht wütend«, log ich. Ich hatte nur überdurchschnittlich oft das Bedürfnis, jemanden grundlos zu ohrfeigen oder mit Gegenständen um mich zu werfen. Ein schwer zu unterdrückendes Bedürfnis, leider.

»Der Mann, mit dem du verheiratet warst, hat zu seinen Lebzeiten leider vergessen, dir mitzuteilen, dass er nicht nur über sein mageres Dozentengehalt verfügt, sondern auch über nicht unerhebliche Einkünfte durch Mietshäuser und diverse Vermögensanlagen.« Mimis dunkle Augen funkelten. »Und das macht dich nicht wütend?«

Ach so, *das* meinte sie. Nein, dann war ich wirklich nicht wütend. Ich zuckte mit den Achseln. »Geld ist mir immer schon total egal gewesen. Und Karl eben auch.«

»Das ist das, was *du* denkst!«

»Ja.«

»Aber da liegst du falsch. Weißt du noch, letztes Jahr Weihnachten? Du wolltest gern nach Deutschland kommen, aber Karl hat gesagt, ihr könnt euch den Flug im Moment nicht leisten. Papa hat euch dann die Flugtickets bezahlt.« Mimi schnaubte. »Und die ganze Zeit über saß dieser Kerl auf einem dicken Vermögen und hat keinem was davon gesagt. Wenn ich nur an die Bruchbude denke, in der ihr in Madrid gehaust habt. Und diese winzige Wohnung in London mit der kaputten Heizung! Bohémien! Dass ich nicht lache. Der war kein Bohémien, der war einfach nur ein Geizkragen.«

»Mimi!«, flüsterte Ronnie, aber wenn meine Schwester einmal loswetterte, konnte man sie so schnell nicht bremsen.

»Er hat dir auch nicht verraten, dass er mit seinem Bruder über ein nicht unbeträchtliches Erbe im Clinch liegt«, fuhr sie unbeirrt fort. »Warum auch? Am Ende hättest du ja denken können, er hätte genug Geld, um dir mal einen neuen Wintermantel zu kaufen.«

»Ich hatte alles, was ich brauchte.«

»Ja, wie überaus praktisch für Karl, dass er für deine bescheidenen Bedürfnisse nicht an sein Vermögen musste. Und Papas Geld hat er auch ohne Wimpernzucken angenommen.«

»Vielleicht solltest *du* diese Therapeutin aufsuchen«, schlug ich vor. »Du bist offenbar diejenige, die wütend auf Karl ist.«

»Ja«, gab Mimi zu. »Und wie! Aber ich war nicht mit ihm verheiratet. Und mir gegenüber hat er sich ja auch nicht verhalten wie Ebenizer Scrooge.«

Ronnie hatte unseren Wortwechsel mit wachsender Unruhe verfolgt, aber seine vielsagenden Blicke und sein Geflüster hatte Mimi einfach ignoriert. »Mimi, ich weiß nicht, ob das der richtige Moment ist, über Karls äh mögliche äh Schwächen zu sprechen«, sagte er jetzt lauter. »Es geht doch nur darum, dass Carolin sich Hilfe sucht. Und eine Gesprächstherapie ist immerhin ein Anfang.«

Mimi schnaubte noch einmal, sagte aber nichts mehr.

»Bitte, Carolin«, sagte Ronnie. »Wenigstens einen Versuch kannst du ja machen.«

Ich beschloss, die Taktik zu wechseln und sagte: »Ich würde ja da hingehen, aber zum jetzigen Zeitpunkt ist das alles so schwierig wegen der Krankenversicherung und dem Wohnsitz und überhaupt – so ohne Überweisung ...«

Da breitete sich auf Ronnies und Mimis Gesichtern ein Lächeln aus, und ich wusste, dass ich verloren hatte. Eigentlich hätte ich es mir aber auch denken können. Während ich meine Tage mit misanthropischen Gedanken (»alles Idioten!«), dem sinnlosen Wühlen in Umzugskartons (auf der Suche nach vergoldeten Schnupftabaksdosen) und dem Testen der Wirkung von Wein (gar nicht so übel – jedenfalls, wenn man weiß, wann man aufhören muss) gefristet hatte, war meine Schwester rührig gewesen und hatte sich meiner komplizierten Krankenversicherungslage angenommen. Und während ich meinen allerersten richtigen Rausch ausschlief, hatte Ronnie für mich eine Überweisung von seinem Hausarzt besorgt und einen Termin bei der Therapeutin gemacht. Der gleiche Hausarzt übrigens, der mir, ohne mich jemals persönlich kennen zu lernen, ein Rezept für Beruhigungsmittel und angeblich stimmungsaufhellende Pillen ausgestellt hatte. Das Rezept hatte ich noch nicht eingelöst. Egal, was ich auch schlucken würde – Karl wurde dadurch nicht wieder lebendig. Außerdem hatte ich zuerst die stimmungsaufhellende Wirkung von Wein ausprobieren wollen.

Nun ja. Der Selbstversuch hatte zugegebenermaßen ein wenig unglücklich geendet. Besoffen auf dem Bürgersteig herumzuliegen war ein Tiefpunkt, den ich so nicht eingeplant hatte. Ich sah daher ein, dass ich auf Außenstehende wie jemand wirken musste, der eine Therapie benötigt. Aber ich wollte trotzdem keine. Schon gar nicht bei einer Person, die Kerstin K. Karthaus-Kürten hieß.

»Ich hasse sie jetzt schon«, sagte ich zu Mimi, als ich die vielen Ks auf dem Edelstahlschild an der Praxistür eingraviert sah.

»Das macht nichts«, sagte Mimi nur und schob mich hinein. Nur um sicherzugehen, dass ich nicht auf den allerletzten Metern noch einmal umschwenkte, hatte sie mich bis vor die Tür gebracht. »Ich bin im Laden, wenn du mich brauchst. Und lass dein Handy eingeschaltet.«

Frau Karthaus-Kürten bot mir nicht an, mich auf die Couch zu legen. Wir saßen uns vielmehr an ihrem Schreibtisch gegenüber, wie bei einem Bewerbungsgespräch. Auf dem Schreibtisch standen gerahmte Bilder von einem Mann, einem kleinen Jungen, einem zotteligen Hund und von ihr selbst. Ich musste mich ein bisschen verrenken, um die Bilder zu betrachten, denn sie standen mit der Rückseite zu mir.

»Niedlich«, sagte ich, obwohl der kleine Junge einen Erbsenkopf und Schweinsäugelchen hatte.

Frau Karthaus-Kürten strich sich durch ihre Haare und lächelte stolz. »Das ist mein Sohn Keanu.«

Herr im Himmel. Ein Keanu mit hellblondem Pottschnitt. Keanu Karthaus-Kürten. Was sollte denn aus diesem armen Jungen einmal werden?

Frau Karthaus-Kürten betrachtete noch ein Weilchen versonnen das Bild, dann sagte sie: »Ihr Schwager sagte mir, dass Ihr Mann überraschend an einem Herzinfarkt verstorben ist. Das ist ein schwerer Schicksalsschlag für Sie. In der Psychotherapie sprechen wir von Traumatisierung. Es ist ganz richtig, dass Sie sich Hilfe gesucht haben.«

*Ja, das glaube ich Ihnen gern.*

»Sicher weinen Sie viel.«

Ich nickte. Ja, ich weinte viel. Aber vor Frau Karthaus-Kürten würde ich nicht eine einzige Träne vergießen, das stand mal fest. Obwohl sie recht einladend eine Box mit Taschentüchern in meiner Reichweite platziert hatte.

»Darf ich fragen, wie alt Ihr Mann war?«

»Er ist im Oktober dreiundfünfzig geworden. Eine Woche vor seinem Tod.«

»Dreiundfünfzig?« Kerstin K. Karthaus-Kürten zog die Augenbrauen hoch. Durfte sie das überhaupt? Als Therapeut sollte man doch als Erstes lernen, seine Mimik zu kontrollieren. »Und Sie sind …?«

»Ich werde im April siebenundzwanzig.« *Aber ich wette, das steht auch in meiner Karteikarte, du doofe Kuh.*

»Das macht dann einen Altersunterschied von …« Sie schob die Zunge zwischen die Zähne und strich sich wieder durch die tadellos sitzende Frisur.

»Einen Altersunterschied von sechsundzwanzigeinhalb Jahren«, sagte ich nach ein paar Sekunden. Himmel, die Frau konnte nicht mal simple Rechenaufgaben lösen. Unwahrscheinlich, dass sie unter diesen Umständen mein kompliziertes Seelenleben begreifen würde.

»Und Sie waren wie viele Jahre zusammen?«

»Fünf. Vier davon verheiratet.«

»Hmhm.« Sie machte sich mit Bleistift einige Notizen. Dann sagte sie: »Möchten Sie über Ihren Vater sprechen?«

Natürlich. Das war ja zu erwarten gewesen. Junge Frau, älterer Mann – dazu fällt den Leuten sofort das Wort »Vaterkomplex« ein. Allenfalls noch »Aufenthaltsgenehmigung«.

Nichts gegen Vorurteile. Ich hatte selber massenhaft davon. Zum Beispiel gegenüber Psychotherapeutinnen, die sich in der Minute viermal das Haar nach hinten strichen. Oder gegenüber Leuten, die ihre Kinder Keanu nannten und/oder ihnen achtsilbrige Doppelnamen gaben. Außerdem gegenüber Züchtern von Kampfhunden und Leuten, die ihren Wagen zweimal in der Woche wuschen. Aber man sollte sich schon darüber im Klaren sein, dass man mit seinen Vorurteilen meilenweit neben der Wahrheit liegen kann. Vor allem, wenn man sich Therapeut nennt.

Ich habe keinen Vaterkomplex, und ich hatte auch nie einen.

Ich habe aus Liebe geheiratet.

Frau Karthaus-Kürten seufzte, wohl, weil ich nichts sagte. Therapeuten dürfen doch nicht seufzen! Was würde sie als Nächstes tun – die Augen verdrehen? Sie war ganz sicher eine Anfängerin. Oder einfach nur schlecht. Deshalb hatten Mimi und Ronnie auch so kurzfristig einen Termin bei ihr bekommen können. »Vielleicht überlegen wir noch einmal gemeinsam, warum Sie hier sind, Frau Schütz.«

»Also sicher nicht wegen meines Vaters«, sagte ich und hatte plötzlich das Bedürfnis, ihn zu verteidigen. »Ich denke, ich spreche im Namen all meiner Geschwister, wenn ich sage, dass er nicht die Sorte Vater ist, wegen der man Komplexe bekommt. Er ist ein lieber, freundlicher, ein bisschen verschusselter Ministerialrat im Ruhestand, und überhaupt bin ich dafür, dass wir meine Kindheit überspringen, denn die gibt, was meine derzeitige Situation betrifft, gar nichts her. So psychotherapeutisch gesehen, meine ich.«

Frau Karthaus-Kürten spielte mit ihrem Bleistift. »Vielleicht möchten Sie mir erzählen, warum Sie sich in Ihren Mann verliebt haben?« Ich merkte genau, wie sie dabei versuchte, nicht neugierig zu klingen, sondern ganz professionell distanziert.

*Das geht dich gar nichts an.* Aber ich konnte schlecht die ganze Zeit hier sitzen, schweigen wie ein bockiges Kind und darüber nachdenken, wie Frau Karthaus-Kürtens zweiter Vorname wohl lauten mochte. (Kriemhild? Kunigunde? Es musste ja etwas noch Fürchterlicheres sein als Kerstin, sonst hätte sie es nicht nötig, es abzukürzen.) Hinter ihr an der Wand hing eine Uhr, und der Minutenzeiger hatte sich bis jetzt kaum vorwärtsbewegt. Also sagte ich sachlich: »Ziemlich viele Studentinnen waren in Karl verliebt. Er hat Kunstgeschichte unterrichtet, und seine Seminare waren immer überfüllt. Er war einfach sehr … charismatisch. Unkonventionell, klug und witzig. Und außerdem wirklich gut aussehend. Aber das war nicht der Grund, warum ich mich in ihn verliebt habe.«

»Nein?«

»Nein.«

Sie wartete eine Weile, ob ich möglicherweise von allein weitersprach, dann fragte sie: »Und warum haben Sie sich in ihn verliebt?«

»Weil er der erste Mann war, der keine Angst vor mir hatte.«

»Sie glauben, die Männer hatten Angst vor Ihnen?« Sie machte sich eine Notiz und nickte dabei.

»Viele Männer haben Angst vor klugen Frauen«, sagte ich.

»Oh. Das ist interessant.« Sie sah ein wenig spöttisch aus, als sie die Augenbrauen hochzog. »Möchten Sie das vielleicht ein bisschen genauer ausführen?«

Ich setzte mich gerader und hob das Kinn. »Ich habe einen IQ von 158. Mein Abitur habe ich mit sechzehn gemacht, mit neunzehn hatte ich einen Abschluss in Geophysik und Meteorologie. Die Männer, die ich damals kennen lernte, fanden das irgendwie … einschüchternd.« Und unerotisch. Männer behaupten zwar immer, dass ihnen Intelligenz bei einer Frau wichtig ist, aber damit meinen sie nicht, dass die Frau intelligenter sein soll als sie selber. Jedenfalls nicht so, dass sie es merken.

Frau Karthaus-Kürten musterte mich misstrauisch. Offenbar sah ich in ihren Augen nicht aus wie jemand mit einem IQ von 158. Ich überlegte, ob ich ihr noch das mit den Instrumenten und den fünf Fremdsprachen erzählen sollte. Aber damit hätte ich sie wieder nur mit der Nase auf meine Kindheit und damit möglicherweise doch noch auf das ein oder andere kleine Kindheitstrauma gestoßen. Wie jedermann weiß, bekommen alle normalen hochbegabten Kinder Violinenunterricht und dürfen Chinesisch lernen. Ich spielte ersatzweise Mandoline und Cembalo, weil das Cembalo als Erbstück von Großtante Elfriede bereits unser Wohnzimmer zierte und die Mandolinenlehrerin mit meiner Mama zur Wirbelsäulengymnastik ging. Praktischerweise war die Mandolinenlehrerin gebürtige Polin, und der Cembalolehrer, den meine Mutter auftrieb, war aus Korea. So lernte ich gleichzeitig Polnisch und Koreanisch, damit mein armes, unterfordertes Gehirn sich nicht langweilte. Nicht, dass ich es in meinem Erwachsenenleben jemals gebraucht hätte. Aber es beeindruckte die Leute, wenn sie hörten, dass ich es konnte.

Frau Karthaus-Kürten räusperte sich. Ich entschied, dass sie beeindruckt genug zu sein hatte.

»Und nach Geophysik und Meterologie haben Sie dann Kunstgeschichte studiert und sich in Ihren Professor verliebt?«

»Es heißt Meteorologie«, sagte ich. »Und nein, danach habe ich mit Jura angefangen. Dabei habe ich Leo kennen gelernt, meinen ersten richtigen Freund.«

»Und Leo hatte keine Angst vor Ihrer Intelligenz?« Da war doch wieder dieser leise Hauch von Spott in ihrer Stimme.

»Nein, aber nur, weil er nichts davon wusste.« Um den unangenehmen Teil der Geschichte hinter mich zu bringen, wartete ich nicht auf ihre nächste Frage, sondern fuhr fort: »Wir waren ein paar Monate zusammen, als er mir seinen Vater vorstellte. Und das war Karl.«

»Aber doch nicht der Karl, den Sie später geheiratet haben?« Damit hatte Frau Karthaus-Kürten sich endgültig verraten: Sie war ein Idiot.

»Nein, das war nur irgendein Karl, von dem ich Ihnen erzähle, weil wir hier ja irgendwie die Zeit rumkriegen müssen«, sagte ich. »Wissen Sie, was Karls Lebensmotto war? *Halt dich fern von den Idioten*. Er sagte, das sei alles, was man im Leben beachten müsse, um glücklich zu sein. Vielleicht hatte er Recht, und ich bin nur so unglücklich, weil es mir nicht gelingt, mich von den Idioten fernzuhalten, seit er tot ist.«

Frau Karthaus-Kürten sah auf ihre Notizen. »Also, habe ich das jetzt richtig verstanden? Ihr Ehemann war also der Vater Ihres ersten Freundes?«

Meine Güte. »Ja, das haben Sie richtig verstanden. Ich habe mit Leo Schluss gemacht und bin mit Karl nach Madrid gezogen. Er hatte dort gerade eine Stelle angeboten bekommen. Ein Jahr später haben wir geheiratet.«

Frau Karthaus-Kürten nickte eine ganze Weile vor sich hin. Ein bisschen wie ein Wackeldackel. Sie war schrecklich neugierig, das merkte ich. Zweimal setzte sie an, mich zu fragen, was sie wirklich interessierte, aber beide Male brachte sie ihren Satz nicht zu Ende. »Wie hat denn seine ... ich meine ... der eigene Sohn ... und Ihre ... ich meine, das persönliche Umfeld ...? Hat denn niemand ... waren nicht alle ...?«

Oh doch! Sie waren weiß Gott alle schockiert gewesen! Meine Familie, seine Familie, seine Freunde – es hatte ein furchtbarer Aufruhr geherrscht. Am schlimmsten hatte es natürlich den armen Leo getroffen. Er hatte ohnehin immer ein sehr angespanntes Verhältnis zu seinem Vater gehabt. Ich tat aber so, als verstünde ich nicht, was Frau Karthaus-Kürten wirklich wissen wollte und sagte: »Karl hat neben seiner Dozententätigkeit als Kunstsachverständiger für Museen, Galerien und Auktionshäuser gearbeitet. Wir haben zwei Jahre in Madrid gelebt, danach sind wir nach Zürich gezogen. Und von dort nach London. Wo Karl gestorben ist.« Ich machte eine kleine Pause und sah auf die Wanduhr. »Vor genau vier Wochen, drei Tagen, dreiundzwanzig Stunden und vierzehn Minuten. Oder auch siebenundzwanzigmillionenzweiundsechzigtausendundvierzig Sekunden.«

Frau Karthaus-Kürten sah mich mit zusammengekniffenen Augen an und nickte dann, als ob sie es selber im Kopf nachgerechnet hätte. Natürlich konnte sie mich nicht täuschen, sie hatte ja schon die Differenz zwischen 53 und 26 nicht ausrechnen können. Dann aber überraschte sie mich. »Erzählen Sie mir von Ihrem letzten gemeinsamen Tag.«

Der letzte gemeinsame Tag … die letzte Berührung, der letzte Kuss, der letzte Blick, die letzten Worte … Die Tränen kamen aus meinen Augen geschossen, ehe ich etwas dagegen unternehmen konnte.

Frau Karthaus-Kürten reichte mir die Box mit den Taschentüchern.

**»Lebe jeden Tag, als ob es der letzte wäre.«**

*Kalenderweisheit, vermutlich von den Hoopi-Indianern geklaut oder einer anderen Kultur, in der es keine Kreditkarten gibt, die man überziehen kann, um noch mal so richtig einen drauf zu machen – am letzten Tag.*

»Ist noch Kaffee da?«, fragte Karl.

Ich zeigte mit dem Kinn auf die Thermoskanne, ohne den Blick von der Zeitung zu lösen. Im *Observer* stand ein Artikel über eine Studie, die das Kommunikationsverhalten von Paaren untersucht und dabei festgestellt hatte, dass Eheleute im Durchschnitt täglich keine vierhundert Worte miteinander sprächen. Dreihundertfünfzig davon, sagte die Studie, gingen auf das Konto der Frau. Das Wort, das am häufigsten gebraucht wurde, war »Tee«, ehrlich, kein Witz, gleich gefolgt von »und« und »zu«. So wie in »Mach die Tür zu« oder »Hörst du mir überhaupt zu?«

Und was den *Tee* anging – nun, wir befanden uns in England. »Die Vorliebe der Engländer für Tee versteht man erst, wenn man ihren Kaffee probiert hat«, sagte Karl immer. Er und ich hatten bei der Studie nicht mitgemacht, aber ich war ziemlich sicher, dass wir mehr als vierhundert Worte miteinander tauschten. Und dass er mehr redete als ich. Trotzdem beschloss ich, spaßeshalber mal mitzuzählen. Ich hatte ein heimliches Faible fürs Zählen, ich zählte alles Mögliche, Hunde, Schulkinder in Uniform, Türklopfer, Doppeldeckerbusse – oder eben auch Wörter.

Um acht Uhr hatten wir gefrühstückt, den »Observer« ausgelesen und schon siebzig Worte miteinander gesprochen.

»Ist noch Kaffee da?« hat ja allein schon vier Wörter. Und Karl hatte es schon zweimal gefragt. (Es war italienischer Kaffee.)

»Die Heizung ist immer noch eiskalt«, das waren acht Wörter, und ich sagte sie mit einem vorwurfsvollen Zähneklappern. »Von wegen, es lag nur am Ventil.«

»Ich weiß, der Hausmeister ist ein inkompetenter Blödschwätzer«, noch mal acht. »Ich rufe ihn heute Abend wieder an. Es ist manchmal durchaus ärgerlich, perfektes Englisch zu sprechen, aber kein einziges griffiges Schimpfwort zu kennen.«

»Inkompetenter Blödschwätzer ist doch schon mal gut«, sagte ich.

»Das versteht der doch gar nicht.«

»Dann *Motherfucker*«, schlug ich vor.

»Der Kerl ist doppelt so groß und dreimal so breit wie ich. Ich werde mich hüten.«

Ich klapperte wortlos mit den Zähnen. Als wir hier vor acht Wochen eingezogen waren, hatten sommerliche Temperaturen geherrscht, aber mittlerweile war es Herbst geworden. Mit dem angeblich typischen Londoner Wetter draußen konnte ich mich arrangieren, aber drinnen hatte ich es gern warm und gemütlich. Leider konnte davon hier keine Rede sein: Wenn man die Heizung im Wohnzimmer aufdrehte, wurde der Heizkörper in der Küche eiskalt und umgekehrt. Und der im Badezimmer wurde gar nicht erst warm.

»Weißt du was? Ich werde einfach *Hausmeister* zu ihm sagen. Das Wort ist die schlimmste Beleidigung, die mir gerade einfällt.«

Ich kicherte. »Ja genau. Sie … Sie … Sie *Hausmeister*, Sie!«

Karl stand auf, um sich die Zähne zu putzen. Das musste er nicht extra ankündigen, das wusste ich auch so. Um halb neun sprachen wir dann noch mal zehn Wörter miteinander.

»Ich muss los. Bis nachher«, sagte Karl und gab mir einen Kuss.

Und ich sagte: »Nimm die Mülltüte mit runter.« Im Nachhinein bereue ich diesen Satz sehr, denn es war das letzte Mal, dass ich Karl lebend sah. Als ich ihm die Mülltüte in die Hand drückte, war es das letzte Mal, das ich ihn lebend berührte. Allerdings waren es nicht die letzten Worte, die wir miteinander tauschten. Gegen Mittag rief er mich auf dem Handy an und wollte das Passwort für unser Yahoo-Postfach wissen. Ich befand mich zu der Zeit in der Oxford Street, wo ich mir bei Marks und Spencer Angoraunterwäsche und dicke Socken kaufen wollte. Und vielleicht einen Wollschal und so fingerlose Handschuhe, damit ich beim Schreiben nicht fror. Ich schrieb nämlich gerade wieder einmal eine Abschlussarbeit. Meine dritte.

»De we e te jot de es em a pe«, sagte ich. Das galt als ein Wort.

»Ist das Polnisch?« Karl beherrschte viele Sprachen, aber Polnisch konnte er nicht. Nur um ihn zu ärgern, schrieb ich deshalb manchmal polnische Sätze in den Kalender. Zuletzt am 14. Oktober: *Wszystkiego najlepszego z okazji urodzin*, hatte ich geschrieben, und Karl hatte es durchgestrichen und daruntergekrickelt: *Auf keinen Fall werde ich an meinem Geburtstag mit dem Wurstverkäufer zum Urologen gehen!!!!*

»Großes D, kleines W, kleines E, großes T, kleines Jot, kleines D, kleines S …«

»Lieber Himmel, Carolin«, unterbrach Karl mich. »Wie soll man sich denn das merken, wenn man nicht hochbegabt ist?«

»Das ist doch ganz einfach«, sagte ich.

»*Butterblume* ist einfach«, sagte Karl. »Sinnfrei aneinandergereihte Groß- und Kleinbuchstaben sind einfach nur ...« Sein letztes Wort ging im Motorenlärm eines Busses unter, der an mir vorbeifuhr. Ich zählte es trotzdem mit. »... E, T, Jot ... Groß oder klein? Und was soll dieser Singsang?«

Ich seufzte. Ich hatte tatsächlich ein bisschen gesungen. »Also gut!« Ich sah mich kurz um, dann senkte ich meine Stimme und sagte verschwörerisch: »Denn wenn et Trömmelche jeht, dann stonn mer all parat.«

»Wie bitte?«

»Denn wenn et Trömmelche jeht, dann stonn mer all parat!« Diesmal sang ich es, ungeachtet der befremdeten Blicke, die mir die Leute zuwarfen. »Kölle Alaaf, Alaaaf, Kölle Alaaf! Alaaf immer groß.«

»Carolin, muss ich mir Sorgen machen? Ist das ein akuter Anfall von Heimweh?«

»Es ist der Code! Die Anfangsbuchstaben von diesem Refrain.«

»Aha. Nicht dumm. Total bekloppt, aber nicht dumm.«

»Hast du's?«

»Wie war das? Wenn das Trömmelchen geht? Großes W, kleines D, großes T...? Herrgott, wer kennt denn dieses bekloppte Lied?«

Ich war fassungslos. »Denn wenn et Trömmelche jeht!!! Das kennt jeder. Selbst du, Karl. Du bist in Köln aufgewachsen. Du hast mindestens zwanzig Jahre da gelebt.«

»Ich nehme mal an, das ist ein Karnevalslied. Karneval sind meine Eltern immer mit uns in den Urlaub gefahren. Und ich bin ihnen ehrlich dankbar dafür. Karneval ist was für …« Wieder verschluckte ein Busmotor seine Worte.

»Deshalb kennt aber trotzdem jeder diese Lieder.«

»Ich nicht. Gott sei Dank. Eine SMS, bitte. Und dann ändere ich das Kennwort in *Butterblume*. Egal, was du sagst.«

»Mer losse de Dom in Kölle«, sagte ich. »Das kennst du doch aber? Ist unser amazon-Kennwort. Großes M, kleines L…«

»Wenn du jetzt bitte so lieb wärst …«

»Da simmer dabei, dat is prima?«

»Carolin! Ich hab's eilig. Schick mir jetzt bitte eine SMS mit dem Passwort!« Karl legte auf, noch bevor ich »Die Karawane zieht weiter!« anstimmen konnte.

Das waren also die letzten Worte, die wir zueinander sagten.

Die letzte SMS, die Karl von mir bekam, lautete: »Denn wenn et Trömmelche jeht, dann stonn mer all parat. Superjeile Zick? Bitte sag ja.«

Und Karl simste zurück: »Von mir aus: Ja, du bist eine supergeile Ziege.«

Da war es halb eins. Um halb zwei wollte sich Karl mit einem Galeristen bei einem Vietnamesen in der Saint John Street zum Mittagessen treffen. Aber er kam nie dort an, weil er im Taxi an der Ecke Farringdon Road/Charterhouse Street einen Herzinfarkt erlitt. Der Taxifahrer reagierte vorbildlich und raste so schnell er konnte in die Notaufnahme des nahegelegenen Saint Bartholomew's Hospitals, wo man nach mehrmaligen wiederbelebenden Maßnahmen Karls Tod feststellte.

Wenn man die SMS mitzählte, hatten wir an diesem Tag vierhundertundelf Worte miteinander ausgetauscht, davon einmal *Motherfucker* und zweimal *Butterblume*. Und viermal *Trömmelche*. Kein einziges Mal *Tee* und kein einziges Mal *ich liebe dich.* Ich war irgendwie froh, dass wir nicht Teil dieser Studie im »Observer« gewesen waren.

Ich hätte gern etwas anderes gedacht, während ich den toten Karl anschaute und seine kalte Hand streichelte. Irgendwas Weises, Tiefgründiges, Hochphilosophisches. Vielleicht auch etwas Feierliches.

Stattdessen analysierte ich unsere vierhundertelf letzten Worte. Ich dachte auch, dass ich froh war, kein Taxifahrer zu sein. Dass ich auf dem Weg hierher vierundvierzig Taxis gezählt hatte. Dass die Krankenschwester viel zu viel Rouge aufgetragen hatte. Dass Tote gar nicht aussehen, als ob sie friedlich schliefen, sondern … tot.

Und dass ich gern mit Karl darüber reden würde, wie seltsam das doch alles war. Das tat ich wohl auch, obwohl ich begriff, dass Karl mir nicht antworten würde. Dass ich seine Stimme niemals wieder hören würde. Nicht mal auf unserem Anrufbeantworter, denn den hatte ich besprochen.

Viele Stunden lang tat ich nichts außer dazusitzen, Karls Hand zu halten und mich zu fühlen wie unter einer Glasglocke. Bis Mimi kam, mich in die Arme nahm, weinte und sagte: »Das ist der Grund, warum man keinen älteren Mann heiraten soll.«

Später behauptete sie, das habe sie niemals gesagt.

Als wir gingen, sah Karl plötzlich gar nicht mehr tot aus. Er sah aus, als ob er schliefe.

»Man trifft sich immer zweimal im Leben!«

*Blöde Redensart, die aber leider zutrifft.*
*Und man hat noch Glück,*
*wenn es bei den zwei Malen bleibt.*

Ich wusch mir in der Gästetoilette von Frau Karthaus-Kürten das Gesicht, bevor ich ging. Man muss sagen, ab dem Moment, in dem meine Tränen zu fließen begonnen hatten, war Frau Karthaus-Kürten gar nicht so übel gewesen. Ihre Unsicherheit und die Überheblichkeit schwanden mit jedem Taschentuch, das ich vollschniefte, und sie fand eine ganze Reihe tröstender, kluger Worte für mich. Seltsamerweise tröstete es mich wirklich, als sie sagte, dass niemand mir helfen könne, meinen Schmerz zu ertragen, auch sie nicht. »Ich kann Ihnen nur helfen zu überleben«, sagte sie, und das klang so herrlich pathetisch und absolut angemessen, dass ich ganz zufrieden nickte. Überleben – mehr wollte ich gar nicht.

Am Ende hatten wir uns darauf geeinigt, dass ich in zwei Tagen wiederkommen sollte. Außerdem legte mir Frau Karthaus-Kürten dringend ans Herz, wenigstens vorübergehend die Einnahme von Psychopharmaka zu erwägen. Ich zeigte ihr das Rezept, das Ronnies Arzt mir aufgeschrieben hatte, und sie schüttelte den Kopf und sagte: »Dann können Sie auch genauso gut Wein trinken. Ich werde Ihnen etwas Neues aufschreiben.« Als sie mir das Rezept reichte, offenbarte sie noch einmal überraschend tiefe Einblicke in meine Gefühlswelt: »Nehmen Sie das ruhig. Sie müssen keine Angst haben, Sie könnten dadurch weniger traurig sein. Sie werden nur nicht mehr das Bedürfnis haben, sich von der Brücke zu stürzen.«

Mimi rief mich auf dem Handy an, als ich wieder draußen auf der Straße stand.

»War's schlimm?«

»Sie hat mich zum Heulen gebracht. Ich glaube, sie hat es darauf angelegt.«

»Ich hoffe, du hast sie nicht als Idiot beschimpft.«

»Nur in Gedanken. Weißt du, wie diese Frau ihren Sohn genannt hat? Keanu!«

»Offenbar hat sie beim Zeugen des Kindes an jemand anderen gedacht als an ihren Mann«, sagte Mimi. »Das ist doch legitim.«

»Aber wenn das jeder so machen würde, dann wären die Kindergärten voller Brads, Colins, Johnnys und Orlandos.«

»Und Judes«, sagte Mimi. »Wo bist du gerade? Findest du allein zurück? Kommst du zu uns in den Laden?«

»Später vielleicht. Ich muss noch ein paar Besorgungen machen.« Ich hörte, wie Mimi Luft holte und fuhr schnell fort: »In der Apotheke. Außerdem brauche ich ein Schulheft, weil Frau Karthaus-Kürten will, dass ich ein Tagebuch führe. Ich werde es *Von Idioten umzingelt* nennen und später ein Buch daraus machen. So eine Art Leitfaden für Verzweifelte. Wie fändest du das?«

»Kennst du den Witz mit dem Geisterfahrer? Eigentlich ist es mehr ein Gleichnis, in deinem Fall. Also, Tünnes und Schäl fahren auf der Autobahn und hören den Verkehrsfunk. Achtung, Achtung, auf der A 4 kommt Ihnen zwischen Köln-Merheim und Kreuz Köln-Ost ein Geisterfahrer entgegen … Ha, sagen da Tünnes und Schäl, von wegen einer! Das sind doch hunderte.«

»Und du meinst, ich bin Tünnes und Schäl?«

»Genau. Ersetze einfach Geisterfahrer durch Idiot, dann hast du's.«

»Wie möchtest du in meinem Buch heißen? Lucille, die garstige große Schwester?«

»Mir ist alles recht außer Gertrud. Kauf dir bloß ein dickes Heft. Oder besser direkt fünf, Frau Karthaus-Kürten wird sich wundern, wie viel du zu erzählen hast, wenn du erst einmal loslegst.«

»Es wird ja schon Seiten füllen, wie Lucille, die garstige große Schwester, mir einen Gänseblümchenkranz auf den Kopf getackert hat. Oder war es eine Heißklebepistole?«

»Hallo? Also bitte – das war Tesafilm!«

»Paketband!«

»Tesafilm!! Und ich hab's nur gemacht, weil du das glatzköpfigste Baby aller Zeiten warst und ich dich ein wenig verschönern wollte.« Lucille, die garstige große Schwester, befahl mir, das Handy eingeschaltet zu lassen, und sagte, dass sie mich lieb habe.

Ich sagte ihr, dass ich sie auch lieb hätte. Seit Karl tot war, bemühte ich mich stets um nette letzte Worte. Man konnte ja nie wissen.

Ich ging den ganzen Weg von Frau Karthaus-Kürten zurück zu Fuß, anstatt die drei Stationen mit der Straßenbahn zu fahren. Es war nicht unbedingt das optimale Wetter zum Spazierengehen, aber ich war froh über den trüben Novemberhimmel und den Nieselregen. Sonnenschein oder gar Frühling wären derzeit unerträglich für mich gewesen. Auch die mürrischen

Gesichter der Menschen, die mir entgegenkamen, gefielen mir. Sie gaben mir das gute Gefühl, nicht der einzige unglückliche Mensch in dieser Stadt zu sein. Das Heultherapiestündchen bei Frau Karthaus-Kürten hatte mich insgesamt ein bisschen milder gestimmt, ich hatte jedenfalls gerade mal nicht das Bedürfnis, alle Leute beiseitezuschubsen und dabei zu rufen: »Aus dem Weg! Mein Mann ist gestorben!«

Mimi und Ronnie wohnten in einer recht noblen Vorstadtgegend, in der alle Straßen nach Insekten benannt worden waren. Vor allem in den Reihenhaussiedlungen drängten sich die Straßen dicht an dicht. Irgendwann nach den gewöhnlichen Ameisen, Libellen und Hornissen mussten den armen Städteplanern die Ideen ausgegangen sein, weshalb sie sich auf der Suche nach neuen Namen möglicherweise ein Schädlingsbekämpfungshandbuch zugelegt und total bekifft hatten. Am besten gefiel mir »Dickmaulrüsslerweg«, dicht gefolgt von »Braunbandschabenstraße«.

Im Rosenkäferweg hatte Mimi Anfang des Jahres zusammen mit ein paar Freundinnen einen Schuhladen eröffnet, der PUMPS & POMPS hieß. Die Leute spekulierten viel über die Bedeutung des nicht im Duden stehenden Wortes »Pomps«, und eine Theorie war, dass es sich bei Pomps um die Ausscheidungen des Rosenkäfers handele, also quasi um Rosenkäferküttel. Meine Mutter fand den Namen so verwirrend, dass sie jedes Mal etwas anderes sagte, wie »Pomp auf Pump« oder »Pimps, Pumps und Pamps.« Und sogar ich hätte letzte Woche beinahe gelacht, als sie mich am Telefon fragte, ob ich Mimi nicht vielleicht bei »Pumps und Pups« ein wenig zur Hand gehen wolle, damit ich etwas zu tun habe und nicht so viel grübeln müsste.

Das Konzept des Ladens – weniger Mainstream, mehr unbekannte Marken, dazu außergewöhnliche Handtaschen, hübscher Mädchenschnickschnack und Cappuccino umsonst – schien aufzugehen. Es war immer was los im Laden, und wegen der Schuhe des jungen italienischen Designers Francesco Santini, die es exklusiv für Deutschland nur bei PUMPS & POMPS gab, kamen die Kundinnen auch von weiter her. Selbst ich, obwohl sonst an Mode eher wenig bis überhaupt nicht interessiert, fand die Schuhe unwiderstehlich. Zu meinem letzten Geburtstag hatte Mimi mir ein Paar türkisfarbene Riemchensandaletten von Santini geschenkt. Sie hatten elf Zentimeter hohe Absätze, aber wie durch ein Wunder konnte ich trotzdem in ihnen gehen. Und sie machten selbst aus dem schlichtesten Jeans-und-T-Shirt-Outfit etwas Besonderes. Nur ihretwegen hatte ich mir dieses türkisfarbene Kleid von *Ghost* gekauft, außerdem türkisfarbene Ohrhänger, ein Armband mit türkisfarbenen Glasperlen und einen türkisfarbenen Seidenschal. (Keine Sorge, ich trug nie alles auf einmal, immer nur entweder oder.) Da ich die Sandaletten ja im Augenblick jahreszeitlich bedingt nicht tragen konnte, drängte Mimi mich schon die ganze Zeit, mir mal in Ruhe Santinis Winterkollektion anzuschauen, bevor alle Schuhe in meiner Größe weg waren. Aber warum sollte ich mir neue Schuhe kaufen, wenn Karl sie nicht sehen und bewundern konnte?

Im Rosenkäferweg gab es außer dem Schuhladen noch einen taiwanesischen Gemüsehändler, ein Reisebüro, einen Lottoladen mit kleinem Schreibwarensortiment, ein Geschäft für Kinderbekleidung, einen Bäcker und eine Apotheke, in der ich das Rezept einzulösen gedachte. Mit mir zusammen trat eine ganze Familie in den Laden, eine Mutter mit drei Kindern. Das jüngste war etwa ein Jahr alt und hatte seinen Kinderwagen vor der Tür geparkt. Es klemmte bei seiner Mutter auf der Hüfte und trug eine dieser Mützen mit Schirm und Ohrenklappen, die man unter dem Kinn zusammenbindet. Selbst das allerschönste Baby hat in so einer Mütze ein Ohrfeigengesicht, und ich argwöhnte, dass dieses Baby auch ohne Mütze schon nicht besonders niedlich war. Trotz meiner hässlichen Gedanken lächelte es mich an. Dabei fiel ihm der Schnuller aus dem Mund. Ich bückte mich, hob den Schnuller auf und reichte ihn der Mutter, die ihn sofort in ihrer Handtasche verschwinden ließ und durch einen neuen ersetzte.

»Das passiert andauernd«, sagte sie. »Konstantin, du kleiner Herzensbrecher. Da hast du schon wieder ein Mädchen mit deinem Lächeln betört.« Sie lächelte mich gönnerhaft an. »Obwohl er normalerweise Blondinen bevorzugt.«

Ach du liebe Güte.

Anders als meine Schwester, die bei jedem Baby und Kleinkind sofort leuchtende Augen bekam und blödes Zeug zu säuseln begann, hatte ich Kinder auch schon vor meiner menschenfeindlichen »Alles-Idioten«-Phase nicht zwingend wunderbar gefunden. Nicht mal das Kind meines Bruders, Eliane, mochte ich besonders gern. Was eventuell daran lag, dass ich sie so selten sah (Gott sei Dank) und dass sie, wenn ich sie sah, immer entweder quengelte (»Den Keks esse ich nicht, der ist zerbrochen!«), in der Nase bohrte und ihren Popel aufaß (»Mama, die Carolin guckt mich ganz böse an«) und die Bilderbücher, die ich ihr mitbrachte, immer verächtlich in eine Ecke warf. (»Ich wollte kein Buch über eine Schildkröte, ich wollte eins über eine Prinzessin.« »Ich wollte kein Buch über eine Prinzessin, ich wollte eins über ein Kindermädchen, das zaubern kann.« »Ich wollte keins über ein Kindermädchen, ich wollte eins über eine Schildkröte.«) Warum ich so hartnäckig immer wieder mit einem neuen Bilderbuch ankam, wusste ich auch nicht. Wahrscheinlich wollte ich einfach hören, was sie diesmal wieder zu meckern hatte. Oder ich wollte als die blöde Tante, die immer Bücher schenkt, in die Familienannalen eingehen. Elianes Mutter – meine Schwägerin Susanne, genannt die Kreissäge – setzte dann gern noch eins obendrauf, indem sie sagte: »Warum hast du denn nicht das Froschkönigkissen mit Geheimfach besorgt, wie ich es dir empfohlen hatte? Du hättest Eliane und dir eine große Enttäuschung erspart.« Susanne fand ich selbstredend ebenfalls fürchterlich, aber da war ich wenigstens nicht die Einzige. Niemand in der Familie mochte Susanne besonders gern, außer meinem Bruder natürlich, der hatte sie ja auch geheiratet. »Wenn man auch nicht versteht, warum«, hatte Karl immer gesagt.

Diese Mutter hier in der Apotheke war eine Seelenverwandte von Susanne, eine Zwillingsschwester im Geiste.

»Marlon, ich glaube nicht, dass der Apotheker das schön findet, wenn du diese überteuerten pseudogesunden Gummibonbontütchen durcheinanderbringst«, sagte sie mit sanfter Stimme. »Durcheinanderbringen« war eine sehr freundliche Umschreibung für »auf den Boden schmeißen«. Der Apotheker war mit einer anderen Kundin beschäftigt und bekam gar nicht mit, was Marlon getan hatte. Der war vielleicht fünf Jahre alt und trampelte nun versuchsweise auf einer Tüte herum.

»Daß tnallt ja da niß!«, sagte er enttäuscht.

Wie bitte?

»Da muss man schon richtig feste draufspringen, damit das knallt«, sagte die Mutter und wandte sich an Marlons große Schwester. »Flavia, hilf Marlon, die Gummibärchen wieder ins Fach zu räumen! Sonst müssen wir die am Ende noch alle bezahlen.«

»Ich hab die doch nicht runtergeschmissen«, sagte Flavia.

»Fang bitte nicht wieder so an, mein liebes Fräulein! Ihr hebt jetzt sofort diese Tüten auf.« Die Frau wuchtete das Baby von der einen Hüfte auf die andere, und der eisige Blick, den sie ihrer Tochter zuwarf, streifte auch mich flüchtig. Beinahe hätte ich mich ebenfalls gebückt und angefangen, die Tütchen aufzuheben. Aber nur beinahe.

Der Apotheker hatte seine Kundin verabschiedet und schaute über den Tresen. Er war vielleicht Ende zwanzig, ein jungenhafter Typ mit kurz geschnittenen, hellbraunen Haaren und Sommersprossen auf der Nase. »Oh, was ist denn da passiert?«

»Jetzt tun Sie doch nicht so, als sei das das erste Mal«, fauchte ihn die Mutter an. »Diese angeblich so gesunden Süßigkeiten sind doch mit voller Absicht in Reichweite der Kinder platziert, damit so etwas passiert und die Eltern gezwungen sind, diesen Mist zu kaufen.«

Der Apotheker sah verdutzt aus. Dann fiel sein Blick auf mich, und ein Lächeln zauberte kleine Fältchen in seine Mundwinkel. »Oh, hallo!«

Also, *den* fand ich jetzt süß, im Gegensatz zu dem Mützenbaby.

»Wir waren zuerst dran!« Die Frau guckte mich böse an. »Sie brauchen gar nicht so zu gucken!«

Mein Mann ist gestorben, du doofe Kuh. Da darf man so gucken.

Flavia legte das aufgeplatzte Tütchen auf den Tresen. »Da hat Marlon draufgetreten.«

»Hab iß da niß! Daß war ßon taputt.«

»Selbstverständlich bezahle ich das«, blaffte die Frau den Apotheker an. »Genau, wie Sie das geplant haben, nicht wahr?«

Der Apotheker sah immer noch verdutzt aus, aber er widersprach nicht, sondern fragte höflich: »Darf es denn sonst noch was sein?«

Ich musste grinsen.

»Kopfläuse«, schnauzte die Frau. »Die gehen wieder um, und weil gewisse Leute sich nicht an die Vorschriften halten und fleißig für die Verbreitung der Tierchen sorgen, will ich zur Sicherheit was dagegen im Haus haben.« Dabei warf sie mir wieder einen finsteren Blick zu, als zählte sie mich zu den »gewissen Leuten«. Ich kratzte mich demonstrativ am Kopf.

Während der Apotheker der Frau Läusemittel und Nissenkamm verkaufte, schlenderte Marlon zum Kosmetikregal hinüber. Ich hielt gespannt die Luft an, aber Marlon begnügte sich damit, mit dem Zeigefinger auf die Cremeverpackung zu schießen und »Peng, du bist tot« zu rufen. Weil Flavia derweil an ihrem Fingernagel kaute, kaufte ihre Mutter auch noch ein bitter schmeckendes Gel, das auf die Nägel geschmiert wurde, aber sie wollte sich vorher noch ganz genau die Inhaltsstoffe erklären zu lassen. Als die vier endlich den Laden verlassen hatten, sah der Apotheker erleichtert aus. Das konnte ich gut verstehen.

Wieder schenkte er mir ein strahlendes Lächeln. »Das ist aber schön, dass du vorbeikommst.«

»Ähm. Danke.« Ich war es gewohnt, dass die Leute mich für jünger hielten als ich war. Das lag daran, dass ich klein und zierlich gebaut war und mich nur schminkte, wenn es unbedingt sein musste. Also heute sicher nicht. Dass mein zu langer Pony mit einem Marienkäfer-Klämmerchen aus der Stirn gehalten wurde, das meine fünfjährige Nichte bei ihrem letzten Besuch bei Mimi vergessen hatte, verlieh mir sicher auch kein erwachseneres Aussehen. Ich reichte ihm das Rezept. »Haben Sie das vorrätig?«

Der Mann nahm das Papier entgegen, warf aber keinen Blick darauf. »Ich hatte schon überlegt, ob ich mal nachfrage, wie es dir geht, aber dann dachte ich, es könnte dir vielleicht peinlich sein. Siehst aber gut aus, nur ein bisschen blass.«

»Wie bitte?« Flirtete der etwa mit mir? Wenn ja, war das aber eine sehr seltsame Art des Flirts.

»Na ja, und ehrlich gesagt war es mir selber ein bisschen peinlich«, fuhr er fort. »Ich hätte ruhig ein bisschen netter zu dir sein können. Aber das ist irgendwie so ein Reizthema bei mir, Jugendliche und Alkohol, weißt du?«

Verwirrt murmelte ich: »Ja, für wen nicht …«, dann stockte ich. Oh nein! Der Apotheker war der Typ von neulich, der mich nach meinem Experiment mit dem Wein vom Bürgersteig aufgeklaubt hatte. Ich hatte mir sein Gesicht nicht gemerkt. Er sich aber leider meins. Ich kämpfte ein paar Sekunden mit mir, ob ich »Ah, ich verstehe! Sie verwechseln mich mit meiner Zwillingsschwester!« sagen sollte. Aber dann entschied ich mich dagegen.

»Das war sehr nett von Ihnen, mir zu helfen«, sagte ich. »Danke.«

»Liebeskummer?«, fragte er mitfühlend.

»Kann man so sagen.«

»Kein Mann ist es wert, dass man sich seinetwegen betrinkt!«

Ah. Der Klassiker unter den tröstenden Plattitüden. Ich war gespannt, was als Nächstes kommen würde.

Jetzt studierte er das Rezept. »Hab ich beides da. Ist aber ganz schön harter Tobak. Ich kann nur staunen, dass man dir das verschrieben hat.«

*Alternativ hätten wir da noch Baldrian und einen schönen Melisse-Tee.*

»Die Therapeutin sagt, es hält einen davon ab, von einer Brücke zu springen«, sagte ich. »Und ich denke doch, kein Mann ist es wert, dass man seinetwegen von der Brücke springt, oder?«

Der Apotheker schien ein wenig verlegen, er murmelte etwas vor sich hin, dann verschwand er zwischen den großen Schubladenregalen hinter dem Tresen und kam mit zwei kleinen Schachteln zurück. In der Zwischenzeit betrat ein neuer Kunde die Apotheke. Es war ein älterer Herr.

»Ich brauche Salbe«, bellte er grußlos.

»Ich bin sofort bei Ihnen«, sagte der Apotheker.

Der ältere Herr stöhnte. »Ist denn sonst kein Personal da, Herrgottnochmal?«

»Es tut mir leid, meine Kollegin hat sich heute Morgen krank gemeldet.«

»Dann komme ich lieber gleich noch mal wieder. Aber legen Sie die Salbe schon mal für mich heraus, ich hab's eilig.«

»Um welche Salbe handelt es sich denn?«

Der Rentner war schon halb auf dem Weg nach draußen. »Die, die ich immer nehme. Weiße Packung, blaue Schrift! Herrgottnochmal. Servicewüste Deutschland! Kein Wunder, dass es mit der Wirtschaft immer mehr bergab geht.« Schimpfend verließ er den Laden.

»Ein Stammkunde?«, fragte ich.

»Nein«, sagte der Apotheker. »Aber leider gibt es davon haufenweise. Gestern war einer hier, der zeigte mir eine Tablettenkapsel und sagte, er wolle genau die gleichen, nur in rot. Was hat der mich angebrüllt! Bis auf die andere Straßenseite konnten die Leute hören, dass ich der inkompetenteste Quacksalber der ganzen Stadt sei.«

»Klingt, als wäre das ein richtiger Traumjob.«

»Oh ja. Aber nicht nur die Rentner ticken regelmäßig aus. Auch ganz junge Leute. Letzte Woche wurde einer total wütend, weil wir keine 100er Packungen Kondome verkaufen. Ich meine – liebe Güte, was hatte er denn damit vor?«

»Vielleicht wollte er diese Luftballontiere daraus basteln. Oder er betreibt ein Bordell.«

»Nein. Ich glaube eher, er wollte meine PTA beeindrucken. Am nächsten Tag kam er nämlich wieder und wollte was gegen eine *allergische Erektion.*« Er kicherte und sah mich abwartend an, ob ich vielleicht auch lachte. Aber ich lachte schon seit fünf Wochen nicht mehr, außer ich war betrunken.

»Was ist PTA?«, fragte ich.

Er seufzte, während er meine Medikamente in eine Papiertüte packte. »Wenn man Liebeskummer hat, findet man nichts komisch, oder? PTA ist die Abkürzung für pharmazeutisch-technische Assistentin. Kommt deine Familie aus Polen?«

»Wie bitte?«

»Na, du hast immer Polnisch mit mir gesprochen, in der Nacht.«

»Tatsächlich?«

»Jedenfalls hast du gesagt, es sei Polnisch. Für mich klang es nur wie besoffenes Genuschele, um ehrlich zu sein.«

Ich schämte mich, dem Ansehen der polnischen Sprache durch mein Besäufnis geschadet zu haben, und hatte das Bedürfnis nach Wiedergutmachung. »Polnisch ist eine wunderbare, melodische und poetische Sprache«, sagte ich so streng wie möglich. »Sie klingt kein bisschen wie besoffenes Genuschele. Und – nein. Wir kommen nicht aus Polen. Meine Mandolinenlehrerin kommt aus Polen. Möchten Sie sonst noch etwas wissen? Oder vielleicht etwas Beleidigendes über Mandolinen sagen?«

Er schüttelte den Kopf. »Eigentlich möchte ich dich nur ein wenig aufmuntern. Liebeskummer! Pfffffft. Kein Grund, die ganze Welt zu hassen.« Ich sah, wie er mit sich kämpfte, während er die Rezeptgebühr entgegennahm. Jetzt räusperte er sich. Ganz offensichtlich wollte er mir gerne noch etwas sagen.

»So ein hübsches Mädchen wie du findet doch ganz schnell was Besseres«, schlug ich vor.

Er hob den Kopf, und ich sah, dass er leicht errötet war.

»Andere Mütter haben auch schöne Söhne«, fuhr ich unbarmherzig fort. »Und dann natürlich der Klassiker: Du bist noch so jung. Sei froh, dass du den los bist.«

»Das wollte ich gar nicht sagen«, sagte er und sah mich kopfschüttelnd an.

»Ach nein?«

Er wurde noch ein bisschen röter. »Ich wollte nur auf die Packungsbeilage hinweisen. Diese Medikamente vertragen sich nicht mit Alkohol. Da kann es zu schlimmen Nebenwirkungen kommen.«

»Das werde ich beherzigen.« Das nächste Mal würde ich in einer anderen Apotheke einkaufen. »Wiedersehen.«

»Wäre schön«, sagte der Apotheker. Als ich an der Tür war, fügte er noch ein leises »Pampige Kratzbürste« hinzu.

»Das habe ich gehört«, sagte ich. Auf Polnisch.

»Glück ist etwas, das man zum ersten Mal wahrnimmt, wenn es sich mit großem Getöse verabschiedet.«

*Marcel Achard*

Der Apotheker hatte Recht. Ich benahm mich wirklich pampig und kratzbürstig. Und das Schlimme war: Die Gemeinheiten kamen mit voller Absicht über meine Lippen. Und dabei war ich früher mal so ein nettes Mädchen gewesen. Ehrlich: In meiner Familie war ich auch als »unser kleiner Sonnenschein« bekannt, und es gab kaum Fotos von mir, auf denen ich nicht liebenswert lächelte. (Ich hatte sogar Grübchen in den Wangen. Ob die wohl verschwinden, wenn man sie nicht mehr braucht? So wie Ohrlöcher, die wieder zuwachsen, wenn man keine Ohrringe trägt?)

Aber das war, bevor ich grundsätzlich auf alle Leute eine Stinkwut bekommen hatte, deren Mann nicht zufällig auch gerade gestorben war.

Allerdings war diese ungerechte Wut immer noch besser als die dumpfe Gleichgültigkeit, die mich in den Tagen direkt nach Karls Tod ergriffen hatte. Über Nacht war mir jegliches Zeitgefühl abhandengegangen, und ohne meine Familie – meine Geschwister, meine Eltern und meinen engelsgleichen Schwager – wäre ich wohl verloren gewesen. Ab und zu aß oder trank ich etwas von dem, was Mimi mir vorsetzte, manchmal schlief ich für ein paar Minuten, und die Zeit dazwischen verging einfach irgendwie. Ronnie kam ebenfalls für ein paar Tage nach London, meine Eltern reisten aus Hannover an, auch mein Bruder kam über ein Wochenende, um beim Packen zu helfen. Die Einäscherung und die Gedenkfeier mussten organisiert, die Wohnung gekündigt, der Hausstand aufgelöst, eine Spedition gefunden werden. Denn ohne Karl gab es für mich keinen Grund, in England zu bleiben, und Mimi und Ronnie boten mir an, fürs Erste bei ihnen zu wohnen. (Meine Eltern boten mir das Gleiche an, aber weil sie Tür an Tür mit meinem Bruder und seiner Frau, der Kreissäge, wohnten, wählte ich – bei aller Gleichgültigkeit – das kleinere Übel.)

Ich musste nichts tun, nur ab und an den Kopf heben und »ja« oder »nein« sagen. Mehr verlangte niemand von mir.

In London kannte ich kaum jemanden, alle Leute, mit denen ich hier in den acht Wochen vor Karls Tod zu tun gehabt hatte, waren Bekannte oder Arbeitskollegen von Karl gewesen, Leute vom *Courtauld Institute of Arts*, wo er unterrichtete, ein Freund, der bei *Sotheby's* arbeitete, Galeristen und Leute vom Museum. Sie alle kamen zu der Gedenkfeier, die meine Familie in meinem Namen organisiert hatte, ein Tag, den ich wie dick in Watte gepackt irgendwie hinter mich brachte.

Erst am Abend, als Mimi mir aus den schwarzen Klamotten half (manchmal kostete es in diesen Tagen einfach zu viel Kraft, auch nur einen einziges Knopf zu öffnen), fiel mir auf, dass niemand von Karls Familie da gewesen war, und für eine Sekunde dachte ich, wir hätten vergessen, ihnen zu sagen, dass Karl gestorben war. Aber Mimi versicherte mir, dass sie natürlich noch an Karls Todestag (als ich in eine Art Wachkoma gefallen war – mir fehlte jegliche Erinnerung an diese Stunden) überall angerufen habe und dass die Einladungen zur Gedenkfeier an alle Adressen aus Karls Adressbuch gegangen waren und an jedes seiner Kinder einzeln obendrein. Abgesehen davon habe sie länger mit Leo telefoniert und ihn gebeten, nach London zu kommen, um sich an der Organisation der Feier und der Abwicklung der Formalitäten zu beteiligen, aber das habe er nicht gewollt.

Es war für alle außer mir schwer zu glauben, dass niemand von Karls Familie es für nötig befunden hatte, zu seiner Beerdigungsfeier zu kommen, aber genau so war es. Meine Familie war peinlich berührt, entsetzt, enttäuscht und auch verärgert, nur ich glotzte apathisch vor mich hin und zählte die Rosen im Sofakissenmuster. (Dreiundfünfzig Rosen auf einem einzigen Kissen, neunzehn ganze und fünfzehn halbe Rosen auf der einen Seite, einundzwanzig ganze und elf halbe auf der anderen – wie war das möglich? Unerklärliche Phänomene, wohin man auch blickte.) Ich war nicht wirklich überrascht. Karl hatte seine Kinder in den vergangenen fünf Jahren nicht oft gesehen, das Verhältnis war – nicht zuletzt durch mich – schwierig und angespannt. Leo hatte den Kontakt zu seinem Vater am Tag unserer Heirat mehr oder weniger ganz abgebrochen. Die Gründe dafür hatte er in einem Brief dargelegt, den Karl in kleine Fetzen zerrissen und in den Papierkorb geworfen hatte. Es hatte mich über eine Stunde Zeit gekostet, die Fetzen wieder zusammenzulegen, und nach dem Lesen hatte ich sie wieder in den Papierkorb zurückgeworfen, damit Karl nicht merkte, dass ich ihn gelesen hatte. Er hat mir nie etwas von dem Brief erzählt, und ich habe ihm nie erzählt, dass ich seinen Inhalt kannte. Im Nachhinein hatte ich mir manchmal gewünscht, ich wäre nicht so neugierig gewesen, denn leider hatten sich Leos Worte für immer in mein Gedächtnis gegraben. *Von allem, was du unserer Mutter bisher angetan hast, ist das hier wohl der gefühlskälteste und geschmackloseste Affront … Ich wünschte, es wäre dir klar, was für eine peinliche Figur du abgibst, als ein Mann, der die abgelegte Freundin seines Sohnes heiratet und dann auch noch erwartet, dass sich die Familie für ihn freut …*

Ich schlief wenig bis gar nicht in diesen Tagen, und zu dem Zeitpunkt, als der erste Brief von Onkel Thomas' Anwalt eintraf, war ich schon so übermüdet, dass ich manchmal, wenn ich denn mal was sagte, meine eigene Stimme zwar hörte, aber dachte, jemand anders würde mich synchronisieren. Nicht, dass ich viel gesagt hätte. Mehr als »Ja«, »Nein« oder »Das ist mir egal« brachte ich meistens nicht heraus. Ab und an vielleicht noch ein mattes »Danke«. Ich sehnte mich nach Schlaf, nach ein paar Stunden, in denen ich vergessen konnte, dass Karl tot war, ein paar Stunden, in denen ich überhaupt alles vergessen konnte, gleichzeitig hatte ich fürchterliche Angst, einzuschlafen.

Aber selbst, wenn mir die Augen vor Müdigkeit zufielen, blieb ich wach, und die ganze Zeit dachte ich nur immer dasselbe. *Karl ist tot. Karl ist tot. Karlisttot. Isttotisttotisttot.*

Ich schlief erst ein, als es spannend wurde. Nämlich als Mimi den Brief von Onkel Thomas' Anwalt öffnete und empört nach Luft schnappte.

Mit fassungsloser Stimme las sie den Brief laut vor, immer unterbrochen von den Ausrufen meines Vaters, der eine Menge unflätige und für ihn untypische Kraftausdrücke gebrauchte.

»Was für ein impertinentes, pietätloses *Arschloch!*«, rief er, und meine Mutter begann hektisch nach seinen blutdrucksenkenden Mitteln zu suchen. Ich sank derweil tiefer in die Sofakissen.

*»... daher ist es meinem Mandanten wichtig, darauf hinzuweisen, dass es sich bei den Gegenständen, die in der folgenden Aufstellung aufgelistet sind, um Familienerbstücke handelt, die der Verstorbene lediglich für meinen Mandanten aufbewahrt hat ...«*

Mein Kopf rutschte zur Seite, mein Atem wurde tiefer und meine Augen fielen zu.

*»Sollte der Verstorbene bzw. seine Ehefrau diese Gegenstände veräußert haben, so müssen sie meinem Mandanten im vollen Wertumfang ersetzt werden.«*

»Hinterhältiges *Schwein*!!«, rief mein Vater, an dessen Schulter ich meinen Kopf gelehnt hatte. »Kommt nicht zur Beerdigung seines Bruders, verliert aber keine Zeit, zum Anwalt zu rennen, das gierige Wiesel!«

»Carolin? Schläft die jetzt etwa? Fühl bitte mal einer ihren Puls!«

»Lass sie schlafen«, sagte meine Mutter. »Sie ist so erschöpft, das gibt ihr jetzt den Rest. Lies weiter!«

*»Unabhängig von den Ansprüchen der Ehefrau und der Kinder des Verstorbenen macht mein Mandant seine Ansprüche auf folgende Vermögensgegenstände geltend ...«*, war das Letzte, das ich für vierzehn volle Stunden hörte.

Als ich wieder aufwachte, war ich noch müder und erschöpfter als vorher. Und genauso desinteressiert.

Mimi und mein Vater aber hatten begonnen, Karls Papiere zu sichten und dabei herausgefunden, dass es tatsächlich ein Erbe gab, um das es sich zu streiten lohnte.

Ein Erbe, von dem ich nicht mal geahnt hatte, dass es überhaupt da war. Ein Erbe, dessen Existenz mich sicher geschockt hätte, wenn ich nicht schon wegen Karls Tod in einem Schockzustand gewesen wäre.

Anders als meine Schwester, die Karl, ungeachtet der Mahnung meines Vaters, über Tote nur Gutes zu sagen, fortan nur noch Ebenizer Scrooge oder »den Geizkragen« nannte, hielt ich Karl auch nach dieser Enthüllung immer noch für einen prinzipiell großzügigen Menschen. Wir hatten – entgegen Mimis Schilderungen über fehlende Wintermäntel, Bruchbuden und so weiter – immer gut gelebt. Unsere Wohnungen waren zwar nie riesig oder luxuriös gewesen, aber immer in allerbester Stadtlage und schon deshalb nicht billig. Dazu kam, dass Karl sich vor allem mit Zürich und London Städte ausgesucht hatten, in denen das Leben an sich schon teurer war als anderswo. Und allein die Umzüge kosteten immer ein Vermögen. (Ziehen Sie mal mit einem Cembalo um!) In Madrid hatten wir sogar eine Zugehfrau gehabt, Señora Seda, die nicht schlecht bei uns verdiente, da wir das Putzen beide hassten und immer erst das Geschirr spülten, wenn kein sauberes mehr da war. (Als imaginäre Putzfrau hatte uns Señora Seda auch weiterhin begleitet. »Jemand müsste mal wieder das Bad putzen«, sagte ich zum Beispiel, und Karl antwortete dann: »Ich dachte, das hätte Señora Seda schon erledigt – sie muss übrigens auch noch die Wäsche aufhängen.«)

Überall hatte Karl zwar einen Lehrauftrag an der Universität gehabt, aber keine dieser Stellen war besonders gut bezahlt gewesen. Deshalb hatte er zusätzlich als Berater und Gutachter für Museen, Versicherungen und Auktionshäuser gearbeitet, und das Geld, das er dort verdiente, brauchten wir auch, denn Karl liebte gutes Essen (ich auch) und guten Wein (ich nicht), kaufte gern in Delikatessengeschäften ein, und mindestens zweimal in der Woche aßen wir auswärts. Außerdem gingen wir viel ins Theater und ins Kino, und wir gaben alle beide einen Haufen Geld für Bücher aus. Für Klamotten und teure Kosmetik wäre nichts mehr übrig geblieben, also war es ganz gut, dass ich mich dafür nicht wirklich begeistern konnte. Oder sagen wir so: Es war mir einfach nicht wichtig.

Und was den Wintermantel anging, auf den Mimi immer anspielte: Ich hatte seit vielen Jahren einen schwarz-weiß gemusterten Tweedmantel, den ich einfach liebte, auch jetzt noch, wo er reichlich abgetragen war. Sicher hatte es nicht an Karls Geiz gelegen, dass ich mir keinen neuen kaufte. Ich brauchte einfach keinen. Und ich hielt prinzipiell nichts davon, Dinge auszusortieren, nur weil sie ein wenig alt geworden waren.

Meine Eltern zahlten mir monatlich ein paar hundert Euro, sie nannten das offiziell »Studiengeld«, aber inoffiziell war es wohl, dass sie nicht wollten, dass Karl mich ganz allein »unterhielt« beziehungsweise »aushielt«. Und Karl hatte nichts dagegen, auch etwas, das Mimi ihm posthum vorwarf. Ich selber verdiente ein bisschen was mit Übersetzungen dazu, aber unregelmäßig und auch nicht besonders viel.

Meine Familie war empört, als nach Karls Tod die ersten Anwaltsbriefe eintrafen, und sie waren vor allem deshalb empört, weil Karl mich über seine tatsächlichen Vermögensverhältnisse im Dunkeln gelassen hatte. Natürlich waren sie auch empört darüber, dass Karls Familie nichts Besseres zu tun hatte, als sich sofort wie die Geier auf das Vermögen zu stürzen. Und zu guter Letzt waren sie darüber empört, dass ich nicht empört war, aber dann las Ronnie in einem Buch über die vier Phasen der Trauer, dass ich mich noch in der Schockphase befand und Empörung vorübergehend nicht zu meinem emotionalen Repertoire gehörte.

Aber das stimmte nicht ganz. Denn als sie in Karls Unterlagen eine Art Testament fanden, ein Blatt, auf das Karl mit Füller *»Im Falle meines Todes soll mein ganzer Besitz meiner Frau Carolin gehören«* geschrieben hatte, inklusive Ort, Datum und Unterschrift, empfand ich sehr wohl heftige Empörung. Ich war empört darüber, dass Karl offensichtlich in Erwägung gezogen hatte, vor mir zu sterben. Dass er überhaupt daran gedacht hatte zu sterben und mich alleinzulassen.

Meine Familie aber war aufgrund des Testamentes wieder einigermaßen mit Karl versöhnt. Mein Vater freute sich sogar so sehr über dieses Blatt, dass er es küsste.

Ohne es zu wissen, hatte ich einen reichen Mann geheiratet. Während unserer Ehe war er noch viel reicher geworden, denn seine Tante Jutta und seine Eltern waren kurz hintereinander gestorben und hatten ihm nicht nur, wie ich geglaubt hatte, die Hälfte einer Villa in Köln-Rodenkirchen vererbt, sondern auch ein Mietshaus in Düsseldorf, ein nicht unbeträchtliches Bar- und Aktienvermögen sowie wertvolle Kunstgegenstände, darunter ein »Fischstilleben in einer Uferlandschaft«, auf das Onkel Ohrfeigengesicht Thomas besonders scharf war, denn er erwähnte es in jedem seiner Schreiben mehrfach.

Mimi versuchte ständig, mich für das Erbe zu interessieren, obwohl Ronnie ihr versicherte, dass ich noch nicht so weit sei. Manchmal warf sie mir Zahlen an den Kopf, in der Hoffnung, ich würde sie automatisch addieren, oder sie referierte ausschweifend über Aktiendepots. Manchmal zeigte sie mir Bilder von Kunstgegenständen im Internet und deutete auf die daneben stehende Kaufsumme, aber mich interessierte der Plunder nicht. Ich hatte auch keine Ahnung, ob Karl die ganzen wertvollen Sachen, die Onkel Thomas haben wollte, wirklich besaß; gesehen hatte ich noch nichts davon, und manche Gegenstände klangen, als habe Onkel Thomas sie höchstpersönlich erfunden.

Und die meiste Zeit war mir das alles herzlich egal.

Karl war tot.

**»Sei lieber eine erstklassige Ausgabe deiner selbst, als eine zweitklassige Kopie von jemand anderem.«**

*Judy Garland*

*Weise, weise.*
*Aber um eine erstklassige Ausgabe von sich selber zu sein, muss man erst mal wissen, wer man überhaupt ist.*

»Sei einfach du selbst«, war der Leitsatz meiner Kindheit. Meine Mutter sagte ihn immer, wenn ich mich darüber beklagte, keine Freunde zu haben. »Sei einfach du selbst, dann lieben dich alle so, wie du bist.«

Tja, was soll ich sagen? Das ist einfach nicht wahr. Selbstverständlich sollte man sich nicht verstellen und so sein, wie man ist, aber es ist schlichtweg falsch, zu erwarten, dass einen dafür alle lieben. Nur, wenn man sehr viel Glück hat, dann findet man – außerhalb der eigenen Familie – Menschen, die einen genau so lieben, wie man ist.

Dumm, wenn ausgerechnet dieser Mensch stirbt.

Ich hatte zwei Schulhefte mit Linien gekauft. Nun saß ich damit bei Mimi am Esstisch und starrte auf die erste Seite. Frau Karthaus-Kürten hatte zwar gemeint, ich solle die Dinge nur für mich aufschreiben, aber das machte doch wenig Sinn, denn ich hatte für mich alles in meinem Kopf recht gut geordnet. Wenn ich »die Dinge« nun aufschrieb, dann nur, um es

Frau Karthaus-Kürten zu erleichtern, mich besser kennen zu lernen und damit auch besser zu therapieren.

Um ihr den Einstieg leicht zu machen, beschloss ich, mit einer kurzweiligen Episode zu beginnen. Und zwar mit dem Tag, an dem mich Leo seiner Mutter vorstellte. *(Sie erinnern sich, Frau Karthaus-Kürten? Leo war mein erster Freund, der Sohn meines späteren Ehemannes … ah, ja, das hatten Sie dreimal unterstrichen.)*

Leos Mutter und seine Schwestern wohnten in Oer-Erkenschwick, eine Stunde Autofahrt von Köln entfernt. Sie besaßen dort ein hübsches Einfamilienhaus mit großem Garten, und gleich nebenan lebten Leos Großeltern mütterlicherseits. Alles sehr idyllisch gelegen. Eine große Wiese mit Apfelbäumen gegenüber war ebenfalls im Familienbesitz, und Leo sagte, wenn es nach den Großeltern ginge, würden er und seine beiden Schwestern dort auch irgendwann ein Haus bauen, alle drei nebeneinander.

»In Oer-Erkenschwick«, sagte ich, weil ich den Namen so schön fand, dass ich ihn ständig aussprechen musste. Oer-Erkenschwick. Das musste man sich mal auf der Zunge zergehen lassen.

»Es gibt schlechtere Orte zum Leben«, sagte Leo.

Leos Mutter sah aus wie Leo in weiblich: Groß, blond, hübsch, mit blitzenden blauen Augen, denen scheinbar nichts entging.

»Sie haben da einen Fleck«, war so ziemlich das Erste, was sie zu mir sagte. Gleich nach: »Guten Tag, schön, Sie kennen zu lernen, Carola.«

»Carolin«, verbesserte Leo.

Ich starrte entsetzt auf mein T-Shirt, tatsächlich war da ein Hauch von einem Fleck, sozusagen ein Phantomfleck, nämlich, wo ich am Morgen einen Klecks Zahnpasta aus dem Stoff gebürstet hatte. Ich hatte nicht gedacht, dass man ihn ohne Lupe noch erkennen konnte.

Doch, Leos Mutter konnte. »Das Bad ist da vorne links, wenn Sie sich frisch machen wollen.« An ihrem Tonfall war klar herauszuhören, dass sie das dringend für nötig befand.

Während ich im Badezimmer stand, in den Spiegel schaute und mich tadellos und frisch fand, hörte ich Leo und seine Mutter leise miteinander sprechen. Das heißt, Leo sprach leise, seine Mutter antwortete recht laut und deutlich, und ich konnte mich des Eindrucks nicht erwehren, dass sie wollte, dass ich hörte, was sie sagte.

»Sicher, mein Schatz. Ich finde sie nur ein wenig … – unscheinbar. Ein wenig *durchschnittlich*. So ein graues Mäuschen, eben. Meinst du wirklich, dass sie zu dir passt?«

Leos Antwort konnte ich nicht verstehen.

»Es ist nur so, dass ich denke, du verdienst etwas ganz Besonderes, mein Schatz«, sagte Leos Mutter.

Ich schluckte hinter der Badezimmertür. Eigentlich hätte es mich freuen sollen, dass sie mich für durchschnittlich hielt. *Nichts Besonderes*. Denn ich verwendete gerade eine nicht unerhebliche Energie darauf, *nicht* ich selber zu sein – den Rat von Judy Garland und meiner Mutter hatte ich in den Wind geschlagen. Für mein zweites Studium in Köln, einer Stadt, in der mich niemand kannte, wollte ich nämlich endlich mal alles richtig machen. Jetzt war ich genauso alt wie die anderen Erstsemester-Studenten, und ich hatte niemandem, am wenigsten Leo, verraten, dass ich bereits einen Studienabschluss in Geophysik und Meteorologie hatte, genauso wenig, wie ich mich zu Cembalo, Mandoline, Koreanisch, IQ und Abiturdurchschnitt geäußert hatte. Ich war eine wirklich erstklassige Ausgabe des ganz normalen, netten Mädchens von nebenan.

»Erzähl mir was von dir«, hatte Leo bei unserer ersten Verabredung gesagt.

»Da gibt es nicht viel zu erzählen«, hatte ich erwidert. »Ich bin ein ganz durchschnittliches Mädchen.«

»Ein durchschnittliches Mädchen mit einem überdurchschnittlich süßen Gesicht«, hatte Leo gesagt, und ich war rot geworden. Einerseits vor Verlegenheit, andererseits vor Triumph. (Und außerdem noch, weil ich ohnehin wegen jedem bisschen errötete und Leo für den wunderbarsten Mann hielt, der mir jemals über den Weg gelaufen war.)

Ich mochte Leo. Ich mochte sein Aussehen und sein Lächeln und die Art und Weise, wie er mich anschaute. Ich liebte es, wenn er meine Hand nahm, und mir wurde immer ganz schummrig vor Freude, wenn er mich als seine Freundin vorstellte. Endlich, endlich hatte ich jemanden, zu dem ich gehörte.

Von wegen, sei einfach du selbst ... alles Blödsinn, Mama! Sei wie die anderen, und schon schaffst du dir Freunde.

Und wie viele Freunde ich auf einmal hatte! Leo war mit seinen blonden Locken, den ebenmäßigen Zähnen und den strahlenden blauen Augen nicht nur der bestaussehende Jurastudent weit und breit (Gott, er sah so großartig aus!), er war auch einer der beliebtesten. Als ich mit ihm zusammenkam, hatte ich daher mit einem Schlag zwanzig neue Freunde und Freundinnen, eine richtige Clique, mit der wir Partys feierten, lernten, essen oder ins Kino gingen und Spieleabende veranstalteten. Plötzlich war ich mittendrin, nicht mehr nur außen vor. Keiner von denen hielt mich für einen Freak, keiner nannte mich *Alberta Einstein*, und keiner machte blöde Witze über Mandolinen.

Ich sagte mir, dass es ja wohl nur reine Angeberei gewesen wäre, meinen IQ zu erwähnen, solange mich niemand danach fragte. Oder grundlos mit meinen Fremdsprachen zu prahlen. Ich redete mir ein, dass mich Leo und seine Freunde, pardon, *meine* Freunde, auch dann noch mögen würden, wenn sie alles über mich wüssten, also auch den unnormalen, freakigen Teil. Ich hatte eben nur noch keine Gelegenheit gehabt, ihnen davon zu erzählen.

Wenn meine Eltern mich besuchten – und das taten sie mindestens einmal im Monat, weil sie eine Bahncard hatten und es zwischen Hannover und Köln so eine schnelle ICE-Verbindung gab – sorgte ich dafür, dass sie Leo nicht über den Weg liefen, sicher war sicher. Keine zehn Minuten, und meine Mutter hätte garantiert irgendwas ausgeplaudert.

»Ach, das ist ja lustig, dass Sie Leo heißen«, hätte sie vielleicht gesagt. »Carolin hat mit sechs Jahren mal einen Roman geschrieben, der hieß: ›Die doofe Jasmin und der gemeine Leo‹. Oder, Schätzchen?«

Genau genommen war es kein Roman, sondern ein eigenhändig illustriertes Pamphlet in einem Din-A-5-Heft mit dem Titel »Der doofe Leo und die gemeine Jenny«, denn das waren die Namen von zwei Kindern aus meiner Klasse, die nicht besonders nett zu mir gewesen waren. (Was in der Geschichte mit dem doofen Leo und der gemeinen Jenny passierte, möchte ich hier lieber nicht erzählen.)

Jedenfalls wären es vom »Roman« bis zum Mandolinenunterricht nur ein winzig kleiner Schritt gewesen, und deshalb wollte ich ein Zusammentreffen von Leo mit meiner Familie so lange wie möglich hinauszögern.

Mandolinenunterricht und Leo und Jenny hin oder her – ich hatte eine glückliche Kindheit. Meine Eltern waren immer für uns Kinder da, meine Geschwister zankten sich zwar untereinander wie die sprichwörtlichen Kesselflicker, aber zu mir waren sie lieb und fürsorglich. Was daran liegen mochte, dass sie viel älter waren als ich und sich mit mir nicht mehr um Legosteine oder Ähnliches kloppen mussten. Mimi war elf Jahre älter, mein Bruder Manuel neun. Unsere Eltern liebten einander, es gab keine finanziellen Probleme, und wir hatten ein ebenso schönes Haus mit Garten wie Leos Mutter in Oer-Erkenschwick. (Entschuldigung, es handelt sich hier um einen klassischen Fall von Erwähnungszwang.) In meiner Kindheit gab es Hund und Katze, viele wunderbare Urlaube und Bilderbuch-Großeltern. Meine Geschwister und ich waren absolut unkompliziert, gesund, gut in der Schule, weder mager- noch drogensüchtig. Mein Bruder machte zwar mal kurz eine Zeit durch, die mein Vater »die Flegeljahre« nannte, aber das Schlimmste, was er als Flegel machte, war, beim Essen die Ellenbogen aufzustützen, »Reg dich nicht auf, Alter/Alte« zu sagen und später nach Hause zu kommen als vereinbart.

Mein Kindheitsglück wurde nur dadurch getrübt, dass ich wenige bis gar keine Freunde hatte. Ich wurde mit fünf Jahren eingeschult, war einen guten Kopf kleiner als die anderen Kinder und noch gänzlich ohne Zahnlücken. Und im Gegensatz zu den anderen Kindern konnte ich schon lesen und schreiben und verstand nicht, was so schwierig daran sein konnte, 10 minus 8 zu rechnen. Die meisten Kinder fanden mich seltsam, faszinierend und abstoßend zugleich. Dazu kam, dass wir in einer eher dörflichen Vorstadtgegend lebten, wo jeder jeden kannte. Wohin ich auch kam, der Ruf, ein seltsamer Freak zu sein, eilte mir schon voraus. Das zweite und das sechste Schuljahr übersprang ich, was mir auch nicht gerade erleichterte, Freundschaften zu schließen. Manche wollten zwar gern mit mir befreundet sein, aber wohl in erster Linie, um sich von mir die Hausaufgaben machen zu lassen. Es tat weh, nicht wirklich dazuzugehören, und in manchen Lebensphasen wiederholte meine Mutter ihren Trostspruch (»Sei einfach du selber …«)

geradezu gebetsmühlenartig, aber schließlich richtete ich mich ganz gemütlich in meiner Rolle eines freakigen Außenseiters ein. Es war sozusagen Ehrensache, meinem Ruf gerecht zu werden, Buchstabier- und Mathematikwettbewerbe zu gewinnen, bei »Jugend musiziert« Preise abzuräumen und das beste Abitur der Jahrgangsstufe zu machen, das beste im Landkreis Hannover, um genau zu sein, allerdings nur das zweitbeste von ganz Niedersachsen: Ein anderer Freak – ein siebzehnjähriger Gewinner mehrerer renommierter naturwissenschaftlicher Preise – hatte tatsächlich noch einen besseren Durchschnitt als ich. Ich erwog kurz, ihm zu schreiben, möglicherweise war er ja ein Seelenverwandter, aber dann sah ich ein Bild von ihm in der Zeitung und nahm davon Abstand.

Anders als meine Schwester, die sich vor Verehrern kaum retten konnte, blieb ich bis sechzehn ungeküsst. Der erste Junge, der mich küsste, war mein Nachhilfeschüler Oliver Henselmeier. Oliver war zwar ein halbes Jahr älter als ich, aber drei Klassen unter mir. Es war mir klar, dass unsere Beziehung von vornherein zum Scheitern verurteilt war, aber ich wollte es wenigstens mal versucht haben. Oliver sagte es mir nicht, aber um ein paar Ecken erfuhr ich, dass er nicht wegen des Intelligenzgefälles mit mir Schluss gemacht hatte, sondern weil mein Busen so klein war.

Ich lernte zwei Dinge daraus. Erstens: Jungs ist es egal, wie hoch dein IQ ist, wenn die Körbchengröße stimmt. Zweitens: Ein Junge, dem es egal ist, wie hoch dein IQ ist, weil seiner weit unter deinem liegt, ist nicht wirklich erotisch. (Und der Name Henselmeier natürlich auch nicht, das nur mal so nebenbei.)

Aber mit Leo war es anders. Erstens mochte er meinen Busen genau so wie er war. (Na ja, wenn ich ehrlich bin, sagte er, das Aussehen sei ihm nicht so wichtig, es käme ihm mehr auf die inneren Werte an.) Zweitens hatte er einen viel höheren IQ als Oliver. Drittens hatte er einen hübschen Nachnamen. Und viertens sagte er lauter nette Sachen zu mir. Nach unserer ersten Nacht – ich hätte wohl gleich am ersten Tag mit ihm geschlafen, aus Prinzip und weil es höchste Zeit für mich war, aber es dauerte ganze vier Wochen, bis wir Sex hatten – sagte er: »Ich meine es wirklich ernst mit dir, Carolin. Ich finde, wir passen einfach gut zueinander.«

Das fand ich auch. Obwohl ich natürlich keinerlei Vergleichsmöglichkeiten hatte und mir auch nicht ganz sicher war, ob Leo auf unsere körperliche oder unsere seelisch-geistige Kompatibilität anspielte. Oder auf beides.

Nach der dritten Nacht sagte Leo: »Ich liebe dich«, und ich antwortete: »Ich liebe dich auch«, so wie sich das gehört. Und dabei fühlte ich mich wirklich, wirklich gut. So *normal*, irgendwie.

Tja, und nun stand ich im Badezimmer seines Elternhauses und musste mir anhören, dass ich nicht besonders genug war. Eigentlich lustig, wenn man es recht bedachte.

»Sie hätten ruhig den Kamm benutzen dürfen«, sagte Leos Mutter, als ich wieder herauskam. »Er ist extra für Gäste.«

Nein, man konnte nicht sagen, dass es sich bei uns beiden um Sympathie auf den ersten Blick handelte.

Leo stellte mir seine kleinen Schwestern vor, Corinne und Helen. Die beiden großen blonden hübschen Mädchen musterten mich skeptisch von Kopf bis Fuß, und während Corinne sich immerhin ein Lächeln abrang, bedachte mich Helen den ganzen Nachmittag nur mit finsteren Blicken. Leo erklärte mir auf der Rückfahrt, Helen habe sehr an seiner Exfreundin gehangen und nehme es ihm übel, dass er mit ihr Schluss gemacht habe.

»Sie nimmt es wohl eher mir übel!«, sagte ich.

»Unsinn. Das war Wochen, bevor wir uns kennen gelernt haben. Du wirst sehen, nächstes Mal wird sie schon viel netter zu dir sein.«

Mir lief ein Schauder über den Rücken, als er das sagte. *Nächstes Mal. Nächstes Mal in Oer-Erkenschwick.* Das klang in meinen Ohren ein bisschen wie Filmmusik, zum Beispiel die, mit der die Duschszene in »Psycho« untermalt ist. Oder dieses *Dumdidumdidum*, das man immer hört, bevor die Schwanzflosse des weißen Hais sichtbar wird.

Leos Mutter hatte Kirschkuchen gebacken, und beim Kaffeetrinken fragte sie mich über meine Familie aus. Ich fühlte mich unter ihrem Blick weiterhin unbehaglich, bemühte mich aber, nur Fakten preiszugeben, die ihr gefallen könnten. Ich sagte, dass mein Vater Ministerialrat war, mein Bruder Arzt und meine Schwester Betriebswirtin. Dass meine Schwester letzten Sommer geheiratet hätte und gerade in Köln ein Haus suchte, und dass mein Bruder und seine Frau demnächst ein Kind bekämen und wir uns alle schrecklich darauf freuen würden. Letzteres war nicht gelogen, sondern nur ein wenig übertrieben. Meine Eltern freuten sich wirklich schrecklich auf das erste Enkelkind, Mimi und ich waren nur mäßig erfreut. Wir hatten bis zum Schluss gehofft, mein Bruder würde der Kreissäge noch einmal den Laufpass geben oder umgekehrt.

Dann log ich ein bisschen und sagte, dass meine Mutter auch ganz hervorragenden Kirschkuchen backen konnte (wahr), aber nicht so hervorragend wie Leos Mutter (gelogen). Es war vielleicht ein bisschen zu schleimig, als ich fragte, ob sie so lieb wäre, mir das Rezept zu verraten, aber ich meinte es ja nur nett.

»Das ist ein geheimes Familienrezept«, sagte Leos Mutter mit einem bedauernden Lächeln. »Es wird nur an Familienangehörige verraten.«

Okay. Ich hatte es versucht. In Gedanken knipste ich den Anbiedermodus wieder aus.

Leos Mutter ihrerseits verriet mir, dass sie Musiklehrerin und/oder Opernsängerin hatte werden wollen, diese Pläne aber der Kinder und ihres Exmannes wegen aufgegeben habe. »Ich habe immer viel Wert auf die musikalische Bildung meiner Kinder gelegt«, sagte sie. »Alle drei haben mein musikalisches Talent gelernt und spielen hervorragend Klavier.«

»Na, jetzt übertreib doch nicht so«, sagte Leo verlegen. »Es ist gerade mal gut genug für den Hausgebrauch.«

»Ich übertreibe nicht«, sagte seine Mutter. »Carola würde sich sicher freuen, wenn du ihr mal was vorspielst.«

»Carolin«, sagte ich.

Leos Mutter fragte, ob man in meiner Familie auch Wert auf musikalische Bildung gelegt hätte. Ich überlegte kurz, was sie an dieser Stelle wohl am liebsten hören würde. Wenn ich Cembalo und Mandoline ins Feld führen würde, hätte das in ihren Augen möglicherweise was von »Ätsch, Pustekuchen, und immer dreimal mehr als du, nänänänänäää« gehabt. Aber ich wollte auch nicht, dass sie uns für komplette Kulturbanausen hielt, deshalb antwortete ich (wahrheitsgemäß), dass wir in der Grundschule alle Blockflötenunterricht gehabt hätten.

Das Lächeln von Leos Mutter gab mir Recht. Sie schien zwar nicht besonders viel von Blockflöte zu halten, wenn man aus ihrer Mimik Rückschlüsse ziehen sollte, aber sie war zufrieden mit meiner Antwort. »Es können ja auch nicht alle Kinder als kleine Mozarts geboren werden«, sagte sie und betrachtete ihren Nachwuchs voller Liebe und Stolz.

Die kleinen Mozarts lächelten liebevoll zurück.

Nach dem Kuchenessen setzte sich die wortkarge Helen Mozart ans Klavier und spielte Beethovens »Für Elise«. »Für Elise« ist an und für sich ein sehr schönes Stück, aber es ist auch das meistverhunzte. Das liegt daran, dass die Mehrzahl der Leute, die in ihrer Jugend mal Klavierunterricht gehabt haben, geradezu zwanghaft »Für Elise« spielen müssen, wenn sie irgendwo ein Klavier sehen. Allerdings immer nur den Anfang, den schwierigeren Mittelteil lassen sie lieber aus, sofern sie ihn überhaupt jemals konnten. Alternativ geben sie noch gern »Ballade pur Adeline« von Richard Clayderman zum Besten. Die ohne Klavierunterricht spielen den »Flohwalzer«.

Helen spielte den schwierigen Mittelteil mit, aber sie spielte ihn schlecht. Trotzdem klatschte ihre Mutter enthusiastisch Beifall. »Und jetzt du, Leo!«

Bitte nicht »Ballade pur Adeline«, betete ich stumm. Leo überraschte mich positiv und stimmte den »Fröhlichen Landmann« von Schumann an. Den hatte ich mit sieben Jahren auch mal gespielt.

Leos Mutter platzte beinahe vor Stolz. »Großartig!«, sagte sie. »Die Frau, die dich mal abkriegt, kann sich wirklich glücklich schätzen. Ein Jurist mit musischer Begabung! Und dabei noch so gut aussehend wie ein Filmstar.«

»Mama!«, sagte Leo verlegen.

»Ist doch wahr!«

»Und die Waschmaschine reparieren kannst du auch«, sagte Corinne.

»*Und* super Tennis spielen«, sagte Helen.

»*Und* kochen und backen«, sagte seine Mutter.

»Aber nicht so gut wie du, Mama«, sagte Leo und gab ihr einen Kuss.

»Nicht doch«, sagte seine Mutter. »Sonst wird die Carola noch eifersüchtig.«

Die Carola war natürlich nicht eifersüchtig, die Carolin aber schon ein wenig … irritiert. In unserer Familie hatten wir uns auch lieb, und wir waren auch alle sehr stolz aufeinander, aber mit Komplimenten waren wir ein wenig zurückhaltender. Sätze wie »Du bist so gut aussehend wie ein Filmstar« hörte man bei uns zu Hause eigentlich nie. Dann schon eher Sätze wie »Du siehst dem Hund mit jedem Tag ähnlicher«.

War Leo am Ende ein Muttersöhnchen?

Auf der Rückfahrt nach Köln fragte ich ihn nach seinem Vater. Er hatte die Familie und Oer-Erkenschwick verlassen, als Leo vierzehn Jahre alt gewesen war, und Leo nahm ihm das bis heute sehr übel. Der Vater, ein recht bekannter Kunsthistoriker, sei vorher schon nie viel zu Hause gewesen, immer unterwegs, auch im Ausland, die ganze Erziehung habe er der Mutter und den Großeltern überlassen. Ein unpraktischer Mensch sei er, nicht mal eine Glühbirne könne er wechseln, keinen Nagel gerade in die Wand schlagen, alle Reparaturen im Haus habe immer er, Leo, übernehmen müssen. Oder der Opa. Ein eitler Egoist sei der Vater, ein verantwortungsloser Selbstdarsteller, der sich auch jetzt kaum um seine Kinder kümmerte. Ständig zog er um, die Unterhaltszahlungen kamen unregelmäßig, und wären da nicht die gutbetuchten Großeltern, wäre wohl kaum genug Geld für Klavier- und Tennisstunden da. Es täte ihm leid, das sagen zu müssen, aber sein Vater sei einfach in jeder Beziehung ein Mistkerl. Wenn Leo überhaupt etwas Positives über ihn berichten könne, dann die Tatsache, dass er dank seines Vaters genau wisse, wie er mal werden wolle, nämlich das genaue Gegenteil.

Sofort hatte ich Mitleid mit Leo. Vielleicht war es ja unter diesen Umständen normal, dass man sich ein wenig enger an seine Mutter und Schwestern band. Aus reiner Solidarität gegen den Schuft von Vater.

Ich hätte gern seine Hand gestreichelt, aber er brauchte sie zum Lenken. Deshalb streichelte ich sein Bein.

Leo lächelte mich an. »Keine Sorge wegen meiner Mutter. Sie ist am Anfang immer ein bisschen kritisch, wenn es um meine Freundinnen geht. Aber sie hat ein Herz aus Gold.« (Das hielt ich wiederum für ausgeschlossen. Wenn das Herz seiner Mutter überhaupt aus einem Edelmetall war, dann höchstens aus Zinn.) »Sie wird deine Qualitäten schon noch erkennen. Weißt du, du bist eben mehr ein Mädchen für den zweiten Blick. Nicht so ein Fotomodeltyp wie meine anderen Freundinnen und auch nicht so ehrgeizig, aber dafür auch nur halb so zickig.«

»Das stimmt«, sagte ich erleichtert, obwohl ich seine Exfreundinnen natürlich gar nicht kannte. »Du hattest wohl schon viele Freundinnen, hm?«

»Zahlen sind doch relativ«, sagte Leo mit einem schiefen Grinsen. »Es kommt immer darauf an, wie ernst man eine Beziehung nimmt. Und das mit uns meine ich wirklich sehr ernst. Das mit uns hat Zukunft.«

Da sah ich Leo von der Seite an und dachte, dass es doch eigentlich egal sein konnte, was seine Mutter von mir dachte.

Hauptsache war doch, er liebte mich so, wie ich war. Oder – ähem – vielmehr so, wie ich gern sein wollte, oder besser noch, wie er dachte, dass ich sei, weil ich so war, wie ich … – egal! Hauptsache, er liebte mich überhaupt.

»Du meinst, Hauptsache einen Freund«, sagte meine Schwester, als ich ihr meine Gedankengänge am Telefon darlegte. »Egal um welchen Preis.«

»Nein! Das meine ich nicht.«

»Liebst du diesen Leo denn wirklich? Oder liebst du nur, dass er dich liebt?«

»Hä?«

»Tu nicht so dumm. Du weißt genau, was ich meine.«

»Ja, ich liebe Leo«, sagte ich und legte so viel Pathos wie

irgend möglich in meine Stimme. »Und er liebt mich.« Und wenn ich ihm irgendwann mal, also bei der richtigen Gelegenheit, sagen würde, dass ich mich auch in Geophysik und Meteorologie auskannte und als Siebenjährige – was für ein Zufall – mit dem ›Fröhlichen Landmann‹ bei ›Jugend musiziert‹ in der Sparte Tasteninstrumente gewonnen hatte, dann würde er sicher lachen und sagen: »Aber warum hast du mir das denn nie erzählt? Das ist doch super!«

Ganz bestimmt.

Meine Schwester seufzte nur.

»Es gibt für alles zwei Zeitpunkte, den richtigen und den verpassten.«

*Stan Nadolny*

Zwei Monate später hatte es die richtige Gelegenheit immer noch nicht gegeben. Dafür wurde Leos Großmutter väterlicherseits siebzig, und Leo bestand darauf, mich zu der Feier mitzunehmen und mich bei der Gelegenheit diesem Zweig seiner Familie vorzustellen.

»Keine Sorge, mein Vater wird nicht da sein«, sagte er, als ich zögerte. »Er ist wohl in Madrid, jedenfalls kam da seine letzte Postkarte her. Aber meine Schwestern kommen und mein Onkel Thomas, außerdem jede Menge Kölner Politprominenz, denn mein Opa war jahrzehntelang politisch aktiv und sogar zweimal stellvertretender Bürgermeister der Stadt. Ich würde dich wirklich gern meinen Großeltern vorstellen. Und Großtante Jutta. Sie ist ein Original.«

Kölner Politprominenz, Großtante Jutta und Onkel Thomas klangen für mich nicht verlockend, und auch auf eine neuerliche Begegnung mit Leos Schwestern war ich nicht wirklich scharf. Aber es gehörte zu meiner Rolle als ganz normales, nettes Mädchen von nebenan, dass ich unkompliziert und für jeden »Spaß« zu haben war, also sagte ich, dass ich gerne mitkommen würde.

Leo freute sich und sagte, ich solle mir keinen Stress wegen der Klamottenauswahl machen. Sofort bereute ich, dass ich zugesagt hatte.

»Hauptsache, keine Jeans«, sagte Leo. »Und vielleicht machst du was mit deinen Haaren.«

»Was stimmt nicht mit meinen Haaren?«, fragte ich leicht panisch.

»Mit deinen Haaren ist alles in Ordnung. Es ist nur so, dass ein Pferdeschwanz mehr was für den Tennisplatz ist als für eine Feier dieser Art. Meine Großmutter ist bei so was immer ein bisschen pingelig. Haare, Fingernägel und Schuhe – auf so was achtet sie.«

Jetzt bekam ich richtig Angst.

»Ich leih dir was«, sagte meine Schwester. »Und ich mache dir die Nägel. Weißt du, man muss die nicht immer nur alle paar Wochen bis auf die Kuppe abschneiden, es gibt da so Dinger, die heißen Nagelfeile, und man kann sie täglich benutzen.« Mimi und Ronnie hatten in der Zwischenzeit ein Haus in Köln gekauft, und nach einem halben Jahr Abstinenz genoss ich es sehr, endlich mal wieder jemanden von der eigenen Familie um mich herum zu haben. Obwohl die beiden beruflich sehr eingespannt waren und ich vom Studentenwohnheim – via zwei Straßenbahnlinien – über eine halbe Stunde zu ihnen benötigte, sahen wir uns beinahe täglich.

Natürlich waren Mimi und Ronnie ganz scharf darauf gewesen, Leo kennen zu lernen, aber ich hatte ihn erst zum Essen mitgebracht, nachdem sie mir beim Leben ihres ersten Kindes versprochen hatten, nichts zu sagen, was meinem Image als »Nicht-Freak« hätte schaden können. Vor allem Ronnie fragte nämlich aus heiterem Himmel gern mal so Sachen wie: »Was versteht man eigentlich noch mal genau unter *Ionosphäre*, Carolin?«

Ich musste mir zwar eine Menge Predigten à la »Wenn du dich nicht traust, ihm alles über dich zu erzählen, dann stimmt doch was nicht« und »Ein Mann, der dich nicht so liebt, wie du wirklich bist, ist es auch nicht wert, dass du ... blablabla« anhören, aber dann versprachen sie doch, mich nicht zu »blamieren«.

Wie immer kochten sie hervorragendes Essen und waren überhaupt die allerbesten Gastgeber. Ronnie verplapperte sich nur einmal, als er mich spontan in seine Renovierungsüberlegungen mit einbezog: »Also: Die Fliesen sollen vierundsiebzig Euro neunzig den Quadratmeter kosten, aber bei der Abnahme von über fünfzig Quadratmetern bekommen wir wegen meiner guten Beziehungen fünfzehn Prozent Preiserlass. Plus noch mal zwei Prozent Skonto bei Sofortzahlung. Wir brauchen sechsundfünfzig Quadratmeter. Wie viel würde uns das kosten, Carolinchen?«

Ich sah ihn nur mit großen Augen an und kniff die Lippen zusammen.

»Äh, ich hole schnell den Taschenrechner«, sagte Ronnie und wurde rot. Mimi grinste nur, und Leo bemerkte nicht, dass ich kurz davor gewesen war, »dreitausendvierhundertdreiundneunzig komma neun drei fünf« zu rufen.

»Er ist ein netter Junge«, sagte Mimi später über ihn. Es klang zwar nicht besonders begeistert, aber »netter Junge« war auf jeden Fall schon eine immense Steigerung gegenüber »brunzdoofe Gurke«, welches die Worte waren, die sie für Oliver Henselmeier gefunden hatte. Und dazwischen hatte es ja niemanden gegeben, für den sie eine Bezeichnung hätte finden müssen.

»Ja, sehr nett«, stimmte Ronnie zu. »Er redet nur einen Ticken zu oft über seine Mutter und seine Schwestern, finde ich.«

»Das musst du gerade sagen«, höhnte Mimi, die ihre Schwiegermutter und ihre Schwägerinnen hasste, was leider auf Gegenseitigkeit beruhte und immer schlimmer wurde, je länger Ronnie und Mimi kinderlos blieben.

»Man kann das auch als Charakterstärke auslegen«, sagte Ronnie schnell. »Es zeigt, dass er Verantwortung übernehmen kann.«

Das war auch die Auslegungsvariante, die ich bevorzugte.

Leo wiederum war von Mimi und Ronnie sehr angetan. Sogar die Katze fand er toll. »Weißt du, du hast so lange gewartet, mich deiner Familie vorzustellen, dass ich schon Angst hatte, sie könnten vielleicht ein wenig ... hm, nun ja, du weißt schon.«

»Was?«

»Ähm, eben weniger *präsentabel* sein.«

»Weniger präsentabel als was?« Als seine Familie? Als ich?

»Ist doch jetzt egal. Sie sind großartig, sehr sympathisch, gebildet, interessant«, sagte Leo. »Das Haus gefiel mir auch unheimlich gut. Wann lerne ich deine Eltern kennen?«

»Bei der nächsten Gelegenheit«, sagte ich und kreuzte zwei Finger hinter meinem Rücken.

Für den siebzigsten Geburtstag von Leos Großmutter lieh Mimi mir eines ihrer schwarzen Etuikleider, in denen sie immer aussah wie Audrey Hepburn. Ich sah darin aus wie Audrey Hepburns kleine Schwester, immerhin. Dazu trug ich hochhackige Pumps und eine doppelreihige Perlenkette, die ich mir vom Hals nestelte und in die kleine geliehene Handtasche stopfte, sobald ich außer Sichtweite war. Was zu viel war, war zu viel.

An der Frisur ließ sich auf die Schnelle nichts mehr ändern, denn in meinem Hinterkopf steckten pfundweise schwarze Haarnadeln, und das Ganze war außerdem mit einer halben Dose Haarspray fixiert. Ganz sicher nichts für den Tennisplatz.

Leo war entzückt, als er mich sah. »Du siehst zehn Jahre älter aus«, sagte er. »Wie eine Dame.«

Ich war entsetzt. Auf dem Weg nach Köln-Rodenkirchen kaute ich mir noch schnell den Lippenstift ab und verwischte den dramatischen Lidstrich zu einem unauffälligen Schatten. Trotzdem fühlte ich mich noch immer wie verkleidet, als wir vor der Villa von Leos Großeltern ausstiegen. Es war ein wundervolles Jugendstilhaus mit Erkern, Türmchen, polierten Marmor- und Intarsienparkettböden und Stuckdecken, zwei Querstraßen vom Rheinufer entfernt. Ich hielt mich automatisch kerzengerade, als ich über die Schwelle schritt. Obwohl sie die Mutter seines Vaters war, sah Leos Großmutter wie eine ältere Version von Leos Mutter aus, blond, groß, gepflegt und mit diesem leicht gefrusteten Zug um den Mund. Sofort hatte ich Angst, sie würde einen Fleck auf meinem Kleid entdecken und mich zum Frischmachen ins Badezimmer schicken.

Aber sie war ganz reizend zu mir. Zwar stellte sie mich allen Leuten – Kölner Politprominenz? – als »Leos kleine Freundin« vor, aber das machte mir nichts aus. Leos Großvater war um einige Jahre älter als sie und sah aus wie Wachtmeister Dimpfelmoser aus »Räuber Hotzenplotz«, nur ohne den Helm und die Uniform. Ganz sicher hatte er seinerzeit einen prächtigen stellvertretenden Bürgermeister abgegeben, und ich fand es irgendwie süß, dass er mir einen Handkuss gab.

Leos Schwestern waren im Partnerlook erschienen, in Dunkelblau mit weißen Tupfen, und verströmten Oer-Erkenschwicker Charme.

»Schönes Kleid«, sagte Corinne. »H&M?«

»Eher D&G«, murmelte ich, aber ich war mir nicht ganz sicher. Mit Designerlabels kannte ich mich nicht so gut aus.

»Ich finde, da fehlt was«, sagte Corinne und zeigte in meinen Ausschnitt. Also, das ging aber nun zu weit! Was fiel ihr ein, an meinem zu kleinen Busen herumzunörgeln? Ich suchte noch nach einer schlagfertigen Erwiderung – zum Beispiel hätte ich auf ihren Kopf zeigen und sagen können »besser hier als im Gehirn« –, da setzte sie hinzu: »Ein Collier oder so was.«

Oh. Da hatte ich ihr wohl unrecht getan. »Ich hab eine Perlenkette in der Tasche«, sagte ich beschämt und holte die Kette wieder hervor.

»Die ist doch wunderschön!« Corinne band sie mir um den Hals, und für drei Sekunden stellte sich ein beinahe freundschaftliches Gefühl bei mir ein.

»Viel besser«, sagte Corinne, als sie mich erneut betrachtete. »Jetzt fällt der flache Busen nicht mehr so auf.«

Das freundschaftliche Gefühl verabschiedete sich auf Nimmerwiedersehen.

Helen zückte ihre Kamera. »Mama hat gesagt, ich soll unbedingt ein Bild von dir machen, darf ich?«

»Natürlich.« Lieber jetzt als später, wenn mir womöglich ein Absatz abgebrochen war oder die Haarnadeln aus der Frisur rieselten. Helen machte ungefähr zwanzig Bilder, von denen sie danach alle wieder löschte, auf denen ich gut aussah. Sie behielt nur eins, auf dem ich die Augen halb geschlossen hatte und aussah, als hätte ich einen im Tee.

Leo kam mit zwei gefüllten Champagnergläsern und einem Mann Ende dreißig zu uns, dessen Blick überdurchschnittlich lang auf meinen Kniescheiben verweilte, bevor er langsam aufwärts glitt, bis er – mit leicht heruntergezogenen Mundwinkeln – in Brusthöhe hängen blieb und das Perlencollier betrachtete. »Onkel Thomas, das ist meine Freundin Carolin.«

»*Der* Onkel Thomas«, sagte Onkel Thomas. Er war ein schlanker Mann, aber seine Gesichtszüge wirkten seltsam aufgedunsen und schwammig. Das Gleiche galt für seinen Händedruck. »Das schwarze Schaf der Familie Schütz.«

»Ach, und ich dachte, Leos Vater sei das schwarze Schaf«, entfuhr es mir.

»Mein großer Bruder, der Professor? Ach was! Der ist Vaters und Mutters Liebling. Was Karl sagt und tut, ist heilig. Alle meine Pläne und Ideen hingegen werden als Spleen abgetan. Na ja, das ist das Los der Künstler.« Er befeuchtete sich die Lippen. »Ich bin im Filmgeschäft tätig.«

»Als Schauspieler?« Er würde einen guten Bösewicht abgeben, fand ich.

»Lieber Himmel, nein! Ich bin Produzent. Da laufen die Fäden zusammen, da ist das *big money* zu machen. Aber erstmal muss man investieren, irgendwie geht das offenbar in die Hirne der Leute nicht rein. Jeder Traum, der *reality* werden soll, kostet nun mal Geld. Man glaubt ja nicht, wie schwer es einem gemacht wird, wenn es um die Finanzierung einer großen Vision geht.« An dieser Stelle sah er sich kurz um und fuhr dann mit gesenkter Stimme fort: »Man sollte denken, dass einen da wenigstens die eigenen Eltern unterstützen, aber – nein! Auch an einem Tag wie diesem bekommt man nur die Projekte unter die Nase gerieben, die schiefgegangen sind. Ja, ja! Herrgott, jeder Mensch macht doch mal Fehler, oder etwa nicht? Auch jemand wie mein guter Freund Bernd – Bernd Eichinger, kennst du, oder? Rossini? Bewegter Mann? Das Parfüm? – ist nicht gegen Misserfolge gewappnet. Aber reiten seine Eltern da vielleicht andauernd drauf rum? Nur meine verknöcherten Alten sitzen auf ihrem Geld und ihren

Vorwürfen wie Gänse auf ihren Eiern. Nicht mal seine Kontakte will der alte Herr spielen lassen. Dabei haben wir für das aktuelle Projekt sogar – aber das ist jetzt *top secret*, ja? – eine Zusage von Til. Dem gefällt das Drehbuch unheimlich gut. Aber glaubt man, dass das meine Eltern auch nur ansatzweise interessiert?«

»Til Schweiger?«, rief Corinne. »Wie cool.«

»Pssssst! Ich sag doch, das ist *top secret*. Aber wenn es so weit ist, könnt ihr zu den Dreharbeiten kommen«, sagte Onkel Thomas. »Wozu hat man schließlich einen Erbonkel beim Film? Oh, da hinten sehe ich den Landrat. Ich denke, es wird ihm nicht schaden, mal ein wenig über Kultur zu sprechen. Ihr entschuldigt mich? Ich zeig euch später noch meinen neuen Porsche. Wenn ihr wollt, mache ich auch eine Probefahrt mit euch.«

Leo drückte mir ein Champagnerglas in die Hand. »Onkel Thomas hat ein Faible für schnelle Autos.«

Und für Kokain, dachte ich. Oder eine andere illegale Substanz, die größenwahnsinnig machte. Ich hätte jetzt auch gern ein Näschen davon genommen.

Leo führte mich einmal quer durch den Raum zu seiner Großtante Jutta. Die war schätzungsweise hundert und schien nicht so recht zu wissen, wer Leo überhaupt war.

»Wie spät ist es denn, Junge?«, fragte sie. »Ich muss langsam mal daran denken, wie ich wieder nach Hause komme. Mein kleiner Tommi ist gar nicht gern allein.«

»Es ist noch früh, Tante Jutta. Die Feier hat gerade erst begonnen. Das ist übrigens meine Freundin Carolin.«

»Mit dem Taxi fahre ich auf gar keinen Fall«, sagte Tante Jutta. »Die haben einer wehrlosen Frau wie mir ganz schnell eins übergebraten und die Handtasche abgenommen. Wie spät ist es denn, Junge? Der arme Hund ist gar nicht gern allein.«

»Wir kommen nachher noch einmal.« Leo zog mich wieder zu seinen Schwestern. »Arme Tante Jutta. Sie wird allmählich senil. Und immer auch ein bisschen unverschämt. Aber alle sind nett zu ihr, denn sie hat keine Kinder und eine Menge zu vererben.«

Helen gab mir ihre Kamera. »Kannst du ein paar Bilder von mir, Corinne und Leo machen? Am besten da hinten, vor dem Flügel. Für meine Mama.«

Na klar konnte ich das. Der bildhübsche, musikalische Nachwuchs vor dem glänzend schwarzen Flügel – die Mama würde begeistert sein.

Der Flügel war gestimmt, und offenbar war es nicht verboten, darauf zu spielen. Leider, konnte ich nur sagen. Zuerst spielte Helen »Für Elise« und dann Corinne. Die Großeltern und die Gäste störten sich nicht weiter an dem Geklimper, nur mir ging es zunehmend auf die Nerven.

»Wie wäre es mal mit … Bach?«, schlug ich vor.

»Wir hassen Bach, Bach ist furchtbar«, sagte Helen, und Leo spielte zur Abwechslung den »Fröhlichen Landmann«.

Nach ihm spielte Corinne auch den »Fröhlichen Landmann«. Und dann Helen.

Hinter meinem rechten Auge begann es zu pochen. »Oder Chopin«, sagte ich.

Helen sagte, Chopin sei ihr zu schwülstig. Sie suchte in dem Notenstapel neben dem Flügel nach etwas anderem. »Hier! Das ist schön. Das spiele ich gerade. Mozart. Sonate es-Moll. Sehr, sehr schwer, sagt meine Klavierlehrerin.«

»Es-Dur«, verbesserte ich automatisch, aber da hatte Helen schon angefangen, die Sonate zu vergewaltigen, und Leo machte Fotos davon.

Das Pochen hinter meinem Auge wurde stärker. Als ich es nicht mehr aushalten konnte, machte ich mich auf die

Suche nach einer Toilette. Die ersten beiden, die ich fand, waren besetzt, und jemand schickte mich eine Etage weiter nach oben. Das Badezimmer hier war bezaubernd, es hatte nur den Nachteil, dass man die Tür nicht abschließen konnte. Ich musste einen Stuhl unter der Klinke verkeilen, sonst hätte ich es nicht gewagt, das Kleid hochzukrempeln und den Slip herunterzuziehen, aus lauter Angst, jemand könne hereinkommen und mich sehen. Pedantisch überprüfte ich anschließend den Sitz von Kleid und Slip vor dem Spiegel, bevor ich mich wieder hinauswagte. Hautenge Kleider war ich einfach nicht gewöhnt. Auf dem Weg zurück trödelte ich so gut es ging. Die Mozartsonate in Es-Dur war zufällig eines meiner Lieblingsklavierstücke, und es hatte wehgetan, mit anhören zu müssen, was Helen daraus gemacht hatte. Wenn ich nur langsam genug ging, war sie mit etwas Glück wieder bei »Für Elise« angelangt, bis ich zurück war.

In der Zwischenzeit waren noch mehr Gäste angekommen. Sie standen in Gruppen beisammen, bis in den Flur hinaus. Am Fuß der Treppe unterhielten sich zwei Männer. Der eine war Onkel Thomas. Der andere war in etwa genauso alt, ein ziemlich gut aussehender Typ, wenn auch ein wenig zerknittert, sowohl im Gesicht als auch am Hemd. Und er trug Jeans! Das ging aber doch wohl gar nicht, oder? Hatte ihm denn niemand gesagt, dass Leos Großmutter Jeans verabscheute? Aber vielleicht war er am Ende der Landrat, dem Onkel Koksnase Thomas Geld für sein Filmprojekt aus den Rippen leiern wollte, und ein Landrat darf sich wahrscheinlich auch mal Jeans und ein zerknittertes Hemd erlauben. An einem Wochenende. Da ich nicht an ihnen vorbeikonnte, ohne mich zwischen ihnen hindurchzuschieben, blieb ich auf der Treppe stehen und hörte zu.

»Es geht ja nur um vier Millionen Produktionskosten, ja,

*nur*, du brauchst gar nicht die Augenbrauen hochzuziehen, das ist Low Budget, selbst wenn es noch mal fünfhunderttausend Mille mehr werden würden, du hast ja keine Ahnung, wie viel Geld sonst in Filme gebuttert wird.« Onkel Thomas sprach ganz schnell und befeuchtete sich nach jedem Zahlwort die Lippen, ebenfalls schnell, sodass er beim Sprechen aussah wie eine nervöse Schlange. »Und ich selber bin mit satten zwölf komma acht Prozent an den Einspielergebnissen beteiligt, wenn alles so läuft wie geplant. Wenn du mit einsteigst, sagen wir mal mit fünfhunderttausend oder was du eben locker machen kannst, würde ich dich mit zwanzig Prozent an meinem Anteil beteiligen, da hättest du das Geld ganz schnell wieder drin und einen Riesengewinn dazu gemacht. Bei den anvisierten sechzig Millionen – und das ist keineswegs utopisch, nicht bei der Besetzung, und wenn du das Drehbuch siehst, dann weißt du, das hier nichts schiefgehen kann, außerdem, wenn man bedenkt, dass »Keinohrhasen« auch locker vierundsiebzig Millionen eingespielt hat, hey, aber selbst wenn wir das nicht schaffen und nur, sagen mir mal, vierzig Millionen einspielen, was tief gegriffen ist, da kannst du dich drauf verlassen, aber selbst wenn, dann ist das immer noch mehr als super, und du hast dann mal eben deine fünfhunderttausend Euro vervierfacht, das nenne ich doch mal eine gute Kapitalanlage, oder etwa nicht?«

»Jetzt lass mich doch erst mal reinkommen und das Geburtstagskind begrüßen, Tommi!«, sagte der andere Mann. »Selbst wenn ich fünfhunderttausend Euro hätte …«

Onkel Thomas fiel ihm ins Wort. »Komm mir nicht mit: ›Ich hab das nicht‹, das spielt doch keine Rolle für einen echten Visionär. Hauptsache, du kannst es lockermachen, es ist eine todsichere Kapitalanlage, und sich so einen Gewinn aus purer Blasiertheit entgehen zu lassen, das wäre doch … –

Mann! Hörst du mir überhaupt zu? Du machst aus fünfhunderttausend mal eben annähernd zwei Millionen. Meine anderen Investoren sind total aus dem Häuschen deswegen. Ich biete es dir ohnehin nur an, damit es hinterher nicht heißt, ich hätte dich übergangen.«

»Eine Million fünfhundertsechsunddreißigtausend«, sagte ich, ohne es recht zu merken. Onkel Thomas' Redefluss hatte meinen natürlichen Rechenreflex ausgelöst.

»Was?« Onkel Thomas und der andere Mann schauten zu mir hoch. Für einen winzigen Moment kam er mir vertraut vor, als würde ich ihn schon ewig kennen. Möglicherweise, weil er ein ganz klein wenig aussah wie Crocodile Dundee, nur nicht braungebrannt und ohne Cowboyhut, aber mit sonnengebleichtem Haar. Und seine Augen waren so verwaschen blau wie seine Jeans. Die Haut rings um die Augen legte sich in kleine Fältchen, als er grinste.

»Wie war das?«

Ich spürte, wie ich errötete. »Eine Million fünfhundertsechsunddreißigtausend.«

»Ja, und wenn schon!«, sagte Onkel Thomas ungehalten. »Egal. Ist immer noch ein Haufen Geld, ein Riesengewinn.«

»Wenn man von den sechzig Millionen Einspielergebnissen ausgeht«, murmelte ich. »Bleibt es bei vierzig Millionen, sind es eine Million hundertvierundzwanzigtausend.«

»Nicht schlecht«, sagte der Mann in Jeans. »Ich bin schon ausgestiegen, als zum ersten Mal das Wort *Prozent* fiel. Haben Sie irgendwo in Ihrem Kopf einen eingebauten Taschenrechner?«

Ich nickte.

»Wow, das ist irgendwie sexy«, sagte Crocodile Dundee.

Ich wurde noch ein bisschen röter.

»Vierzig Millionen sind aber die allerunterste Schätzung, sechzig Millionen sind weit realistischer, und wer das Drehbuch kennt, weiß, dass wir mit noch viel mehr rechnen können«, sagte Onkel Thomas, und seine Zunge schoss vor und zurück. »Aber selbst wenn nicht: Fünfhunderttausend investieren und eine Million, äääh, hundertzwanzigtausend rauskriegen, bedeutet eine Rendite von zweihundert Prozent. Das kann dir keine Bank der Welt bieten.«

»Genau genommen wäre es eine Rendite von hundertvier komma acht Prozent«, sagte ich. Es war schon ein bisschen zwanghaft.

Onkel Thomas züngelte. »Ich meinte ja auch nur ungefähr das Doppelte.«

»Und wenn ich statt fünfhunderttausend Euro, ähm zweihundertvierundsiebzigtausend Euro investieren würde?«, fragte mich Crocodile Dundee. Er hatte den Blick nicht von mir gewendet.

»Was auch willkommen wäre – besser als nichts«, sagte Onkel Thomas. »Aber ich bin sicher, du könntest mehr lockermachen.«

»Na, ja, wenn wir weiterhin davon ausgehen, dass der Film vierzig Millionen einspielt und Onkel Thomas Ihnen von seinen zwölf komma acht Prozent zwanzig Prozent abgibt«, sagte ich, »dann bleibt es ja bei einer Million vierundzwanzigtausend, und bei einer Investition von zweihundertvierundsiebzigtausend Euro wäre das eine Rendite von …« Wow, das war wirklich sexy! Wie seltsam. »… zweihundertdreiundsiebzig Komma sieben zwei zwei sechs Prozent. Abgerundet.«

»Sagenhaft«, sagte Crocodile Dundee. Er schüttelte lächelnd den Kopf.

»Heißt das, du bist dabei?«, fragte Onkel Thomas.

»Auf keinen Fall, Thomas«, sagte Crocodile Dundee. »Erstens verfüge ich mitnichten über eine solche große Summe. Und zweitens: Wann hat eines deiner Projekte jemals auch nur einen einzigen Euro Gewinn abgeworfen? Nein, ich bewundere lediglich die Kopfrechenkünste dieser jungen Dame.« Dabei lächelte er sein umwerfendes Lächeln. Ich hasse es, das zu schreiben, aber ich bekam weiche Knie von diesem Lächeln.

Ich hätte gern noch mehr für ihn gerechnet.

»Du bist ein Arschloch, weißt du das?«, sagte Onkel Thomas. »Wusste ich doch. Aber du kannst doch wenigstens mal versuchen, mit Vater zu reden, ja? Das ist das Mindeste, was ich von meinem großen Bruder erwarten kann.«

Bei »Arschloch« war ich zusammengezuckt. Bei »großer Bruder« gleich noch einmal. Ach, Scheiße.

»Ich muss schon sagen, es ist immer wieder schön, nach Hause zu kommen«, sagte Crocodile Dundee.

Okay. Das war jetzt wirklich ... blöd.

Und da hatte Leos Großmutter ihn auch schon entdeckt. »*Karl!* Ach, Karl! Was für eine Überraschung! Theo, schau doch nur, wer gekommen ist!«

Crocodile Dundee alias Karl alias Leos Vater umarmte seine Mutter.

»Das war ja klar«, sagte Onkel Thomas. »Wenn der liebe Karl einmal in hundert Jahren vor der Tür steht, machen sich alle vor Freude in die Hose.«

Jetzt kamen auch Leo, seine Schwestern und Leos Großvater hinaus. Sie sahen allerdings nicht alle so aus, als würden sie sich vor Freude in die Hose machen. Die Augen des Großvaters strahlten, aber Karls Kinder ließen seine Umarmung eher steif über sich ergehen.

»Ich dachte, du wärst in Madrid«, sagte Leo.

»Da war ich auch heute Mittag noch«, sagte sein Vater.

»Aber deine Großmutter wird ja nur einmal siebzig, und da wollte ich nicht fehlen.«

»Du bist mein allerschönstes Geschenk«, sagte Leos Oma.

»Meins auch«, sagte Leos Opa. »Obwohl ich gar keinen Geburtstag habe.«

»War ja klar«, sagte Onkel Thomas. »Wäre ich hier in Jeans und Knitterhemd aufgetaucht, hättet ihr mich gar nicht reingelassen.«

»Er kommt vermutlich direkt vom Flughafen«, sagte Leos Opa.

»Wie ihr gewachsen seid«, sagte Karl zu seinen Kindern. »Ihr seht eurer Mutter mit jedem Jahr ähnlicher.«

Lauter mucksche Gesichter.

Karl tat so, als merkte er es nicht. »Wir müssen uns gleich mal gemütlich zusammensetzen und erzählen, was es so Neues gibt, ja?«

»Helen hat sich bei *Germany's Next Topmodel* beworben«, sagte Corinne.

»Leo hat eine neue liebe kleine Freundin«, sagte Leos Großmutter und zeigte auf mich. Ich stand immer noch auf der untersten Treppenstufe, wie angewurzelt.

Karl sah mich an. Diesmal war sein Grinsen ein wenig schief. »Hallo, Leos neue liebe kleine Freundin.«

»Hallo«, flüsterte ich.

»Sie heißt Carolin Gauß«, sagte Leo. »Carolin, das ist mein Vater. Karl Schütz. Carolin ist zwei Semester unter mir.«

Wir schüttelten uns die Hände.

»Sie studieren Jura? Ich hätte auf Raumfahrttechnik oder so was getippt.«

»So ein Unsinn«, sagte Leo.

»Sie haben mich zum Casting eingeladen«, sagte Helen und warf ihre langen Haare in den Nacken.

»Carolin hat ausgerechnet, dass mein neues Projekt Renditen bis zu zweihundertirgendwas Prozent abwirft«, sagte Onkel Thomas. »Es lohnt sich also zu investieren, Leute. Die deutsche Filmgeschichte wird es euch danken.«

Niemand achtete auf ihn. Auf Helen allerdings auch nicht.

»Im Kofferraum vom Mietwagen ist noch ein Geschenk«, sagte Karl. »Außerdem ein frisches Hemd, wenn ihr wollt. Tommi, kommst du mit und hilfst mir tragen? Ich habe hinter so einem Angeberporsche geparkt, Düsseldorfer Kennzeichen.«

»Das ist meiner«, knurrte Onkel Thomas.

Karl lachte. »Dachte ich's mir doch.«

Beim Vorbeigehen streifte mich noch einmal ein flüchtiger Blick. Er reichte aus, um mich wieder rot werden zu lassen.

»Komm.« Leo nahm meinen Arm. »Auf den Schreck brauchst du noch ein Gläschen Champagner.« In Wahrheit war es Leo, der den Champagner brauchte. Ich hätte eher eine kalte Dusche gebraucht.

»Wer hätte denn damit gerechnet, dass der heute kommt? Ich jedenfalls nicht«, sagte Leo.

»Wir müssen aber unbedingt Fotos machen«, sagte Corinne. »Wegen Mama.«

»Sie wird doch nur wieder heulen, weil er jünger aussieht als sie«, sagte Helen.

»Ja, aber wenn wir keine Fotos machen, heult sie auch«, sagte Corinne.

»Ich spiele ihm nachher auf jeden Fall was auf dem Klavier vor«, sagte Helen. »Und ich zeige ihm meinen Laufsteggang.«

»Da ist er wieder«, sagte Corinne. »Er hat Oma ein Gemälde mitgebracht. War ja klar. Kommt, wir gehen rüber.«

»Geht ihr zwei nur schon mal ohne mich«, sagte Leo. »Ich muss mich ein bisschen um Carolin kümmern.«

Corinne und Helen sahen mich böse an, aber dann ließen sie uns allein. Leo trank ziemlich schnell hintereinander zwei Gläser Champagner und ließ sich noch eine Weile darüber aus, wie typisch es für seinen Vater sei, immer dann aufzukreuzen, wenn man überhaupt nicht mit ihm rechnete, aber nie da zu sein, wenn man ihn brauchte.

»Vor drei Jahren musste meine Mutter für ein paar Tage ins Krankenhaus. Wegen so einer Unterleibssache. Meinst du, dass er da gekommen ist, um sich um seine Töchter zu kümmern? Natürlich nicht! Das mussten wieder mal unsere Großeltern übernehmen. Obwohl Helen ihn unter Tränen darum gebeten hat, nach Hause zu kommen.« Er griff sich noch ein drittes Glas Champagner von einem Tablett und zog mich zurück in die Ecke mit dem Flügel.

Hinter meinem linken Auge begann es wieder zu pochen.

»Und siehst du, was er anhat?« Leo guckte finster zur anderen Seite des Raumes, wo sein Vater zusammen mit seinen Schwestern und seiner Großmutter stand und sich gut gelaunt abwechselnd mit jedem von ihnen fotografieren ließ. »Ist doch egal, ob er gerade vom Flughafen kommt oder nicht. Man kann auch mit Anzug und Krawatte in ein Flugzeug steigen, oder etwa nicht? Und ich möchte nicht wissen, wie viele Wochen er nicht mehr beim Frisör war. Warum trinkst du nichts?«

»Ich habe Kopfschmerzen.«

Leo ging nicht darauf ein. »Ich weiß jetzt schon ganz genau, was er fragen wird. Er fragt immer das Gleiche. Was mich am meisten wütend macht, ist, dass er immer so tut, als wäre alles in bester Ordnung. Und am Ende sagt er, dass er sich sehr freuen würde, wenn wir ihn mal besuchen kämen. Wo auch immer er gerade wohnt. Als ob wir das jemals täten.«

»Warum denn nicht?«

Leo sah mich erbost an. »Warum denn nicht? Hast du's noch nicht kapiert? Er hat uns verlassen, da war Helen gerade mal neun! Das habe ich dir doch alles schon mal erzählt. Er hat sich wie ein Arschloch verhalten. Meiner Mutter würde es das Herz brechen, wenn wir plötzlich die Seiten wechseln würden.«

»Aber hier geht es doch nicht um zwei feindliche Geheimdienstorganisationen. Man kann doch sowohl zu seiner Mutter als auch zu seinem Vater ein gutes Verhältnis haben, auch wenn die beiden geschieden sind.«

»Eben nicht«, sagte Leo. »Aber das verstehst du nicht.«

Eine Weile schwiegen wir vor uns hin. Leo nippte an seinem Champagner und warf immer wieder finstere Blicke zu seinem Vater hinüber. Auch ich sah ab und an hinüber. Ich dachte an sein Lächeln und meine weichen Knie und wie verrückt das war. Dieser Mann musste doch uralt sein, viel älter, als er aussah. Mindestens fünfundvierzig. Und er war der Vater meines Freundes.

Trotzdem.

Corinne und Helen kamen zu uns zurück.

»Wir haben haufenweise Fotos, guck mal«, sagte Corinne.

»Er hat überhaupt nicht nach Mama gefragt«, sagte Helen.

»Aber Helen hat ihm trotzdem gesteckt, dass Mama immer mit Herrn Schmitter gemischtes Doppel spielt. Und dass Herr Schmitter immer Ferrero-Küsschen für uns mitbringt.«

Sie kicherten alle beide. Helen setzte sich wieder ans Klavier und spielte die Mozart-Sonate in Es-Dur von vorhin. Oder sie versuchte es wenigstens.

Corinne sagte: »Wenn er gleich kommt, müssen wir auch Fotos von euch beiden machen, Leo. Er hat uns nach Madrid eingeladen.«

»War ja klar«, sagte Leo.

Helens Geklimpere ging mir wahnsinnig auf die Nerven.

»Das sind Zweiunddreißigstel«, platzte es schließlich aus mir heraus. »Die spielt man doppelt so schnell wie die Noten davor.«

»Weiß ich selber«, sagte Helen. »Aber das ist zufällig ein Adagio. Und das ist langsam.«

»Zweiunddreißigstel Noten sind immer nur halb so lang wie Sechzehntel«, sagte ich. »Egal in welchem Tempo.«

»Das ist eben ein natürliches Ritardando«, sagte Helen und warf herausfordernd den Kopf zurück. »Wenn du weißt, was das ist.«

»Unsinn«, sagte ich. Oh. Leos Vater – Karl – kam zu uns hinüber. Mein Herzschlag beschleunigte sich auf unangenehme Art und Weise. »Wenn Mozart gewollt hätte, dass die Zweiunddreißigstel wie die Sechzehntel gespielt werden, dann hätte er das auch so notiert.«

»Ach ja? Hast du das im Blockflötenunterricht gelernt?«, fragte Helen pampig. Corinne kicherte.

Leo mischte sich nicht ein. Er beobachtete genau wie ich seinen Vater. Der war in der Raummitte von einem weißhaarigen Ehepaar aufgehalten worden. Gott sei Dank. Auch Leo neben mir atmete hörbar auf.

»Dann mach es doch besser, wenn du kannst«, sagte Helen. Sie stand auf und gab mir einen kleinen Schubs.

»Was?«

»Spiel es mir doch mal *richtig* vor«, sagte Helen.

Corinne kicherte wieder.

»Hel!«, sagte Leo mahnend.

»Ist doch wahr!« Helen verzog die Lippen zu einem Schmollmund. »Anstatt rumzunörgeln, soll sie doch mal zeigen, ob sie es besser kann. Aber ich kann Oma ja mal fragen, ob sie irgendwo eine Blockflöte hat.«

Karl hatte sich wieder in Bewegung gesetzt.

»Achtung, Papa kommt«, zischte Corinne.

Ich ließ mich auf die Klavierbank gleiten.

»Oh nein!«, sagte Helen. »Sie macht es wirklich.«

»Hallo«, sagte Karl. »Gibt es hier ein Konzert?«

»Ja«, sagte Corinne, und ihre Stimme triefte vor Schadenfreude. »Carolin will Helen zeigen, wie Allegro geht.«

»Adagio«, sagte ich und ließ die Finger unschlüssig über den Tasten schweben. »Und eigentlich wollte ich nur zeigen, dass diese Zweiunddreißigstel ... und Sechzehntel ...«

»Lass dich nicht aufhalten!«, sagte Helen. »Wir sind ganz Ohr!«

Mein Herz klopfte wie verrückt. Karl lehnte sich an den Flügel und lächelte auf mich herunter.

Nein, wenn ich jetzt spielte, würde ich alles kaputt machen. Das konnte ich nicht tun. Am besten würde ich einfach den Flohwalzer zum Besten geben, lächeln und wieder aufstehen.

Ich starrte die Noten an.

Corinne und Helen kicherten hinter mir, als ob sie gekitzelt würden. Leo sagte: »Carolin«, und es klang genervt.

Er hatte ja Recht. Ich sollte aufstehen.

Aufstehen oder den Flohwalzer spielen. Eins von beidem.

Karl sah mich erwartungsvoll an. Und da konnte ich einfach nicht widerstehen. Ich begann zu spielen. Die ersten paar Takte waren meine Finger noch ein wenig eingerostet, aber nach einer Weile hatte ich mich eingespielt, und seltsamerweise entspannte ich mich dabei zunehmend. Das Pochen hinter meinem Auge ließ nach und verschwand schließlich ganz. Die Noten brauchte ich auch nicht mehr, die Erinnerung an das Stück kehrte mit jeder gespielten Note deutlicher zurück. Ich hatte die Sonate immer sehr geliebt, und es machte kaum einen Unterschied, ob ich sie auf einem Klavier spielte oder einem Cembalo. Jeder Fingersatz saß perfekt. Als ich mit dem zweiten Satz begann, waren die Gespräche ringsherum verstummt, und ein paar Leute mehr hatten sich um den Flügel versammelt und sahen mich an. Das Gekicher in meinem Rücken hatte ebenfalls längst aufgehört.

Auch Leos Großeltern kamen näher und hörten zu. Es machte mir nichts aus. Ich spielte ohnehin nur für Karl.

Wenn ich von den Tasten hoch schaute, sah ich sein nun ganz ernstes Gesicht, und aus irgendeinem irrationalen Grund hoffte ich, dass er Klavierspielen mindestens so sexy fand wie Kopfrechnen.

Als ich den letzten Satz beendet hatte, applaudierten die Umstehenden, Karl lächelte wieder, und Leos Großmutter sagte: »Aber das war ja ganz wunderbar, Carolin. Leo hat uns gar nicht verraten, was für ein großartiges Talent Sie sind.«

Ich hörte Leo hinter mir tief Luft holen. »Das wollte ich mir für einen besonderen Moment aufheben«, sagte er dann kühl.

Ich biss mir auf die Unterlippe und sah ungläubig auf meine Hände. Warum hatte ich das getan? Ich musste von allen guten Geistern verlassen sein! Alles nur wegen dieses fremden Mannes. Dieses fremden *alten* Mannes. Leos Vater.

Der wurde gerade wieder von Corinne belagert, die wohl gar nicht genug Fotos von ihm machen konnte. Und Helen war verschwunden.

Ich stand auf und drehte mich zu Leo um, unfähig, ihm in die Augen zu sehen.

»Das war gut«, sagte Leo leise. »Vor allem für jemanden, der als Kind nur Blockflötenunterricht gehabt hat.«

»Ich habe nie gesagt, dass ich nur Blockflötenunterricht gehabt habe«, sagte ich.

»Doch, das hast du«, sagte Leo. »So konntest du meine

kleine Schwester ja auch viel wirkungsvoller blamieren. Ausgerechnet vor meinem Vater.«

Ich wollte etwas zu meiner Verteidigung sagen, aber Leo schnitt mir das Wort ab. »Du entschuldigst mich? Ich gehe sie suchen, sie sitzt sicher irgendwo und heult sich die Augen aus.«

Und dann ließ er mich einfach stehen.

»Es ist leicht,
das Leben schwer zu nehmen.
Und es ist schwer,
das Leben leicht zu nehmen.«

*Erich Kästner*

Das erste Schulheft für Frau Karthaus-Kürten war schon halb voll, als ich eine kleine Pause einlegte, weil eine von Mimis Katzen auf den Tisch sprang, in den Kugelschreiber biss und ihren dicken Kopf an meinen Fingerknöcheln rieb.

Draußen dämmerte es bereits. Zeit für die Psycho-Tabletten. Ein gründliches Studium der Packungsbeilage sparte ich mir – die möglichen Nebenwirkungen sind ohnehin bei jedem Medikament so abschreckend, dass es ein Wunder ist, dass die Leute sich überhaupt trauen, Tabletten zu schlucken. Da fragt man sich manchmal schon, was schlimmer ist: Die Kopfschmerzen oder die durch die Kopfschmerztabletten auftretende Mundtrockenheit und Übelkeit. In meinem Fall waren die Nebenwirkungen besonders kurios: Bei Einnahme der einen Tablette konnten »in seltenen Fällen« Depressionen und Stimmungsschwankungen auftreten. Hahaha.

Ich spülte die Tabletten gerade mit einem Schluck Leitungswasser runter, als mein Handy klingelte. Es war wieder

Mimi. Sie fragte, wo ich denn bliebe. Sie warte schon seit Stunden und mache sich Sorgen. Und sie habe heute wieder zwei Paar Santinis in Größe 36 verkauft. Wenn ich weiter so trödeln würde, gäbe es keine mehr für mich.

»Ich bin schon auf dem Weg«, sagte ich.

Bei PUMPS & POMPS trank man gerade Cappuccino.

Wie immer nachmittags war der Laden voller Kinder und Kinderwagen, und wären nicht die Regale mit den vielen Schuhen gewesen, hätte man denken können, man sei in einer Mutter-Kind-Spielgruppe gelandet.

Mimi hatte ein Baby auf dem Arm und beriet eine Kundin. Sie winkte mir mit einem schwarzen Slipper zu. Mimis Partnerin Constanze gab mir ungefragt ein Küsschen auf die Wange. Im Gegensatz zu mir hatte Mimi immer viele Freundinnen gehabt, und immer waren sie alle unheimlich nett zu mir, einfach nur, weil ich Mimis geliebte kleine Schwester war. Sogar jetzt, wo ich Mimis garstige, missgelaunte Witwen-Schwester war, brachten sie mir nichts als Herzlichkeit entgegen.

»Mit oder ohne Zucker, Carolin?«, fragte Constanze.

»Ohne. Aber extra viel Milchschaum, bitte. Und ein Stück Apfelkuchen wäre nett.«

»Kommt sofort.« Constanze strahlte mich an.

»Äh, das war ein Scherz«, sagte ich. »Ich weiß sehr wohl, dass das ein Schuhladen ist, kein Café.«

Constanze war das anscheinend neu. »Aber ich habe doch zwei Bleche Apfelkuchen gebacken. Setz dich dahinten auf's Sofa, dann bringe ich dir alles.«

Auf dem Sofa, einem riesenhaften Teil mit geschwungenen Füßen, saß bereits Mimis zweite Partnerin Trudi. Sie stillte ihr Baby.

»Hallo, Mimis traurige kleine Schwester«, sagte sie, als ich mich neben sie setzte.

»Hallo, Mimis seltsame Partnerin, die eigentlich nur Dienstag und Donnerstag vormittags im Laden sein sollte«, sagte ich.

Trudi seufzte. »Ob ich nun zu Hause auf dem Sofa sitze oder hier, macht doch keinen Unterschied. Oh, krieg ich auch noch einen Apfelkuchen, Constanze?«

»Kommt sofort«, rief Constanze.

Ihre Tochter Nelly saß auf einem Stuhl hinter der Kasse und las »Homo faber«, wahrscheinlich für die Schule. Sie war ungefähr fünfzehn, hatte ihre Füße auf den Tresen gelegt und trug an jedem Fuß einen anderen Schuh, pinkfarbene Chucks links, einen schwarzen Pump mit Silberschnalle rechts. »Trudi hatte schon zwei Stücke«, sagte sie mürrisch.

»Ich stille«, sagte Trudi. »Da kann man essen, so viel man will, und nimmt trotzdem ab.«

»Du hast noch kein Gramm abgenommen, würde ich mal sagen, du bist fett wie eine Buchtel«, sagte Nelly.

»Wachtel«, verbesserte Trudi. »Es heißt, fett wie eine Wachtel.«

»Worauf es ankommt, ist das Wort *fett*«, sagte Nelly.

»Sei nicht immer so frech zu Trudi!« Constanze gab Nelly im Vorbeigehen einen Schubs. »Und nimm die Flossen vom Tisch! Du spinnst wohl!«

»Gar nicht! Ich mache Werbung für eure Schuhe«, sagte Nelly und ließ die Füße, wo sie waren. »Das nennt man *product placement.*«

Constanzes kleiner Sohn – den Namen hatte ich vergessen – sortierte in einer Ecke Schuhcreme nach Farben. Er schien ganz versunken in diese »Arbeit« und murmelte vor sich hin.

Mimi packte ihrer Kundin zwei Paar Schuhe in Kartons und anschließend in eine große, rote Lackpapiertüre mit dem

Logo von PUMPS & POMPS. Die Kundin war so glücklich über den Schuhkauf, dass sie beinahe vergessen hätte, das Baby wieder mitzunehmen. Wahrscheinlich hätte Mimi nichts dagegen gehabt.

Die nächste Kundin hatte kein Kind dabei, aber auch sie kaufte in kürzester Zeit zwei Paar Schuhe. Ich sah ihr staunend dabei zu. Ich brachte es kaum auf ein Paar pro Jahr, und niemals wäre es mir eingefallen, zwei Paar an ein und demselben Tag in ein und demselben Laden zu kaufen. Nicht mal, wenn es Apfelkuchen und Cappuccino umsonst dazu gab. Aber die Leute hier mussten alle kaufsüchtig sein. Oder hypnotisiert. Offenbar konnte niemand diesen Laden verlassen, ohne nicht wenigstens eine Haarschleife gekauft zu haben. (Es gab welche, die genau zu den Schuhen und den Handtaschen passten. Pervers, oder?)

Eine andere Frau war kaum im Laden, da zeigte sie auch schon auf den schwarzen Schuh, den Nelly am rechten Fuß trug und fragte: »Haben Sie den auch in Größe 39?«

Als sie gegangen war – mit den schwarzen Pumps in der Tüte –, schnitt Nelly ihrer Mutter eine triumphierende Grimasse, schwang ihre langen Beine vom Tresen und tauschte die Schuhe gegen eine silberfarbene Abendsandalette und einen giftgrünen Gummistiefel mit aufgedruckten Erdbeeren. Anschließend legte sie beide Füße zurück auf den Tresen und vertiefte sich wieder in *Homo faber.*

»Die kenne ich«, sagte Trudi, als die nächste Kundin zur Tür hereinkam. »Die war mal in einem meiner Atemtherapiekurse. Hier, nimm mal.« Sie reichte mir ihr Baby. »Sie muss noch ein Bäuerchen machen.«

Ein bisschen überrumpelt, saß ich mit dem Baby auf dem Arm da. »Bäuerchen machen« war nur ein anderer Ausdruck für »dein Oberteil vollkotzen«, das wusste ich noch aus den

Babyzeiten meiner Nichte Eliane. Aber Trudis Baby überraschte mich positiv: Es ließ sein Köpfchen an meine Schulter sinken und schlief ein. Für so ein winziges Ding war es ganz schön schwer, fand ich. Ich wagte nicht, mich zu bewegen, aus Angst, es könne wieder aufwachen und doch noch ein Bäuerchen machen. Es dauerte aber nicht lange, da kam Mimi und nahm es mir ab.

»Ist sie nicht das süßeste Geschöpf aller Zeiten?«, flüsterte sie hingerissen. »Diese kleinen Händchen und das flaumige Köpfchen. Sie ist so zauberhaft.«

»Das sagst du auch von Annes Schreihals«, sagte Nelly, ohne von ihrem Buch aufzusehen.

»Das sagt sie von jedem Baby«, sagte ich.

»Sie sind eben alle zauberhaft«, sagte Mimi. »Lauter kleine Wunder. Oh, seht doch! Francesca gähnt.«

Meine Schwester mit einem fremden Baby auf dem Arm zu sehen, mit dieser Sehnsucht in den Augen, bestätigte mich sehr in meiner schlechten Meinung vom Leben im Allgemeinen und der Verteilung von Glück und Unglück im Besonderen: Es ging einfach nicht gerecht zu. Mimi wünschte sich nichts mehr als eigene Kinder, aber seit der Fehlgeburt vor anderthalb Jahren war sie nicht mehr schwanger geworden. Alle anderen Leute bekamen ständig Kinder, auch die, die überhaupt keine wollten. Oder die, die so verzogene Gören aus ihnen machten wie die Kreissäge und mein Bruder aus ihrer Eliane. Aber ausgerechnet Ronnie und Mimi, die wie dafür geschaffen schienen, gute Eltern zu sein, durften keine kriegen.

Mindestens vier Kinder hatte Mimi immer haben wollen, die Namen für ihre Erstgeborenen hatte sie schon ausgesucht, lange bevor sie Ronnie kannte: Nina-Louise für ein Mädchen, Severin für einen Jungen. (Wie die Brücke, ich weiß, ich find's auch total … tja, Geschmäcker sind eben verschieden.) Aber seltsamerweise fand Ronnie das gar nicht seltsam und – was noch seltsamer war – er fand die Namen sogar richtig schön.

Als ich mit Karl zusammenkam, war Mimis entscheidendes Argument dagegen immer die Kinderfrage gewesen.

»Wenn du diesen Mann heiratest, heißt das, dass du dich gegen ein Leben mit Kindern entscheidest«, hatte sie gesagt. »Bitte tu das nicht. Du bist noch so jung.«

»Aber ich will überhaupt keine Kinder haben«, hatte ich dagegengehalten.

»Noch nicht! Aber glaub mir, irgendwann kommt eine Zeit, da wird sich das ändern. Und dann bist du mit dem falschen Mann verheiratet.«

Als ich Karl davon erzählte, hatte er mit den Schultern gezuckt und gesagt: »Deine Schwester hat Recht. Ich will keine Kinder mehr. Die, die ich habe, reichen mir vollkommen. Sie führen mir immer vor Augen, dass ich als Vater versagt habe. Also heirate mich bloß nicht!«

Vielleicht hatte Mimi wirklich Recht gehabt. Irgendwann wäre vielleicht der Zeitpunkt gekommen, an dem ich mir Kinder gewünscht hätte. Aber der Zeitpunkt war noch nicht gekommen.

»Noch ein Stück Apfelkuchen?«, fragte Constanze.

»Es sind nur noch zwei da!«, sagte Nelly mürrisch, was offenbar so viel heißen soll wie »Untersteh dich, mir die wegzuessen.«

»Nelly, es gibt gleich Abendessen!«, sagte Constanze.

»Na und?«

»Ich dachte, du hast Liebeskummer!«

»Und was hat das mit dem Essen zu tun?«

»Liebeskummer schlägt einem auf den Magen«, sagte Constanze.

»Mir nicht«, sagte Nelly. »Mir schlägt es nur auf die Laune.«

»Ich kann keinen Unterschied zu sonst erkennen. Und ich sagte: Füße runter!« Constanze gab ihrer Tochter einen Klaps auf den Gummistiefel und drehte sich zu uns um. »Habt ihr gesehen? Drei von Gittis Handtaschen sind heute weggegangen, sogar die komische karierte mit dem Hirsch. Die Kundin fand sie total retro. Und ich habe wirklich noch versucht, sie ihr auszureden.«

»Gitti wird sich freuen«, sagte Mimi. »Das gleicht die Schlappe mit den gefilzten Pulswärmern aus, die keiner haben wollte.«

»Außer der Frau, die dachte, es handele sich um Topflappen«, sagte Nelly.

Trudi brachte ihre Kundin an die Tür, beladen mit zwei roten Tüten. Dann ließ sie sich wieder neben mich auf das Sofa plumpsen. »Das war so eine von denen, die *Ich will mich nur mal umschauen* sagen, fest entschlossen, das Portemonnaie nicht zu öffnen. Ich musste ein bisschen mit ihr atmen und sie daran erinnern, dass das Universum nur Fülle für uns bereithält und dass jeder Mensch sich Luxus verdient hat, auch sie. Und dann war sie plötzlich überzeugt, dass alles, was sie jetzt sieht, morgen schon weg sein kann. Meine Güte, ich musste sie förmlich überreden, nicht noch mehr an sich zu raffen. Sie möchte nächste Woche mit all ihren Freundinnen wiederkommen und kaufen, was übrig ist.« Trudi räkelte sich zufrieden. »Ich glaube wirklich, wir werden reich.«

Constanzes kleiner Sohn kletterte auf Trudis Schoß und kuschelte sich an ihren ausladenden Busen. »Kaufen wir uns dann ein Schiff?«, fragte er.

»Nein, Julius, Schatz«, sagte Constanze. »Aber wir können den Fliesenleger bezahlen. Das ist doch auch schon mal was. Ach, ich bin so glücklich, Leute. Ihr wisst ja gar nicht, was für ein super Gefühl das ist, endlich mal eigenes Geld zu verdienen.«

»So viel ist es nun auch wieder nicht«, sagte Mimi. »Aber ich muss zugeben, dass der Umsatz bisher meine kühnsten Erwartungen überstiegen hat. Es wird jeden Monat mehr. Wir hatten ja nicht mal ein Sommerloch.«

»Du hast wirklich *nie* gearbeitet, Constanze?«, fragte Trudi. »Auch nicht während des Studiums?«

Constanze schüttelte den Kopf. »Nö. Ich habe eben jung reich geheiratet.« Dann grinste sie schwach und setzte hinzu: »Einen reichen A... äh.« Mit einem Seitenblick auf ihren Sohn brach sie ab.

»Affenarsch?«, ergänzte Nelly, und Trudi hielt dem Jungen schnell die Ohren zu. »Angeber? Armleuchter?«

»Anwalt«, sagte Constanze.

»Irgendwie stehst du auf diese Typen«, sagte Mimi. Constanzes aktueller Lebensgefährte war nämlich auch Anwalt. Seine Kanzlei vertrat mich in den Erbschaftsangelegenheiten.

»Tss«, sagte Nelly zu ihrer Mutter. »Du bist ja nicht gerade ein leuchtendes Vorbild! Ausgerechnet du willst mir einreden, dass es gut und wichtig für mich ist, blöde Zeitungen auszutragen!«

»Da fällt mir ein, dass ich wohl schon eigenes Geld verdient habe«, sagte Constanze schnell. »In den Schulferien in Bauer Klaasens Legebatterie. Für sieben fünfzig die Stunde. Und das waren damals noch Mark. Richtige Drecksarbeit war das. Dagegen ist einmal die Woche Zeitungen austragen wirklich harmlos. Was schnüffelst du an der armen Trudi rum, Julius?«

»Sie riecht wanzig«, sagte Julius.

»Es heißt ranzig«, sagte Nelly. »Du musst durch den Mund atmen, das mache ich auch immer. Erzähl weiter von deinem Drecksjob, Mama. Ich glaub dir nämlich kein Wort.«

»Du kannst Oma fragen! Ich durfte immer erst ins Haus, wenn ich mich von oben bis unten mit dem Schlauch abgespritzt hatte.« Etwas kleinlaut setzte Constanze hinzu: »Ich habe auch nur zwei Wochen durchgehalten, weil mir die Hühner so leidtaten und Bauer Klaasen gesagt hat, eine Heulsuse wie mich könne er nicht gebrauchen.«

Trudi lachte. »Und womit verdienst du dein Geld, Mimis kleine Schwester?«

Sofort fühlte ich mich unbehaglich. »Ich habe ebenfalls jung geheiratet«, sagte ich. »Und praktischerweise erbe ich jetzt auch noch jung.«

»Sie war gerade dabei, ihre Abschlussarbeit zu schreiben, als der …«, sagte Mimi. »… als ihr Mann starb.«

»Ich habe auch ewig studiert«, sagte Trudi zu mir. Es sollte mich wohl aufmuntern.

»Ja, aber das ist schon Carolins drittes abgeschlossenes Studium«, sagte Mimi und wiegte Trudis Baby hin und her. »Zuerst hat sie Geophysik und Meteorologie in Hannover studiert. Danach hat sie in Köln mit Jura angefangen. Aber als sie Karl kennen gelernt hat, hat sie das abgebrochen und stattdessen romanische Sprachen in Madrid studiert. Und anschließend hat sie ein Betriebswirtschaftsstudium gemacht. In Zürich.«

»In Sankt Gallen«, verbesserte ich.

»Ja, genau. Sie ist jeden Morgen von Zürich mit dem Zug hingefahren. Und abends wieder zurück. Während der Zugfahrten hat sie spanische Artikel für Wissenschaftsmagazine übersetzt. Um Geld für die Haushaltskasse dazuzuverdienen. Ihr Geizkr… Mann hatte nämlich nur ein mageres Dozentengehalt. Na ja, und ein paar Mietshäuser und Aktienpakete und so was, aber das hat er Carolin nicht verraten.«

»Die garstige Lucille nutzte jede Gelegenheit, um ihrer Schwester Gemeinheiten an den Kopf zu werfen«, sagte ich.

»So wie sie ihr früher immer Haarschleifen an den Kopf getackert hatte.«

»Geklebt, du alter Glatzkopf!«, sagte Mimi. »Carolin spricht außerdem perfekt Englisch, Spanisch, Französisch, Italienisch, Polnisch und Koreanisch.«

»Nicht perfekt«, sagte ich. Italienisch konnte ich, wenn überhaupt, nur lesen, und Koreanisch hatte ich – außer mit dem Cembalolehrer – überhaupt niemals gesprochen.

»Dann bist du so eine Art Wunderkind?«, fragte Nelly.

»Ich *war* so eine Art Wunderkind«, sagte ich. Jetzt war ich kein Kind mehr. Und höchstens noch wunderlich.

»Drei Studienabschlüsse! Wow!« Trudi sah beeindruckt aus. »Und was hast du damit jetzt vor? Oder vielmehr: Was hattest du vor, bevor dein Mann gestorben ist?«

Ich zuckte mit den Schultern. »In London kann man ein aufbauendes Masterstudium dranhängen. Wahrscheinlich hätte ich mich dafür eingeschrieben.«

»Für ein viertes Studium? Wirklich? Hast du nicht irgendwann mal die Schnauze voll von der ganzen Lernerei?«

Ich sagte nichts.

»Du musst doch irgendwelche beruflichen Pläne gehabt haben.« Trudi ließ nicht locker. »Irgendeinen Traumberuf, den du gern ergreifen willst.«

Ich sagte immer noch nichts.

»Ich zum Beispiel wollte immer mit Menschen arbeiten und ihnen die Wunder des Universums näherbringen, durch Atmen, Tanzen, Meditieren und richtiges Kommunizieren mit unseren geistigen Führern.«

*So siehst du auch aus.*

»Und du? Von welchem Job träumst du? Welche Arbeit wäre für dich optimal?« Trudi sah mich abwartend an. Eigentlich sahen mich alle an.

Leider hatte Trudi meinen wunden Punkt erwischt. Ich hatte keine beruflichen Pläne gehabt. Schon gar keine beruflichen Träume. Das Einzige, das ich fest geplant hatte, war, zusammen mit Karl alt zu werden, erst er, dann ich. Aber das ungerechte Leben hatte mir einen Strich durch die Rechnung gemacht.

Das Problem mit mir war: Ich hatte keine hervorstechenden Begabungen, ich war für alles gleichermaßen begabt. Und es gab nichts, das ich wirklich leidenschaftlich gern machen wollte. Wohl deshalb war es mir so vorgekommen, als sei Studieren das Einzige, das ich wirklich gut konnte. Egal, wie viel ich in mein Gehirn schaufelte, es konnte immer noch mehr vertragen. Lauter gute Noten konnte man schnell mal mit Interesse an der Materie gleichsetzen, nach dem Motto, was man gut kann, macht man auch gern. Leider traf das bei mir nicht zu.

Nehmen wir zum Beispiel die Lyrik von Vincente Aleixandre y Merlos – eigentlich auch nicht mein Fall. Trotzdem konnte ich zwölf seiner Gedichte auswendig, auf Deutsch und auf Spanisch. Wenn ich ehrlich war, interessierten mich auch die Allokation von knappen Ressourcen und jegliche Konvexitätsannahmen einen Scheißdreck. Aber mein Gehirn verstand sie mühelos und merkte sich alles. Das hieß aber nicht, dass ich vorhatte, irgendwann als Marketingdirektor oder Spanischlehrerin zu arbeiten.

»Ich weiß es nicht«, sagte ich. »Mein Lebenstraum war es, ewig zu studieren und dann gleich in Rente zu gehen.«

»Ich hatte auch nie beruflichen Ehrgeiz«, sagte Constanze und tätschelte liebevoll meinen Arm. »Ich war eigentlich immer ganz zufrieden damit, mich um die Kinder zu kümmern.«

»Aber Carolin hat keine Kinder«, sagte Trudi.

Mimi seufzte.

»Sie ist aber doch noch so jung«, sagte Constanze.

»Nur verglichen mit dir, Mama«, sagte Nelly.

Trudi fuhr Constanzes Söhnchen mit den Fingern durch die blonden Locken. »Manchmal weiß man eben nicht sofort, was man wirklich will. Dafür hat man ja Engel und geistige Führer. Nichts geschieht ohne Grund, weißt du?«

Ah, ja.

»Auch der Tod deines Mannes hat einen Sinn, der sich dir noch erschließen wird«, fuhr Trudi fort.

»Wenn ich nur richtig *atme*?« Oje, diese Trudi hatte man als Kind aber wirklich zu heiß gebadet. »Oder meinst du, meine Engel und geistigen Führer haben sich zu einem Mordkomplott zusammengerottet und meinen Mann umgebracht, damit ich endlich mal aufhöre zu studieren?«

Anstatt schockiert zu sein oder sich ein bisschen zu schämen, zuckte Trudi gelassen mit den Schultern. »Ich weiß nur, dass nichts ohne einen tieferen Sinn geschieht.«

»Blödsinn!«, sagte Constanze heftig. »Es passieren so viele schreckliche Dinge auf der Welt – und die wenigsten davon machen irgendeinen Sinn!«

»Das ist das, was *du* denkst«, sagte Trudi.

Ich fing einen amüsierten Blick von Mimi auf und runzelte die Stirn. Schön, dass sie das mit Humor nahm. Mir wäre eine Geschäftspartnerin, die die Schuld für alles, was schiefgeht, auf Engel schiebt, nicht wirklich willkommen.

»Bist du jetzt so eine richtig reiche Witwe?«, fragte Nelly.

»Klar! Mir gehören lauter Girandolen und Schnupftabaksdosen. Die Frage ist nur, wo diese Dinger sind. Ich würde sie schrecklich gern bei *ebay* verticken.«

»Cool!«, sagte Nelly. »Wenn überhaupt, dann will ich auch nur einen reichen Mann heiraten. Dann ist man vielleicht nicht ganz so traurig, wenn der stirbt.«

Ich musste grinsen. Das Erbe als Trost für die Hinterbliebenen – das war im Prinzip eine schöne Idee.

»Wir werden mal sehen, was übrig bleibt«, sagte Mimi nüchtern. »Leider muss sich Carolin das Erbe nämlich mit einer gierigen Schar Aasgeier teilen. Und wie wir alle wissen, schwindet die Erbmasse mit der Masse der Erben.«

»Und du hattest echt keine Ahnung, dass der Typ in Geld schwimmt?«, fragte Trudi.

»Ich nicht. Aber meine Engel werden es gewusst haben«, sagte ich. »Sie haben mich direkt in seine Arme geschubst.« Ich hatte es leichthin gesagt und wollte ein besonders spöttisches Lächeln dazu aufsetzen, aber meine Mundwinkel blieben auf dem halben Weg stecken.

Und wenn es wirklich Engel gewesen waren?

**»Manche Wahrheiten sollen nicht,
manche brauchen nicht,
manche müssen gesagt werden.«**
*Wilhelm Busch*

*Nur für Frau Karthaus-Kürten zur tiefenpsychologischen Deutung: Als Kind mochte ich Wilhelm Busch nicht, wegen Max und Moritz und der Sache mit den Maikäfern. Aber heute denke ich, er war ein kluger und witziger Mann. Hundertdreißig Jahre jünger, und er wäre genau mein Typ gewesen.*

»Ich verstehe dich nicht«, sagte Leo. »Warum blamierst du meine Schwester so vor allen Leuten?« Wir saßen in seinem Auto vor meinem Studentenwohnheim, und während Leo sprach, zog ich die Haarnadeln aus meinem Hinterkopf. Leos Stimme und seine Blicke waren (selbst im Dunkeln) so kühl, dass es mich fröstelte und ich mich wie jemand fühlte, der etwas Böses getan hatte.

Dabei hatte ich, genau genommen, nur Klavier gespielt.

»Ich habe nie gesagt, ich könne nur Blockflöte spielen. Ich habe gesagt …«

»Hör auf, das immer zu wiederholen. Ich weiß noch genau, was du gesagt hast. Ich verstehe nur nicht, warum.«

Ich dachte ernsthaft über die Antwort nach. »Ich glaube, ich wollte etwas sagen, das deiner Mutter gefällt. Und ich verstehe nicht, warum du sauer auf mich bist.« Genauso wenig, wie ich verstand, warum ich so ein schlechtes Gewissen hatte. »Helen hat doch darauf bestanden, dass ich ihr das Stück richtig vorspiele.«

»Ja, aber sie …«

»… sie wollte, dass *ich* mich blamiere, ich weiß. Entschuldige bitte, dass ich ihr den Gefallen nicht tun konnte.«

Leo schüttelte den Kopf. »Sie ist erst siebzehn, meine Güte. Deine Pubertät liegt ja wohl schon etwas länger zurück. Du hast sie mit Absicht ins offene Messer rennen lassen. Ich hätte nicht gedacht, dass du so zickig sein kannst. Echt nicht! Gerade das mochte ich immer so an dir.«

Jetzt war er wirklich ungerecht. Ich war auf einmal den Tränen nahe. »Ich finde, deine Schwestern benehmen sich mir gegenüber total daneben, und du tust so, als würdest du das gar nicht merken. Ich frage mich außerdem, warum du auf mich sauer bist, nur weil ich besser Klavier spielen kann als sie.«

»Ach, komm schon! Du hast uns doch mit Absicht in dem Glauben gelassen, du könntest nur ein bisschen Blockflöte spielen, um meine Schwester bei der erstbesten Gelegenheit schlecht aussehen zu lassen.«

»Das stimmt nicht. Es war genau umgekehrt. Ich wollte nicht damit angeben. Deine Mutter hat so von euch geschwärmt, und da dachte ich, ihr würdet es gar nicht gern hören, dass ich etwas besser kann als ihr …«

»Ah. Jetzt ist also meine Mutter schuld, dass du gelogen hast.«

»Ich habe nicht gelogen!«

»Verschweigen ist dasselbe wie lügen«, sagte Leo.

»Als angehender Anwalt solltest du aber wissen, dass das nicht stimmt.«

»Moralisch gesehen stimmt es aber. Als Nächstes sagst du mir, dass du mit sechs Zehen geboren wurdest.«

Wie bitte? »Ja, und? Würdest du dann Schluss machen?«

»Es geht ums Prinzip«, sagte Leo. »Wir sind jetzt fünf Monate zusammen – und offenbar hast du mir nicht die Wahrheit gesagt.«

Ja, da hatte er Recht. Und ich war nicht sicher, ob ich jetzt noch damit anfangen sollte. Auf der anderen Seite: Wenn nicht jetzt, wann dann? »Meine Eltern sind über dreißig Jahre verheiratet, aber mein Vater weiß nicht, dass meine Mutter eine Teilprothese trägt«, sagte ich nach einer kleinen Pause. »Umgekehrt hat meine Mutter keine Ahnung, dass mein Vater jeden Mittwoch Lotto spielt. Ich finde, man muss sich in einer Beziehung nicht sofort alles sagen. Außerdem ist es ja wohl nicht schlimm, dass ich Klavier spielen kann. Übrigens spiele ich auch noch ziemlich gut Mandoline.« Als Leo nichts erwiderte, setzte ich mutig hinzu: »Und es gibt noch jede Menge andere Dinge, die du nicht von mir weißt.«

»Ach ja?«

»Ja.« Ich schluckte, streckte dann aber entschlossen das Kinn vor. Wenn er jetzt fragen würde, welche Dinge das waren, würde ich ihm alles über Alberta Einstein erzählen. Sogar das mit Oliver Henselmeier. Auf Koreanisch, wenn es sein musste.

Aber Leo seufzte nur. Offensichtlich war er mit seinen Gedanken ganz woanders.

Ich suchte nach etwas, das ich zählen konnte. Zählen beruhigte. Ich zählte sechzehn erleuchtete Fenster im Wohnheim. Achtzig Perlen um meinen Hals. Und jetzt die Haarnadeln ...

»Zählst du etwa wieder«, fragte Leo nach einer Weile.

»Vierzehn, fünfzehn, sechzehn«, flüsterte ich.

»Das ist eine merkwürdige Angewohnheit, Carolin. Das fällt auch anderen Leuten auf.«

»Schämst du dich für mich?«

»Was? Nein!« Leo seufzte. »Aber du musst zugeben, dass du ein bisschen ... seltsam bist.«

»In Wirklichkeit bin ich noch viel seltsamer.« Ich versuchte Leo im Halbdunkeln einen intensiven Blick zuzuwerfen. »Aber du ... du bist heute sehr gemein. Du erinnerst mich an einen Leo, den ich in der Grundschule kannte ...« Dummerweise hatte ich wieder einen Kloß im Hals stecken und musste aufhören zu sprechen, um nicht loszuweinen.

»Ich habe den Eindruck, du versuchst mit allen Tricks, den Spieß umzudrehen«, sagte Leo. »Ich hasse Menschen, die keine Fehler zugeben können und sich eher die Zunge abbeißen würden, als sich zu entschuldigen.«

»Welchen Spieß?«

»Ach, komm schon, du weißt genau, dass du Mist gebaut hast.«

Ja, irgendwie schon. »Tut mir leid«, flüsterte ich.

Eine Weile herrschte Schweigen. Dann sagte Leo zu meiner Überraschung: »Mir tut es auch leid.« Etwas stammelnd fuhr er fort: »Ich bin nur so ... du hast aber auch ...« Dann platzte es aus ihm heraus: »Es ist wegen meinem Vater, weißt du? Wenn er auftaucht, fühle ich mich immer – ich weiß auch nicht – *aufgebracht*. Ich habe dann das Gefühl, meine Schwestern beschützen zu müssen, und am liebsten würde ich ihn packen und schütteln ... Er taucht aus dem Nichts auf und verschwindet wieder, dabei bringt er alles durcheinander, und jedes Mal bin ich so ... wütend.«

»Verstehe«, sagte ich, obwohl das gar nicht stimmte. Was hatte das denn mit mir zu tun?

Leo schnalzte mit der Zunge. »Anstatt sich um seine Töchter zu kümmern, hat er *dich* angeflirtet. Das muss man sich mal vorstellen!«

»Hat er gar nicht.« Wie gut, dass es dunkel war, so konnte Leo nicht sehen, dass ich rot geworden war. Von Flirten konnte keine Rede sein. Nach meinem Klaviervorspiel hatten Karl und ich kein Wort mehr miteinander gewechselt. Andere Leute, seine Töchter und seine Eltern hatten ihn mit Beschlag belegt, und irgendwann hatte Leo mich zur Garderobe gezogen, ohne mir die Gelegenheit zu geben, mich ordentlich zu verabschieden. »Anstatt in der Ecke herumzustehen und ihn finster anzustarren, hättest du doch zu ihm gehen können.«

»Um doof daneben zu stehen, während er die Frau vom Landrat anbaggert?«, fragte Leo zornig. »Danke, nein, darauf kann ich verzichten. Na ja, es ist einfach seine Art. Er flirtet mit *jeder* Frau. Ich frage mich wirklich, wie meine Mutter das so viele Jahre aushalten konnte. Ich wünschte, er würde seinen Kindern nur halb so viel Aufmerksamkeit schenken wie irgendeiner x-beliebigen Frau.«

»Aber du wolltest doch unbedingt so früh gehen. Wie sollte er sich da mit euch beschäftigen? Du hast ihm doch gar keine Gelegenheit gegeben.«

»Ach! Das wäre doch sowieso alles nur Show gewesen. Wie soll man sich in so kurzer Zeit denn auch näherkommen? Morgen Abend fliegt er schon wieder nach Madrid.«

Ein seltsames Gefühl des Bedauerns ergriff mich. Aber dann riss ich mich zusammen. Ich hatte alle sechsundzwanzig Haarnadeln entfernt und schüttelte meinen Kopf, dass die Haare in alle Richtungen flogen. Dann fragte ich, was ich schon die ganze Zeit wissen wollte. »Wie alt ist dein Vater eigentlich?«

»Achtundvierzig«, sagte Leo. »Aber irgendwie hat er den Schuss nicht gehört. Er glaubt, seine ungebügelten Hemden lassen ihn jünger aussehen.«

*Achtundvierzig*. Mehr als doppelt so alt wie ich.

Uralt. Schon so gut wie tot.

»Er hat überhaupt kein Gefühl dafür, wie er mit seinen Kindern umgehen muss. Ständig stößt er uns vor den Kopf. Weißt du, was er zu Helen gesagt hat, als sie ihm von ihren

Plänen, Model zu werden, erzählt hat?« Leo schnaubte zornig durch die Nase. »Kolumbus musste von Indien träumen, um Amerika zu finden.«

»*Kolumbus musste von Indien träumen, um Amerika zu finden?*«, wiederholte ich. Das gefiel mir außerordentlich. Achtundvierzig, also. Wie alt war Brad Pitt? Und ging Johnny Depp nicht auch allmählich auf die Fünfzig zu? Kein Mensch käme auf die Idee, diese beiden als alt zu bezeichnen, oder? Als ich merkte, was ich da dachte, hätte ich mich am liebsten selbst geohrfeigt. »Das ist aber sehr … poetisch und weise.«

»Das ist nicht von ihm«, sagte Leo verächtlich. »Er hat es irgendwo geklaut. Er wirft ständig mit Zitaten um sich und tut so, als hätte er sich das selber ausgedacht. Er ist ein Blender.«

Eine Weile schwiegen wir.

Ich zählte, wie oft Leo ein- und ausatmete. Im Halbdunkeln konnte ich immerhin sein Profil erkennen. Wie schön er war. Immer, wenn ich ihn in den vergangenen fünf Monaten angeschaut hatte, war mein Herz vor lauter Besitzstolz angeschwollen. Mein erster Freund. *Meiner*.

Eigentlich hätte ich ihn gern noch behalten.

»Kommst du noch mit hoch?«, fragte ich.

Leo schüttelte den Kopf. »Nein. Ich schreibe Dienstag *Öffentliches Recht* und habe viel zu wenig gelernt. Morgen will ich früh aufstehen, um noch was zu schaffen. Und dann fahre ich die Mädchen nach Hause.« Helen und Corinne übernachteten bei den Großeltern im Gästezimmer. »Sei mir nicht böse.«

Nein, ich war nicht böse. Ich war nur enttäuscht. Weil Leo sich kein bisschen für die anderen Dinge zu interessieren schien, die ich ihm bisher verheimlicht hatte. Und weil ich nicht weiter über seinen Vater reden konnte.

In diesem Augenblick klingelte mein Handy. Es war meine Mutter, die mir sagen wollte, dass ich Tante geworden sei. Das

Baby meines Bruders war vor einer Stunde geboren worden. Meine Mutter wollte mir einen kompletten Geburtsbericht liefern – »um sechzehn Uhr ist die Fruchtblase geplatzt, aber Susanne hatte noch keine Wehen. Manuel hat bei mir angerufen, und ich habe ihm gesagt, dass ich bei ihm auch einen vorzeitigen Blasensprung hatte und dass ...« –, aber ich unterbrach sie und fragte, wie es dem Hund ginge.

»Dem *Hund*? Welchem Hund?«, fragte meine Mutter.

Ha! Ich hatte es gewusst. Kaum war das Enkelchen da, waren die Haustiere vergessen. Das war doch immer so.

»Die Kreissäge hat ein Mädchen bekommen«, sagte ich zu Leo. »Ich fahre wohl morgen für ein paar Tage nach Hannover. Sonst kümmert sich jetzt niemand mehr um den armen Hund.«

»Warum heißt die arme Frau eigentlich Kreissäge? Hat sie eine so fürchterliche Stimme?«

»Nein, gar nicht. Es ist wegen ihres Hinterns. Flach wie eine Kreissäge.«

»Wie gemein. Da kann sie doch nichts dafür.«

»Wir sagen es ihr ja nicht ins Gesicht«, verteidigte ich mich.

Aber Leo ließ sich nicht besänftigen. Er schüttelte wieder den Kopf. »Heute Abend ist mir das erste Mal aufgefallen, wie zickig du doch bist. Ich habe offenbar so eine Art Wunschbild auf dich projiziert, das leider mit der Wirklichkeit nicht mithalten kann.«

Wie bitte?

»Spinnst du? Ich möchte nicht wissen, wie deine Schwestern hinter meinem Rücken über mich reden!«

»Du bist ja paranoid«, sagte Leo.

So, jetzt reichte es aber.

»Und du bist ziemlich widerlich zu mir!« Ich öffnete die Wagentür, stieg aus und wartete, dass Leo mich aufhielt. Das tat er aber nicht.

Unschlüssig blieb ich neben dem Wagen stehen und blinzelte zu ihm hinein. »Na dann … geh ich jetzt mal«, sagte ich schließlich.

»Du kannst dich ja melden, wenn du wieder da bist«, sagte Leo.

»Wie meinst du das?«

Leo seufzte. »Ich habe das Gefühl, ein bisschen Abstand wird uns beiden ganz guttun.«

Jetzt war ich zutiefst verunsichert. Ich hatte keinerlei praktische Erfahrung damit, aber hieß »Ein bisschen Abstand würde uns beiden guttun« nicht dasselbe wie »Es ist aus und vorbei«?

»Wie lange?« Dummerweise musste ich wieder mit den Tränen kämpfen. Leo konnte es hören.

»Vielleicht rufe ich dich mal an«, bot er an.

Ich versuchte im Halbdunkeln seinen Gesichtsausdruck zu deuten. »Ja. Das wäre schön.« In meinem Magen schien plötzlich ein schwerer Klumpen zu liegen, und meine Kehle schmerzte bei dem Versuch, die Tränen zurückzuhalten.

»Leo? Und wenn ich wirklich mit sechs Zehen geboren worden wäre?« Meine Stimme klang sehr jämmerlich, und ich bereute meine Frage sofort.

»Das ist doch jetzt albern. Lass uns einfach ein anderes Mal darüber reden, ja? Gib mir einfach ein bisschen Zeit zum Nachdenken.« Leo ließ den Motor an. »Das kann dir auch nicht schaden.«

Mir blieb nichts anderes übrig, als die Wagentür zuzuschlagen und zuzusehen, wie er davonfuhr.

Okay. Ich atmete tief ein. Okay. Und wieder aus. Dabei versuchte ich, an etwas Positives zu denken. *Fünf Monate. Das ist gar nicht mal so wenig. Das ist ein absoluter Rekord.*

Auf jeden Fall war es lang genug, um sich an jemanden zu gewöhnen.

Ach, Mist! Ich hatte es versiebt.

»Manch einer findet sein Herz nicht eher,
als bis er seinen Kopf verliert.«

*Friedrich Nietzsche*

*Dem armen Nietzsche wird ja nachgesagt, ein schlimmer Chauvinist gewesen zu sein, weil er ständig markig-kernige Sprüche à la »Wenn du zum Weibe gehst, vergiss die Peitsche nicht« von sich gegeben habe. In Wirklichkeit aber hat er lediglich eine seiner Personen – ein altes Weiblein – in »Also sprach Zarathustra« sagen lassen: »Du gehst zu Frauen? Vergiss die Peitsche nicht.« Warum auch immer. Ähem. Wollte ich nur mal gesagt haben.*

Ich ließ meinen Tränen freien Lauf, während ich die Rücklichter von Leos Auto um die nächste Ecke biegen sah. Da klingelte mein Handy erneut. Es war Mimi, und zu meinem Entsetzen weinte sie ebenfalls. Ich konnte kaum verstehen, was sie sagte.

»... so gemein ... schon seit Jahren ... Das ist mein Name ... ganz allein meiner ...«

»Was ist denn passiert?«, schluchzte ich zurück.

»Die Kreissäge w-w-will das Baby Nina-Louise nennen!«

»Aber das darf sie nicht.« Ich hörte auf zu weinen. »Das ist dein doofer Baby-Name, das weiß sie doch genau.«

»Ja«, schniefte Mimi. »Aber sie sagt, wer zuerst kommt, m-m-mahlt zuerst, ich hätte mich halt beeilen sollen, Namen könne man nun mal nicht reservieren. Mama sagt, das wäre doch nicht sch...sch...schlimm, es gebe doch noch so viele andere sch-schöne Namen. Und Papa sagt, ich solle deswegen bloß keinen Aufstand veranstalten.«

»Und was sagt Manuel?«

»Er sagt, er kann nichts ma…machen, die Kreissäge hat ihm während der Wehen das Versprechen abgerungen, dass sie den Namen aussuchen dürfe, und er habe gesagt, alles außer Erna. Und ob ich ihnen denn bittebitte Nina-Louise schenken würde. Aber das k-k-kann ich nicht. Das ist immer schon mein Name gewesen. Und ich kann nicht mal hinfahren und sie umbringen, weil ich arbeiten muss. Und Ronnie sagt, das wäre doch alles gar nicht so schlimm. Hauptsache, der Name bleibt in der Familie.«

»Ich mache das für dich«, sagte ich. »Ich fahre nach Hannover und bringe die Kreissäge um. Und ich sorge dafür, dass ihr Baby einen anderen Namen bekommt.« Und um den armen Hund würde ich mich auch kümmern.

»Danke«, schniefte Mimi. »Du bist die Einzige, die mich versteht.«

»Nein«, sagte ich. »Aber ich bin auf deiner Seite. Man muss sich nicht alles gefallen lassen.«

Eine Weile noch schniefte Mimi vor sich hin, dann fragte sie: »Wie war's denn auf der Party?«

»Ich glaube, Leo hat mit mir Schluss gemacht«, sagte ich.

»Du glaubst?« Jetzt hörte Mimi auf zu weinen, und ich fing wieder damit an.

»Er hat gesagt, ein bisschen Abstand würde uns guttun.«

»Oh.« Mimi machte eine kleine Pause. »Na ja, dann hat er wohl Schluss gemacht. Tut mir leid. Was ist passiert? Hat er herausgefunden, dass du doppelt so klug bist wie er, und hat das sein Ego nicht verkraftet, weil er zu den Männern gehört, die nur mit Frauen klarkommen, die sie anhimmeln?«

»Nein. Er hat gesagt, ich wäre gemein zu seinen Schwestern. Dabei sind sie gemein zu mir.«

»So wie wir zur Kreissäge?«

Oh. Stimmt. Da waren gewisse Parallelen zu erkennen. »Viel schlimmer.«

»Und er ergreift trotzdem Partei für seine Schwestern? Sei froh, dass du den los bist, Mäuschen.«

»Aber ich hatte mich schon so an ihn gewöhnt«, sagte ich.

Mimi seufzte. »Das geht vorbei«, sagte sie dann.

»Es tut aber weh, so abserviert zu werden«, sagte ich.

»Das geht auch vorbei.«

»Aber vielleicht hat er mich ja gar nicht abserviert. Er hat nicht gesagt, lass uns Freunde bleiben.«

*»Hallo?«*

»Er war nur so mit anderen Dingen beschäftigt, äh, unverarbeiteter Ödipuskomplex, weißt du, Scheidungskindtrauma, falsch verstandener Beschützerinstinkt … Eigentlich meinte er gar nicht mich, er war nur wütend auf seinen Vater und brauchte ein Ventil.« Ich hätte vielleicht besser Psychologie studieren sollen. Ich war gut.

»Meinst du das ernst?«

»Hm, er hat mich abserviert?«

»So sieht es wohl aus.«

»Das ist nicht schön. Es ist kein gutes Gefühl.«

»Du musst lernen, ihnen zuvorzukommen.«

»Aber …«

»Glaub mir, es ist alles eine Frage des richtigen Timings. Willst du herkommen? Wir könnten eine Mädchennacht auf dem Sofa veranstalten.«

»Jetzt noch?«

»Du könntest ein Taxi nehmen.«

»Ich weiß nicht …«

»Ich zahle.«

»Na gut«, sagte ich und legte auf, um den Taxiruf zu wählen. Was dann geschah, ist wie eine dieser Geschichten, die mit Vorliebe von den Menschen erzählt werden, die behaupten, es gebe keine Zufälle, sondern nur schicksalhafte Ereignisse, herbeigeführt von einer geheimnisvollen, höheren Macht. »So viele Zufälle kann es doch gar nicht geben«, sagen sie am Ende so einer Geschichte immer triumphierend. Aber Leute: Wahrscheinlichkeitsrechnung ist das nicht! Es ist vielleicht unwahrscheinlich, dass es so viele Zufälle gibt, aber es ist nicht so unmöglich, dass man gleich eine höhere Macht ins Spiel bringen muss.

Passen Sie auf: Man schickte mir einen Wagen mit einem Fahrer namens Gencalp Pinarbasi, der nach eigener Aussage die letzten vierundzwanzig Stunden nicht geschlafen und sich ausschließlich von Kaffee ernährt hatte.

»Das ist kein Blut, das durch meine Adern fließt, das ist Koffein«, sagte er, während er das Gaspedal durchdrückte und vorwärts jagte.

»Hornissenweg achtzehn«, sagte ich bibbernd und war froh, dass ich hinten eingestiegen war.

»Schaffe ich in zehn Minuten«, sagte Gencalp Pinarbasi zuversichtlich. Der Name stand auf dem Schild neben dem Taxameter. Obwohl, dachte ich, während ich instinktiv versuchte, mich am Sitz festzukrallen, vielleicht ist es auch gar nicht sein Name. Vielleicht ist es türkisch und heißt: *Bitte nicht rauchen.* Oder *Gott schützt die Raser.*

Es war schon nach elf, daher relativ wenig Verkehr, trotzdem waren genug Autos unterwegs, die Gencalp Pinarbasi schneiden, überholen und von der Straße drängen konnte. Das tat er auch sehr gründlich, wobei er unentwegt in einer mir unbekannten Sprache fluchte – Kurdisch? Türkisch? Persisch? – und ich fing an zu glauben, dass er es wirklich in unfassbaren zehn Minuten bis zu Mimis Haus schaffen würde.

Dann aber musste er einem Kollegen ausweichen, der aus einer Nebenstraße geschossen kam, dabei streifte unser Taxi den Bürgersteig, geriet ins Schleudern und drehte sich mit quietschenden Bremsen einmal um die eigene Achse, bis es auf der Gegenfahrbahn mit einem dunkelblauen Golf zusammenprallte. Das Ganze ging so schnell, dass ich den Moment verpasste, in dem der Fahrerairbag ausgelöst wurde und Gencalp Pinarbasis Kopf vor einem Zusammenstoß mit der Windschutzscheibe schützte. Ich selber donnerte trotz Gurt mit der Stirn gegen den Vordersitz. Nur eine halbe Sekunde später knallte es ein weiteres Mal, als ein silberner Ford Mondeo auf den dunkelblauen Golf auffuhr. Das Taxi, das durch das plötzliche Auftauchen aus der Seitenstraße den Unfall verursacht hatte, verschwand mit aufjaulendem Motor um die nächste Ecke.

Dann war alles still.

»Leben Sie noch?«, fragte ich mit zitternder Stimme, während ich mich an die Erste-Hilfe-Maßnahmen zu erinnern versuchte, die ich für die Führerscheinprüfung gelernt hatte. Gleichzeitig prüfte ich, ob mit mir selber alles in Ordnung war. Schwer zu sagen: Mir tat nichts weh, aber das konnte auch das Adrenalin sein. Man kannte ja die Geschichten von Leuten, die mit tödlichen Verletzungen noch kilometerweit liefen. So wie diese Frau, die mit einem Beil im Kopf per Anhalter zum nächsten Polizeirevier gefahren war und Namen und Adresse ihres Mörders zu Protokoll gegeben hatte, bevor sie tot zusammenbrach.

Gencalp Pinarbasi fluchte laut. Ja, er lebte noch.

Etwas Warmes, Flüssiges lief mir über das Gesicht. Panisch fasste ich mir an die Stirn. Im gleichen Augenblick öffnete jemand die Tür und fragte, ob ich verletzt sei.

Eine ziemlich dämliche Frage an eine blutüberströmte Frau.

»Vielleicht ist es nicht so schlimm«, flüsterte ich, hatte aber plötzlich das Gefühl, in Blut zu baden.

»Das kriegen wir schon hin«, sagte jemand und hob mich vorsichtig hinaus. Auch Gencalp Pinarbasi wurde hinter seinem Airbag herausgezogen.

Ich war nicht erstaunt, dass ich stehen konnte – das hatte die Frau mit dem Beil im Kopf ja auch geschafft –, ich fand nur seltsam, dass der Mann, der mich aus dem Auto geholt hatte, mich einfach so auf meine Beine stellte. Hey, sollte man mich nicht in die stabile Seitenlage bringen, bis der Krankenwagen hier war? Bevor ich verblutete. Im Licht der vielen Autoscheinwerfer betrachtete ich meine nassen Handflächen. Nichts zu sehen.

Ich tastete meine Stirn ab. Fühlte sich nach einer Beule an. Aber Blut war nirgends zu sehen. Oh! Ich *war* gar nicht die Frau mit dem Beil. Offenbar war es Schweiß gewesen, der mir von der Stirn getropft war. Ich war wundersamer Weise unverletzt. Vor Erleichterung gaben meine Knie nach. Der Mann, der mich aus dem Auto gezogen hatte, fing mich auf.

Und dann erst sah ich, wer er war.

Es war Karl. Er war mit seinem Mietwagen gleich hinter dem silbernen Mondeo gefahren und wäre beinahe selber in den Unfall verwickelt worden.

»Tut Ihnen irgendetwas weh?«

Ich konnte ihn nur anstarren. Wie groß war die Wahrscheinlichkeit, dass das hier geschah? Doch recht nahe bei Null, sollte man denken. Nur eine sehr seltsame Verkettung von Ereignissen und Fakten hatte zu diesem Zusammentreffen führen können. Wenn die Kreissäge ihr Baby nicht Nina-Louise hätte nennen wollen, hätte Mimi nicht angerufen und ich hätte kein Taxi genommen. Wäre Gencalp Pinarbasi ausgeschlafen und nicht bis obenhin mit Koffein zugedröhnt gewesen, wäre er möglicherweise nicht so schnell gefahren und hätte besser reagiert, als der andere Taxifahrer aus der Seitenstraße geschossen kam. Und wie viele Zufälle hatten dazu geführt, dass Karl genau um diese Uhrzeit in genau dieser Straße aufgetaucht war und ausgerechnet mich aus dem Taxi befreite?

»Warum sind Sie denn nicht auf der Feier?«, fragte ich.

»Ich habe meine Tante Jutta nach Hause gebracht«, sagte Karl. »Sie hat Angst vor Taxifahrern. Zu Recht, wie man denken könnte, wenn man sich Ihren ansieht.«

Gencalp Pinarbasi beschimpfte gerade die Fahrerin des dunkelblauen Golfs, mit dem wir zusammengestoßen waren. Sie schien wie durch ein Wunder ebenfalls unverletzt zu sein.

»Es sieht so aus, als wäre niemand verletzt«, sagte Karl, der meinen herumirrenden Blicken gefolgt war. »Obwohl man das kaum glauben kann! Sicherheitshalber möchte ich Sie auch ins Krankenhaus fahren, vielleicht haben Sie ein Schleudertrauma, damit ist nicht zu spaßen.«

Ich sah ihn an und konnte es einfach nicht fassen, dass er vor mir stand. Mit seinem zerknitterten Hemd, diesem umwerfenden Lächeln und den blauen Augen, die auch im schummrigsten Licht noch zu leuchten schienen.

Was dann passierte, kann ich nicht wirklich erklären. Möglicherweise lag es an dem vielen Adrenalin, das mein Körper bei dem Unfall ausgeschüttet hatte, möglicherweise auch daran, dass mir in den nächsten Minuten klar wurde, wie viel Glück ich gehabt hatte, überhaupt noch am Leben zu sein. Auf jeden Fall tat ich lauter Dinge, die ich unter normalen Umständen niemals getan hätte. Vor allem reden. Schon während wir auf die Polizei warteten, redete ich wie ein Wasserfall auf Karl ein. Ohne besonders lange bei einem Thema zu verweilen, erzählte ich ihm nacheinander, dass Leo mit mir Schluss gemacht habe, weil ich boshaft und gemein sei, dass ich mit Schumanns »Fröhlichem Landmann« bei »Jugend musiziert« gewonnen hätte, weil Tante Elfriede uns ein Cembalo vermacht habe, und dass Oliver Henselmeier und Corinne meine Brüste zu flach fänden.

»Es ist nicht fair, dass der Hund vernachlässigt wird, nur weil dieses Baby da ist, und wenn sie es wirklich Nina-Louise nennt, dann spreche ich nie wieder ein Wort mit ihr, natürlich ist das ein Scheißname, aber er gehört meiner Schwester, das weiß die Kreissäge ganz genau, das Biest«, fuhr ich übergangslos fort. »Mama kann einen besseren Kirschkuchen backen als Leos Mutter, ich hätte es einfach sagen sollen, am Ende wird es doch gegen einen verwendet, wenn man aus lauter Freundlichkeit lügt, aber lügen ist nicht dasselbe wie verschweigen, da kann er sagen, was er will, und manchmal kann man den Leuten gar nicht alles über einen erzählen, weil so viel Zeit hat man gar nicht, und auf die passende Gelegenheit kann man manchmal wirklich lange warten, oder wie würden Sie so ganz nebenbei einflechten, dass Sie Mandoline spielen können und Koreanisch sprechen und überhaupt ein merkwürdiger Freak sind?«

In dem Stil ging es endlos weiter.

Karl ließ mich reden. Er legte den Arm um mich und ließ meine Wortflut über sich ergehen, ohne mich zu unterbrechen oder auf meine (ohnehin rhetorischen) Fragen zu antworten.

Nach meiner Zeugenaussage – leider hatte ich das Nummernschild des Taxis nicht erkennen können, und leider konnte ich auch nichts wirklich Entlastendes zu Gencalps Pinarbasis Fahrweise sagen – und nachdem ich Mimi angerufen und unsere Mädchennacht auf dem Sofa abgesagt hatte, fuhr Karl mich ins Krankenhaus. Auf der Fahrt dorthin und während wir in der Notaufnahme warteten und sogar noch, als man mich zum Röntgen schob, sprudelten die Worte weiter aus mir heraus, nun aber zunehmend weniger unsinnig und weniger zusammenhanglos. Das lag daran, dass ich merkte, dass Karl mir wirklich zuhörte. Jetzt stellte er auch ab und an Fragen, und ich fand, dass es sehr kluge Fragen waren. Er sah mich die ganze Zeit über an (außer beim Autofahren, da sah er glücklicherweise auf die Straße), und tatsächlich hatte ich das Gefühl, dass mir noch nie im Leben jemand so aufmerksam zugehört hatte wie er. Das Beste war, dass er mir nicht nur zuhörte, sondern auch genau verstand, was ich meinte.

Der Arzt konnte kein Schleudertrauma feststellen, also verließ ich das Krankenhaus ohne eine Halskrause und immer noch hellwach. Und seltsam glücklich. Von mir aus hätte diese Nacht noch ewig dauern können. Aber als wir auf dem Parkplatz vor dem Mietwagen ankamen, wurde mir klar, dass es nun zu Ende war. Karl würde mich nach Hause fahren und am nächsten Tag nach Madrid fliegen. Wir würden uns vermutlich niemals wiedersehen.

»Es ist seltsam, wenn du nichts sagst«, sagte Karl.

Wir standen uns unschlüssig gegenüber, und in dem spärlichen Licht, das die Laternen und die Krankenhausfenster spendeten, blitzte das Crocodile-Dundee-Lächeln auf.

»Normalerweise rede ich nicht so viel«, sagte ich. »Ich bin sogar eher ein bisschen wortkarg.«

»Ich weiß. Du stehst unter Schock«, sagte Karl. »Wegen des Unfalls. Und dann hat auch noch dein Freund mit dir Schluss gemacht. Dein Freund, der zufälligerweise mein Sohn ist. Ich werde dich jetzt nach Hause bringen.«

»Bitte nicht. Können wir nicht einfach noch ein bisschen hier stehen bleiben?«

»Es ist kalt.«

»Sie könnten mich wärmen«, sagte ich und machte einen Schritt auf ihn zu.

Mit einem Seufzer legte Karl seine Arme um mich und zog mich eng an sich. Eine Weile hörte ich seinem klopfenden Herzen zu, dann drehte ich mein Gesicht nach oben und sagte: »Sie könnten mich auch küssen.«

»Auf keinen Fall«, sagte Karl und presste mich noch fester an sich.

Ich rührte mich nicht, aus Angst, er könne mich wieder loslassen.

»Kennst du den Film *Die Reifeprüfung* mit Dustin Hofmann?«, fragte er nach einer Weile. »Wo Dustin Hofmann frisch vom College kommt und eine Affäre mit der Mutter des Mädchens hat, in das er verliebt ist?«

»Das ist ein schlechter Vergleich«, sagte ich. »Wo werden Sie heute Nacht schlafen, Mrs Robinson?«

»Ich habe ein Zimmer im Hotel.«

»Kann ich mitkommen?«

»Auf keinen Fall«, sagte Karl.

»Bitte«, sagte ich.

Und Karl sagte: »Nur über meine Leiche.« (Was im Nachhinein betrachtet ja nicht einer gewissen Komik entbehrt. Aber immerhin hat es fünf Jahre gedauert, bis Karl zur Leiche wurde.)

Auf der Fahrt zum Hotel konjugierte Karl das Verb »bereuen« in allen Varianten durch. »Das werden wir bereuen. Du wirst es bereuen! Ich werde es bereuen. Ich bereue es jetzt schon.«

Ich musste leider kichern.

»Jemand sollte dich davon abhalten«, sagte Karl. »Hat dich denn niemand vor mir gewarnt?«

»Doch, keine Sorge. Ich weiß, dass du ein egoistischer, verantwortungsloser Mistkerl bist, der morgen nach Madrid fliegt und jede Frau angräbt, die ihm über den Weg läuft.«

»Ich sag ja, du wirst es bereuen«, sagte Karl. Er sagte es noch, als er mich im Hotelzimmer auf das Bett zog und mich küsste.

Später starrte ich glücklich und ein bisschen fassungslos an die Hoteldecke und sagte: »Ich bin so froh, dass ich nicht die Frau mit dem Beil im Kopf bin.«

»Und ich erst.« Karl streichelte vorsichtig über meine Beule.

So also hatte das angefangen mit uns. In der Nacht, in der meine Nichte Eliane geboren worden war. Die Kreissäge nahm nämlich doch noch einmal Abstand von *Nina-Louise*, aber nicht etwa aus Rücksicht auf Mimi, sondern weil ihr *Eliane* besser gefiel. Und weil das zufällig der Name war, den sich ihre beste Freundin für ihre ungeborene Tochter ausgesucht hatte. (Die beste Freundin – bereits im siebten Monat schwanger – kündigte der Kreissäge daraufhin nicht nur die Freundschaft, sondern verfluchte sie und ihre Familie bis ins neunte Glied.)

Karl und ich haben Elianes Geburtstag als Tag unseres Kennenlernens jedes Jahr feierlich begangen – er hieß bei uns der »Gencalp-Pinarbasi-Zufalls-Gedächtnis-Tag« –, und Karl mietete immer ein Hotelzimmer, und wir versuchten unser erstes Mal so authentisch wie möglich nachzuspielen. Es war jedes Mal grandios, genau wie das erste Mal.

Ich habe es niemals bereut.

Jedenfalls nicht sehr.

»Es stimmt, dass Geld nicht glücklich macht. Allerdings meint man damit das Geld der anderen.«

*George Bernhard Shaw*

Ob es an den Tabletten lag oder daran, dass die Zeit anfing, alle Wunden, sogar meine, zu heilen – am Tag nach meinem ersten Besuch bei Frau Karthaus-Kürten wachte ich auf und interessierte mich plötzlich brennend für mein Erbe. Nellys Worte von gestern hingen mir noch nach. Jawohl: Wenn man schon einen geliebten Menschen verlor, sollte man sich wenigstens mit dessen Geld trösten können. Geld war gut. Geld war wichtig. Geld machte glücklich. Money makes the world go round.

Ich musste es ja nicht für mich ausgeben – zumal mir gerade nichts einfiel, was ich unbedingt besitzen wollte – aber ich konnte etwas Gutes damit tun, etwa äh eine Aufzuchtsstation für verwaiste Jaguarbabys finanzieren oder Schulhefte für indische Kinder oder einen Brunnen für ein äthiopisches Dorf. Außerdem konnte ich nicht ewig bei meiner Schwester im Gästezimmer wohnen bleiben und mich aushalten lassen, und für eine eigene Wohnung brauchte ich ebenfalls Geld. Ich wollte eine mit einem Kaminsims, auf den ich die Urne stellen konnte. (Ursprünglich hatte ich vorgehabt, ans Meer zu fahren und die Asche in alle Winde zu verstreuen oder sie am Fuße eines Baumes zu vergraben. Aber irgendwie hatte ich eine gewisse Anhänglichkeit zu der Urne entwickelt. Daher schien mir ein Kaminsims vorerst der richtige Platz dafür zu sein.)

Ich sprang mit so viel Elan aus dem Bett, dass ich mich selber wunderte. Obwohl ich die halbe Nacht ins Schulheft geschrieben hatte, war ich kein bisschen müde. Ich ging im Schlafanzug hinunter in die Küche, wo Mimi frisch gepressten Orangensaft, Körnerbrötchen und Folsäuretabletten frühstückte und dabei Zeitung las. Ronnie war schon zur Arbeit gefahren. Er pflegte in aller Herrgottsfrühe zu joggen, auf dem Rückweg kaufte er Brötchen, und bevor er das Haus verließ, deckte er den Frühstückstisch, presste Orangen aus und zündete eine Kerze an. Anschließend faltete er die Zeitung wieder so zusammen, als wäre sie nie gelesen worden, und weckte Mimi, indem er ihr einen Milchkaffee ans Bett brachte. (Ich weiß, das glaubt einem kein Mensch. Ich schwöre aber, dass es wahr ist.)

Kein Wunder, dass meine Schwester so ein sonniges, ausgeglichenes Gemüt hatte.

»Guten Morgen, Süße. Auch Saft?«

»Ich nehme ihn mir selber, bleib sitzen.« Ich nahm einen Schluck und stellte überrascht fest, dass er wunderbar schmeckte. Auch das war neu. In den letzten Wochen hatte alles, was ich zu mir genommen hatte, gleich geschmeckt: nämlich nach nichts.

Ich beugte mich vor. »Mimi, die ganzen Unterlagen von Karl und die Briefe von Onkel Thomas – die liegen beim Anwalt, oder?«

Mimi fiel vor Überraschung ein Stück Brötchen aus dem Mund. »Waff?«

»Ich frage nur, weil ich doch mal hineinschauen wollte.«

»Die Kanzlei hat nur Kopien«, sagte Mimi. »Der ganze Kram liegt oben in Ronnies Büro. Aber du …«

»Ich weiß«, sagte ich. »Ich habe gesagt, ich will nichts davon hören. Aber jetzt interessiert es mich doch. Ich muss ja allmählich mal daran denken, wie es mit mir weitergehen soll. Ohne Karl.«

»Es wird dich ziemlich aufregen«, sagte Mimi.

»Nein, wird es nicht.«

»Wird es wohl. Dieser Onkel Thomas ist eine geldgierige Ratte – und eine verlogene dazu. Herr Janssen – das ist dein Anwalt – konnte einige seiner Lügen schon aufgrund der vorliegenden Aktenlage entlarven, aber Karls Papiere sind nicht vollständig und auch nicht gerade übersichtlich gewesen, sodass es schwer werden wird, ihm alles nachzuweisen. Und Leo und seine Schwestern haben sich ebenfalls einen Anwalt genommen. Sie wollen ihren Pflichtteil, am liebsten vorgestern.« Mimi schnalzte mit der Zunge. »Zur Beerdigung konnten sie alle nicht kommen, aber zum Anwalt konnten sie rennen.«

»Leo ist mittlerweile selber einer«, sagte ich.

»Mag sein. Die Briefe schreibt aber ein gewisser Dr. Hebbinghaus. Ein promoviertes Arschloch, wenn du mich fragst. Tut so, als wärst du eine abgebrühte Erbschleicherin Schrägstrich Betrügerin. Die Formulierungen sind teilweise wirklich grenzwertig.«

»Anwaltssprache eben.«

»Es ist schwer, so was nicht persönlich zu nehmen.«

»Ja, ich weiß. Aber ich will mir trotzdem mal einen Überblick verschaffen. Außerdem muss ich zur Bank. Ich habe keine Ahnung, wie es um meine Finanzen steht. Du musst Unsummen für mich ausgegeben haben, und ich will dir auf keinen Fall noch länger auf der Tasche liegen. Krieg ich eigentlich eine Rente oder so was?«

»Du bekommst fünfundzwanzig Prozent von Karls Rente – die nächsten drei Jahre, vorerst.« Mimi runzelte ihre Stirn. »Das habe ich dir doch … Na ja, ich weiß, du hast mir nicht zugehört, aber das macht nichts. Ich habe mich ziemlich mit der Sachbearbeiterin herumgestritten, von wegen nur drei Jahre, und sie meinte, bis dahin seien die meisten ohnehin wieder verheiratet, und wenn ihr Kinder gehabt hättet, sähe die Sache natürlich ganz anders aus. Hallo? Auf welchem Planeten lebt die Frau denn?« Mimi seufzte. »Na ja, es ist besser als nichts, eine kleine, zusätzliche Sicherheit für dich. Ich könnte Karl dafür ohrfeigen, dass er keine Lebensversicherung abgeschlossen hat, der alte Geiz … – 'tschuldigung. Wie gesagt, die Papiere sind alle oben, ich kann sie gleich mit dir durchgehen. Papa hat so eine Art Inventarliste aufgestellt, ein paar Sachen hattet ihr in eurer Wohnung in London, aber die meisten der von Onkel Thomas aufgeführten Kunst- und Wertgegenständen sind offenbar eingelagert oder befinden sich noch in Karls Elternhaus.«

»Vielleicht gehen wir da einfach mal gucken?«, schlug ich vor. »Wir haben doch den Schlüssel, oder?«

Mimi grinste. »Vielleicht ist diese Frau Karthaus-Kürten doch kein so großer Idiot, wie ich gedacht habe.«

»*Ich* habe das gedacht. Du hast gesagt, sie sei großartig.«

»Ja, damit du hingehst«, sagte Mimi. »In Wirklichkeit habe ich nicht viel von ihr gehalten. Sie hat Ronnie immer in seiner Wehleidigkeit bestärkt, anstatt ihm zu sagen, er soll sich mal zusammenzureißen. Außerdem hatte ich den Eindruck, sie flirtet mit ihm. Aber jetzt muss ich sagen, sie versteht doch was von ihrem Job.«

»Also wirklich!«

»Es geht dir doch offensichtlich besser. Schon dafür könnte ich dieser Schnepfe die Füße küssen. Diese Tabletten müssen Wunderdinger sein. Am liebsten würde ich auch eine schlucken.«

Tatsächlich hatte ich das Gefühl, nicht mehr ganz so neben mir zu stehen. Wenn man bedachte, dass ich sonst die meiste Zeit des Tages immer nur »Karlisttotkarlisttiotkarlisttot« gedacht hatte oder »Boah, was sind die alle doof«, war das hier ein immenser Fortschritt.

»Was ist mit den Mieteinnahmen?«, fragte ich Mimi, die sich wieder der Zeitung zugewandt hatte. »So ein Sechsparteienhaus wird doch monatlich einiges abwerfen. Da hat sich doch sicher ein bisschen was angesammelt, mit dem ich meine Schulden bei dir bezahlen könnte.«

»Du hast keine Schulden bei mir!«, sagte Mimi. »Und es sind *zwei* Sechsparteienhäuser. Die werfen tatsächlich einiges ab. Allerdings kosten sie auch 'ne Stange, so ganz nebenbei erwähnt. Aber das Geld fließt auf Karls Girokonto und das ist quasi eingefroren, bis dein Erbschein vorliegt. Warum hattest du keine Vollmacht?«

»Wer konnte denn ahnen, dass einer von uns sterben würde? Karl hatte ja auch keine Vollmachten über meine Konten. Ich sag doch, wir haben nie über Geld geredet. Entweder, es war genug da, um es auszugeben, oder es war gerade keins da, dann konnten wird es eben auch nicht ausgeben.«

»Bei Karl war immer welches da«, sagte Mimi. »Er hat es dir nur nicht verraten. Er hat übrigens einen Lagerraum in einer Halle in Düsseldorf angemietet, wahrscheinlich für Möbel und Bilder. Die Anwälte möchten die Sachen so bald wie möglich katalogisieren, aber ich habe gesagt, du wärst noch nicht so weit. Vielleicht sind auch persönliche Gegenstände von Karl darunter, Briefe, Tagebücher – und ich finde, wenn, dann solltest du die Erste sein, die das sieht.«

»Welche Rolle spielt Onkel Thomas eigentlich in dieser ganzen Sache?«

Mimi zuckte mit den Schultern. »Papa und ich haben versucht, die Sachlage so gut es ging aus den vorhandenen Unterlagen zu rekonstruieren. Anscheinend geht es ihm in erster Linie um das Erbe von seiner Tante Jutta. Das ging nach ihrem Tod auf ihren Bruder über, also Thomas' und Karls Vater, der es wiederum seiner Frau vermacht hat und die dann Karl. Und Karl dann dir. Aber Thomas meint, dass Tante Juttas Erbe von Anfang an ihm zugestanden habe. Und das will er jetzt haben, bis auf die letzte Schnupftabaksdose. Er hat auch schon dreimal hier angerufen, um mit dir zu sprechen, der widerliche Schleimbolzen.«

»Wirklich?«

»Jedenfalls meinte er, ein persönliches Gespräch mit dir würde verhindern, dass die Sache vor Gericht ginge. Wenn ich eine gute Schwester sei, sagte er, würde ich dich zu einem Gespräch überreden. Außerdem wollte er andauernd wissen, ob Karl einen Kosenamen für dich gehabt habe, der Spinner. Dein Anwalt hat dann an seinen Anwalt geschrieben, dass sein Mandant bitte die Stalkeranrufe bei seiner Mandantin unterlassen möge. Das hat geholfen.«

Ich nippte an meinem Orangensaft und dachte nach. »Ist ja wirklich ein bisschen komisch, wenn ich nun alles kriege, was mal Karls Eltern gehört hat.« Auch wenn ich es für Jaguarbabys und Schulhefte für indische Kinder verwenden würde.

»Du kriegst ja nicht alles«, sagte Mimi und wandte sich wieder der Zeitung zu. »Du musst es mit Karls Kindern teilen. Und so was kann sich jahrelang hinziehen.«

»Hm.« Ein Nachteil hatte es, wieder klar denken zu können. Ich begann mich zu fürchten. Vor einem Wiedersehen mit Leo. Das letzte Treffen war fünf Jahre her.

Ich bekam eine Gänsehaut, als ich daran dachte.

Und genau in diesem Augenblick kreischte Mimi laut auf.

Vor Schreck stieß ich meinen Orangensaft um. »Bist du bekloppt?«, rief ich aus, während ich aufsprang und mir die Rolle mit Küchenkrepp griff.

»Nicht ich!« rief Mimi, schnappte nach Luft und zeigte auf die Zeitung. »Aber *die*!«

Sie zeigte auf die Seite mit den Geburts- und Todesanzeigen, und ich dachte, es hätte schon wieder jemand sein Kind Nina-Louise genannt.

Tatsächlich aber war es eine Todesanzeige, auf die Mimi zeigte.

»Wer ist denn gestorben?«, fragte ich und tupfte den Orangensaft vom Tisch. Dann sprang mir der Name, obwohl ich ihn ja über Kopf entziffern musste, förmlich ins Gesicht.

KARL SCHÜTZ.

»Oh«, sagte ich betroffen. »Das scheint kein gutes Jahr für Leute zu sein, die Karl Schütz heißen. Woran ist dieser hier denn gestorben und wie alt war er?«

»*Carolin!*« Mimis Augen waren weit aufgerissen, wie immer, wenn sie empört war. »Jetzt stell dich nicht so dumm an. Das ist nicht irgendein Karl. Das ist dein Karl!«

»Aber meiner ist doch schon über fünf Wochen tot«, sagte ich, begriffsstutzig wie sonst niemals.

Mimi nahm die Zeitung und hielt sie vor sich wie ein Demo-Transparent.

»Bitte sehr! Überzeug dich selber.«

Karls Todesanzeige nahm eine halbe Seite ein, das musste ein Vermögen gekostet haben.

**Gottes Wege sind unergründlich …**

Wir nehmen Abschied von einem wunderbaren Menschen,
der uns mit seinem lebensfrohen Wesen beglückte
und uns Freude und Liebe schenkte.
Plötzlich und unerwartet starb unser geliebter Vater,
Bruder und Ehemann im Alter von nur 53 Jahren

**Dr. Karl Schütz**
**Ein Leben für die Kunst und die Familie**

In stiller Trauer
Leo Schütz
Corinne Schütz
Helen Schütz
Thomas Schütz
Monika Lange-Schütz sowie
Freunde und Verwandte

Voll Dankbarkeit möchten wir an ihn erinnern.
Alle, die ihn kannten, sind ganz herzlich eingeladen,
am Donnerstag, den 3. Dezember um 16 Uhr in
den Abschiedsräumen des Trauerhauses Hellmann bei einer
kleinen Feier seiner zu gedenken. Anstelle von Blumen,
Kränzen und Gestecken bitten wir um eine Spende
an die Schütz-Foundation zur Förderung von Filmkunst in
Deutschland, Kontonummer 11820056 bei der Sparkasse
Düsseldorf. Alle, die aus Versehen keine persönliche
Einladung bekommen haben, möchten wir bitten, diese
Anzeige als eine solche zu betrachten.

Nachdem ich ungefähr eine Minute darauf gestarrt hatte, nahm Mimi die Zeitung wieder herunter und sagte matt: »Wenigstens haben sie kein Kreuz und keine betenden Hände drauf gemacht. Oder so eine geknickte Rose. Das hätte Karl gehasst.«

»Ja, aber was soll das heißen, Gottes Wege sind unergründlich? Karl war Atheist!«

»Ja, aber seine Familie offenbar nicht«, sagte Mimi. »Am Donnerstag ist Karls Tod nämlich genau sechs Wochen her. Die feiern quasi ein Sechswochenamt.«

»Gottes Wege sind unergründlich?«

»Das heißt auf katholisch: Weil er seine Familie verlassen und sich eine Neue, viel Jüngere angelacht hat, wird er nun mit einem frühen Tod bestraft und kommt für eine ziemlich lange Zeit ins Fegefeuer, Amen.«

»Ein Leben für die Kunst und die *Familie*.« Mein Mund war ganz trocken. Außerdem ging mein Puls viel zu schnell. »Das ist ja schon *fast* komisch.«

»Immerhin. Sie hätten es ja auch andersherum schreiben können: Erst die Familie, dann die Kunst«, sagte Mimi. »Und – nein! Das ist kein bisschen komisch!« Sie schlug mit der Faust so fest auf die Zeitung, dass das Geschirr klirrte. »Ehrlich, ich fasse es nicht. Das ist das Unverschämteste, das ich jemals gehört habe. Die veranstalten tatsächlich eine … eine Gegen-Beerdigung.«

»Darf man das überhaupt?«

»Wer soll es ihnen verbieten? Unser Anwalt? Der Papst?«

»Aber sie … sie können ja nicht …!«, rief ich. »*Ich* habe Karl!« Etwas leiser setzte ich hinzu: »Seine Asche zumindest.«

»Ich traue denen zu, dass sie einen leeren Sarg aufstellen.« Mimi schaute wieder auf die Anzeige. »Monika ist die Exgattin, nehme ich mal an. Geliebter Vater, Bruder und *Ehemann* – hallo? Dreister geht es doch wohl nicht.«

»Man kann ja schlecht geliebter Ex-Ehemann in so eine Todesanzeige schreiben.« Ich nahm meinen Stuhl und rückte ihn neben Mimi. Monika Lange-Schütz. Der Doppelname von Leos Mutter war mir neu, überraschte mich aber nicht. Passte doch super zu Oer-Erkenschwick.

»Und was ist das für eine Schütz-Foundation?«, fragte Mimi. »Die dürfen doch nicht einfach in Karls Namen eine Stiftung eröffnen. Ich rufe gleich mal unseren Anwalt an.«

»Wahrscheinlich ist das eine Idee von Onkel Thomas. Karl hatte mit Filmkunst nichts am Hut, schon gar nichts mit deutscher Filmkunst. Onkel Ohrfeigengesicht Thomas hingegen hat schon Millionen in windigen Filmproduktionen versenkt. Muss man sich mal vorstellen. Der will sich nicht nur Karls Besitz unter den Nagel reißen, sondern auch noch das Geld, das die Leute sonst für Kränze ausgegeben hätten.«

»Ratte«, knurrte Mimi.

»Verbrecher«, sagte ich. »Alles Verbrecher und verlogene Heuchler.«

»Man möchte sie wirklich … in den Hintern treten! Am liebsten würde ich auf dieser *Feier* auftauchen und ihnen meine Meinung sagen.«

»Meinen Segen hast du. Vielleicht nimmst du zur Untermalung ein paar Farbbeutel mit. Und Stinkbomben.«

»Im Ernst. Das können wir denen doch nicht einfach durchgehen lassen! Karl hatte bereits seine Trauerfeier! Vor fünf Wochen. Wir hatten einen wunderbaren Redner, eine bewegende Ansprache, duftende weiße Rosen, riesige Kerzen – und wir haben Teelichter und Blütenblätter in einer Schale mit Wasser schwimmen lassen!«

Tatsächlich? Ich hatte nichts von alledem mitbekommen. Ich hatte nur vor mich hingestarrt und alles Mögliche gezählt. Sechsundvierzig Hände, die ich schütteln musste. Achtundsechzig schwarze Hosenbeine. Vierzehn Männer mit Vollbart. Siebenundachtzig Mal das Wort »schlimm«.

»Es war eine stimmungsvolle, kreative, dezente First-Class-Trauerfeier. Und keiner von denen hat es für nötig befunden zu kommen«, sagte Mimi. »Nicht mal entschuldigt haben sie sich.«

»Nee. Klar haben sie das nicht. Sie haben ja die Gegenveranstaltung geplant. Wahrscheinlich kommt auch ein Pfarrer und sagt was über Gottes unerforschliche Wege … Und über das Fegefeuer, in das man kommt, wenn man seine Frau und die Kinder verlässt. In der katholischen Kirche gibt es keine Scheidung, also ist Karls Exfrau auch streng genommen immer noch mit ihm verheiratet, verstehst du? *Sie* ist jetzt die Witwe.«

»Wir sollten hingehen«, sagte Mimi. »Schon, damit sie vor Scham im Boden versinken.«

Ich bekam ein seltsames Gefühl im Magen bei dieser Vorstellung. »Wir könnten uns blonde Perücken und Sonnenbrillen anziehen.«

»Unsinn! Wir haben nun wirklich keinen Grund, uns zu tarnen. Die sind diejenigen, die sich schämen müssen. Die keinen Funken Anstand im Leib haben. Wir gehen hin und erzählen allen Gästen, dass die Familie die richtige Feier boykottiert hat.« Mimi faltete die Zeitung zusammen, bis sie nur noch so groß wie eine Postkarte war. »Und dass *du* die echte Witwe bist. Und dass sie dir Karls Besitz wegnehmen wollen bis auf die allerletzte Schnupftabaksdose.«

Ich versuchte, mir die Szene vorzustellen. In meiner Vorstellung trug Karls Exfrau einen Hut mit schwarzem Tüllschleier und wurde von allen drei Kindern gestützt. Und vom Pfarrer. Verächtliche Blicke durchbohrten mich.

Das seltsame Gefühl in meinem Magen verstärkte sich. »Ich glaube, das traue ich mich nicht.«

»Wie bitte?« Mimi warf die zusammengefaltete Zeitung auf den Tisch, wo sie sich wie von Zauberhand wieder auseinanderfaltete. »Dafür braucht man keinen Mut, nur Wut. Und ich für meinen Teil bin so wütend, dass es brummt.«

Ich horchte in mich hinein. »Ich glaube, die Tabletten machen mich irgendwie feige. Denn ich bin sicher, wenn wir da auftauchen, werden wir von denen am nächsten Baum aufgeknüpft.«

»Hm«, machte Mimi. »Möglicherweise hast du Recht. Denen ist wahrscheinlich nicht mal bewusst, wie widerlich das ist, was sie da abziehen. *Wir nehmen Abschied von einem wunderbaren Menschen, den wir seit fünf Jahren nicht gesehen haben* ... Schuldgefühle haben sie klassisch verdrängt. Schon weil sie in der Überzahl sind, denken sie automatisch, sie sind im Recht.«

»Stimmt. Wenn sie sich schämen oder wie Heuchler vorkommen würden, hätten sie ja wohl kaum diese überdimensionale Anzeige geschaltet.«

»Selbstgerechtes Pack!! Am Ende wollen sie sogar, dass du davon erfährst.« Mimi verschränkte die Arme vor der Brust und kaute auf ihrer Unterlippe herum. Dann sagte sie: »Ja, das Beste wird sein, sie mit Nichtachtung zu strafen. Sollen sie doch ihre verlogene Beerdigungsshow abziehen – wir werden das einfach vornehm ignorieren.«

»Genau.« Ich war seltsam erleichtert. »Die Genugtuung werden wir ihnen nicht gönnen.«

»Die werden sich schwarz ärgern, weil sie denken, dass du es gar nicht mitgekriegt hast!«

»Eben«, sagte ich. »So was Kindisches. Da stehe ich doch drüber.«

Eine Weile schwiegen wir.

Nicht zu fassen! *Ein Leben für die Kunst und die Familie.*

Mein Mann feierte ein zweites Mal seine Beerdigung. Und ich war nicht dabei.

»Ich habe die Urne!«, sagte ich schließlich.

»Richtig«, sagte Mimi. »Und das ist alles, worauf es ankommt.«

*»Die Lüge ist ein sehr trauriger Ersatz für die Wahrheit, aber sie ist der einzige, den man bis heute entdeckt hat.«*

*Elbert Hubbard*

Ich kaute eine Weile am Stift, weil ich überlegte, wie ich Frau Karthaus-Kürten und dem Schulheft erklären sollte, dass für Karl und mich nach unserer ersten gemeinsamen Nacht absolut unanfechtbar feststand, dass wir zusammenbleiben würden. Eigentlich konnte man es nicht erklären, es war einfach so.

Wir brauchten nicht mal viel darüber zu reden. Ich fragte Karl, wann sein Flugzeug gehen würde, und er sagte, er würde den Flug canceln.

»Und wenn ich mitkäme?«

Zuerst lächelte Karl, aber dann wurde er ernst und sagte, ich solle mir doch noch ein bisschen mehr Zeit lassen.

»Ich brauche keine Zeit«, sagte ich und betrachtete mich im Spiegel des Hotelzimmers. Bis auf die Beule an der Stirn sah ich aus wie immer. Und trotzdem hatte ich mich komplett verändert. Über Nacht war alles anders geworden. »Ich komme mit nach Madrid. Ich lerne Spanisch. Das geht bei mir ganz schnell, du wirst sehen. Vielleicht sollte ich es einfach studieren? Jura ist sowieso nichts für mich. Ich komme mit dir.«

»Das ist total verrückt«, sagte Karl, trat hinter mich und legte seine Arme um meinen Oberkörper.

»Ja«, stimmte ich zu. »Total verrückt!« Unser Spiegelbild sah toll aus. »Traust du dich nicht?«

Karl lachte, aber seine Augen lachten nicht mit. »Um mich geht es nicht. Ich bin alt genug, ich kann es mir erlauben, Dummheiten zu machen. Aber du bist jung, und wenn man jung ist, sollte man sich genau überlegen, was man tut.«

Aber ich war mir ganz sicher, dass ich nicht mehr überlegen musste. Zum ersten Mal in meinem Leben wusste ich ganz genau, was ich wollte. Ich wollte Karl. Ich wollte mit ihm zusammen sein, egal wo und egal wie. Es war ein dermaßen starkes und gutes Gefühl, dass ich vollkommen davon überwältigt war.

»Ist das immer so, wenn man *richtig* verliebt ist?«, fragte ich Karl.

Karl sagte, das könne er nicht beantworten, es sei auch für ihn das erste Mal. »Normalerweise kommt die Liebe bei mir eher schleichend und langsam. Und meistens dreht sie auf halber Strecke wieder um und geht.« Er zuckte mit den Achseln. »Nur dieses Mal hat sie sich direkt in meine Arme geworfen, die Liebe. Eine seltsame Sache, das. Die ganze Zeit will ich ein Gedicht schreiben oder einen Song komponieren oder wenigstens ein Bild malen, mit lauter roten Herzen drauf.«

»Ich auch!«, rief ich entzückt. »Ich hätte sogar Lust, dir ein Ständchen auf der Mandoline zu bringen.«

Karl begann wieder, mich zu küssen.

»Jetzt hat Leo wenigstens einen guten Grund, mich zu hassen«, sagte er später.

»Aber du kannst doch gar nichts dafür«, sagte ich. »Das war alles meine Schuld.«

Karl strich mir das Haar aus der Stirn. »Ja, schön wär's.«

»Passiert ist passiert«, sagte ich, weil ich Angst hatte, er könne es sich noch mal anders überlegen.

»Allerdings. Es ist dir aber schon klar, dass die anderen nicht unbedingt positiv darauf reagieren werden? Ich könnte mir vorstellen, dass deine Familie nicht besonders begeistert sein wird. Wäre ich auch nicht, wenn du meine Tochter wärst.«

»Von *deiner* Familie mal ganz zu schweigen«, sagte ich.

»Richtig«, sagte Karl und seufzte.

Ich verdrängte ganz schnell das mulmige Gefühl des schlechten Gewissens, das sich zwischen mein überschwängliches Glücksgefühl schmuggeln wollte. »Wahrscheinlich ist es besser, wenn wir niemandem etwas davon erzählen.«

»Ich glaube nicht, dass sich so etwas verheimlichen lässt«, sagte Karl. »Früher oder später kommt es ohnehin ans Licht.«

Möglich. Aber wenn ich die Wahl hatte, dann bitte lieber später als früher. Selbst wenn man zu meiner Verteidigung vorbringen konnte, dass ich der Meinung war, Leo habe mit mir Schluss gemacht, so muss man doch zugeben, dass es nicht wirklich die feine Art war, nur ein paar Stunden später mit seinem Vater im Bett zu landen. Mir war klar, dass ich für diese Vorgehensweise wenig Verständnis ernten würde, nicht mal von den Leuten, die daran glaubten oder aus eigener Erfahrung wussten, dass zwei Menschen sich Hals über Kopf und unsterblich ineinander verlieben können. Und am allerwenigsten von Leo selber. Wenn es also nach mir ginge, bräuchte er das einfach niemals zu erfahren.

Aber leider ging es nicht nach mir. Als Karl und ich das Hotelzimmer verlassen wollten, um zu frühstücken, stand Onkel Thomas im Flur und glotzte uns mit kugelrunden Augen an.

Karl fragte erschrocken und wenig intelligent: »Was machst

du denn hier, Tommi?«, und ich versuchte, ganz anders auszusehen als am Abend vorher und hoffte sehr, dass Onkel Thomas ein schlechtes Personengedächtnis hatte.

»*Ich* wollte gern noch mal mit dir reden, bevor du wieder im Ausland bist«, sagte Onkel Thomas, wobei er seine Lippen befeuchtete und ein wenig verschlagen grinste. »Aber was macht Leos kleine Freundin in deinem Hotelzimmer, großer Bruder?«

Es gab eine Menge möglicher Antworten, sicher hätten wir spontan ganz glaubhaft lügen können, wenn ich nicht noch das Kleid vom Vortag getragen und mir das Schuldbewusstsein ins Gesicht geschrieben gestanden hätte. So stotterte ich nur: »Ich bin nicht mehr Leos Freundin«, während Karl sagte: »Das geht dich wieder einmal überhaupt nichts an. Worüber willst du mit mir reden?«

»Über Geld, worüber sonst«, sagte Onkel Thomas. »Obwohl ich mir, ehrlich gesagt, recht wenig Chancen ausgerechnet habe, dass du mich unterstützt.« Er sah mich an und lächelte. Ich bekam eine Gänsehaut. »Allerdings – *jetzt* denke ich, ich könnte vielleicht mehr Glück haben.«

Karl runzelte die Stirn. »Thomas, selbst wenn ich Geld hätte – an einer Finanzierung eines deiner Pleite-Projekte habe ich kein Interesse.«

»Sehr schade, sehr schade. Aber vielleicht möchtest du ja mit den Eltern noch einmal über eine kleine Finanzspritze reden, so von Lieblingssohn zu Mami und Papi.«

»Tommi, du hast den beiden immer und immer wieder Geld aus den Rippen geleiert und niemals einen Cent zurückgezahlt. Und das Haus in der Kalkenbrenner Straße, das sie dir letztes Jahr überschrieben haben, weil damit ja angeblich all deine Probleme für immer gelöst wären, hast du direkt hinter ihrem Rücken verkauft.«

»Das war eine Notfallmaßnahme«, sagte Onkel Thomas. »Außerdem – was soll's? Sie haben genug Häuser! Kein Grund, gleich so überzureagieren.« Er strich sich das Kinn. »Brüderchen! Bitte. Auf dich hören sie. Sag ihnen, dass ich nur noch dieses eine Mal was brauche.«

»Das werde ich nicht tun«, sagte Karl grimmig.

»Dann bleibt mir wohl nichts anderes übrig, als Leo anzurufen, um ihm zu sagen, dass du seine kleine Freundin flachgelegt hast«, sagte Onkel Thomas, und seine Stimme klang ein wenig ölig. »Und ich denke, Mami und Papi kann ich auch gleich anrufen – sie hören immer so gern Neuigkeiten von ihrem großen Liebling.«

»Tu, was du nicht lassen kannst«, sagte Karl, nahm meinen Arm und zog mich an Onkel Thomas vorbei. Ich widerstand der Versuchung, mich loszureißen und Onkel Thomas mein Sparbuch anzubieten, wenn er bittebitte nur nicht bei Leo anriefe. Aber erstens waren auf meinem Sparbuch nur knapp dreihundertfünfzig Euro, und zweitens wäre die Sache damit wohl nicht aufgehoben, sondern nur aufgeschoben.

Jetzt konnte ich nur hoffen, dass ich längst über alle Berge und in Madrid war, wenn Leo diesen Anruf bekam. Oder ich musste Onkel Thomas zuvorkommen. Die letzte Option wäre wohl die vernünftige gewesen, ja, vermutlich auch die einzig moralisch vertretbare. Aber ich gebe zu, dass ich zu feige war, darüber auch nur nachzudenken.

Karl und ich trennten uns für ein paar Stunden, ich, um meine Sachen zu packen und meine Familie über meine spontanen Reisepläne zu informieren, er, um einen Flug für mich zu buchen. Um Punkt sechzehn Uhr wollten wir uns auf dem Köln-Bonner Flughafen treffen.

Während ich allen möglichen Kram in meinen Koffer warf, log ich am Telefon, was das Zeug hielt. Meinen Eltern sagte ich, Leo habe mit mir Schluss gemacht, und nun sei ich so am Boden zerstört, dass ich die juristische Fakultät nicht mehr betreten könne, ohne in Tränen auszubrechen. Daher würde ich für ein paar Wochen mit einer Freundin nach Madrid fliegen, bis es mir wieder besser ginge.

Meine Mutter war noch leicht an der Nase herumzuführen, wahrscheinlich war sie auch ein wenig abgelenkt durch die Geburt des Enkelchens. Sie hatte Verständnis für meinen Wunsch nach Abstand und nannte Leo »einen herzlosen Dummkopf«, weil er »ein tolles Mädchen wie dich aufgibt«, wollte aber wissen, wer »diese Karla« denn sei. Ja, ich weiß, Karla war nicht der einfallsreichste Name, aber der einzige, der mir spontan eingefallen war. Karla Müller. Karla war ein Ausbund an Tugenden, aber auch sie hatte gerade fürchterlichen Liebeskummer und beschlossen, eine Studienpause einzulegen. Sie hatte keine Piercings, ging grundsätzlich nie in Diskotheken und Nachtclubs und sprach fließend Spanisch. Das Beste war, ihre Tante hatte eine Wohnung in Madrid, in der wir umsonst wohnen konnten, und die Tante würde auch ein Auge auf uns haben und uns die Stadt zeigen. Meine Mutter fand, das hörte sich doch alles ganz vernünftig an. Mein Vater rief aus dem Hintergrund, er würde mir Feriengeld aufs Konto überweisen, und ich solle den Kopf oben behalten, der Richtige würde schon irgendwann auftauchen, und wenn ich wollte, würde er sich diesen Leo mal vorknöpfen.

»Das ist nicht nötig«, sagte ich. Mein Vater hatte sich seinerzeit auch Oliver Henselmeier »vorgeknöpft«. Er hatte ihn durch die runden Gläser seiner Brille freundlich angeschaut und gesagt: »Junger Mann, das ist aber wirklich nicht die feine Art.« Boah! Wahrscheinlich hatte Oliver da heute immer noch Albträume deswegen.

Es klingelte.

»Mama, ich muss Schluss machen, das ist meine Zimmernachbarin, bei ihr gebe ich die Topfpflanzen in Pflege. Ich melde mich dann direkt, wenn ich gelandet bin.«

»Wir haben dich lieb, mein Schatz«, sagte meine Mutter. »Und denk immer dran: Das ist nicht das Ende der Welt. Es werden noch viele Männer folgen.«

»Einer reicht ja«, rief mein Vater aus dem Hintergrund.

»Das meinte ich«, sagte meine Mutter.

Ich öffnete die Tür. Statt meiner Zimmernachbarin stand Leo im Flur. Reflexartig hätte ich ihm gern die Tür wieder vor der Nase zugeworfen, stattdessen starrte ich ihn nur entsetzt an und machte gar nichts.

»Hi«, sagte Leo, schlenderte in das Zimmer und gab mir einen Kuss auf die Wange. Auf der anderen Wange klebte noch das Telefon, das ich kraftlos gegen meine Schläfen hielt.

»Bis heute Abend, Mäuschen«, sagte meine Mutter und legte auf.

Leo sah ausgeschlafen aus, seine blauen Augen strahlten hellwach unter den blonden Locken hervor, und jetzt lächelte er mich sogar an. »Du siehst total elend aus«, sagte er. »Es tut mir echt leid.«

Ich öffnete den Mund, brachte aber keinen Ton heraus. Immerhin schaffte ich es, das Telefon mit zitternder Hand in die Station zurückzulegen. Nein, Onkel Thomas, das Arschloch, konnte noch nicht bei Leo angerufen haben, sonst wäre er nicht so … gelassen. Um nicht zu sagen, blendend gelaunt. Ausgeschlossen, dass er sich so gut verstellen konnte.

»Ich kann echt manchmal ziemlich gefühllos sein«, sagte er.

Ich schluckte.

Leo streichelte über meine Wange. »Es tut mir leid, wie das gestern Abend gelaufen ist. Und es tut mir doppelt leid, wenn ich dich jetzt sehe, du hast wahrscheinlich die ganze Nacht kein Auge zugetan.«

Das war richtig.

Leos Blick fiel auf den geöffneten Koffer auf dem Bett und das Klamotten- und Bücherchaos rundherum. »Das sieht so aus, als hättest du vor, länger bei deinen Eltern zu bleiben. Ach Mensch, Carolin, das wollte ich doch gar nicht.«

Mir kam ein furchtbarer Gedanke. »Aber du hast gestern Abend doch mit mir Schluss gemacht?«

»Na ja«, sagte Leo und rieb sich verlegen die Nase. »Ich habe gesagt, dass ich ein bisschen Abstand brauche – das ist nicht dasselbe.«

»Ist es wohl.«

Leo seufzte. »Das ist wieder mal typisch Mädchen. Ihr habt für alles euren Code. Jedenfalls bin ich hier, um dir zu sagen, dass es mir leidtut.«

»Heißt das, du willst jetzt doch … – keine Auszeit?«, fragte ich. Mein Herz klopfte so laut, dass ich dachte, Leo müsse es hören.

»Doch, schon«, sagte Leo.

Ich atmete hörbar auf.

»Das heißt, gestern Abend wollte ich das. Aber ich … Mensch, es tut mir einfach so leid, dass ich dir wehgetan habe, und ich weiß doch, wie du dich fühlen musst, weil ich dein allererster Freund bin und so weiter … Ich bin sonst nie so – gefühllos, wirklich nicht.«

»Ist schon okay«, sagte ich. »Du hattest ja Recht. Wir … brauchen Abstand und eine Auszeit.«

»Na ja«, sagte Leo. »Wenn es dir wirklich nichts ausmacht …«

Was meinte er, um Himmels willen? »Also – wir haben Schluss miteinander gemacht, das ist doch richtig, oder?«

»Na ja«, sagte Leo wieder. »Ich nehme an, in eurem komischen Mädchencode, schon irgendwie. Wenn auch nicht endgültig.«

Komischer Mädchencode? Wohl kaum. »Und warum bist du dann hier, und wir führen dieses seltsame Gespräch miteinander?«

»Ich wollte nur sichergehen, dass du nichts ... Unüberlegtes tust.«

»Was meinst du? Dass ich mich von der Brücke stürzen könnte?«

Leo zuckte mit den Achseln. »Du bist schon ein bisschen labil, denke ich. Das weißt du auch. Da ist diese Sache mit dem Zählen und dem notorischen Lügen und so. Und ich will, dass du weißt, dass ich wirklich viel für dich empfinde.« Er machte eine kleine Pause. »Auch Verantwortung.«

Okay. Wenn ich nicht zufällig heute Nacht mit seinem Vater geschlafen hätte, würde ich ihm jetzt sagen, dass er ein Arschloch sei. »Wolltest du nicht lernen und deine Schwestern nach Hause bringen?«

»Ja, das mache ich auch gleich. Aber vorher wollte ich mich vergewissern, dass mit dir alles in Ordnung ist.« Er lächelte mich schief an. »Also, die Tage bei deinen Eltern werden dir bestimmt guttun. Und du kannst mich jederzeit anrufen, wenn was ist, ja?«

»Ich fahre nicht zu meinen Eltern«, sagte ich und hätte mich im gleichen Moment dafür ohrfeigen können.

»Nicht?«

Mir brach der Schweiß aus. »Nein. Ich fahre ein paar Wochen nach ... – in den Süden. Mit einer Freundin.«

»Mit welcher Freundin?« Leo hatte die Stirn gerunzelt. »Sei mir nicht böse – aber du hast keine Freundinnen. Ehrlich gesagt ist das eins der Dinge, die so merkwürdig an dir sind. Jedes Mädchen hat eine beste Freundin. Jedes! Aber du – Fehlanzeige.«

»Du kennst sie nur nicht«, flüsterte ich.

»Ach ja? Wie heißt sie denn? Und wo wohnt sie? Und warum hast du sie mir noch nie vorgestellt?«

»Weil sie … im Ausland wohnt«, flüsterte ich. Zu mehr war meine Stimme nicht fähig. »Ich fliege heute zu ihr.«

»Aha«, sagte Leo. »Und wohin genau?«

»Ma…llorca.«

Leo lächelte spöttisch. »Schön. Dann wünsche ich dir viel Spaß. Und gute Erholung.« Wieder küsste er mich auf die Wange. Ich wagte es kaum zu hoffen, aber er ging tatsächlich zur Tür. Im Flur erst drehte er sich noch einmal zu mir um. »Vergiss nicht, einen Bikini einzupacken. Und bitte schreib mir eine Postkarte, ja?«

»Mach ich«, sagte ich, und Leo zwinkerte mir zu. Er dachte, ich hätte die Freundin nur erfunden, um mein Gesicht zu wahren. Um nicht wie jemand dazustehen, der sich mit Liebeskummer zu seinen Eltern verkroch, sondern wie jemand, der mit einer Freundin cool einen draufmachte. Auf Mallorca.

Er hatte Mitleid mit mir. Das war nicht schön, aber tausendmal besser als Wut. Oder Mordlust.

Mein schlechtes Gewissen brachte mich beinahe um, aber die Erleichterung, ihn gehen zu sehen, war stärker.

»Kopf hoch!«, sagte Leo noch, bevor er mit federnden Schritten die Treppe hinunterging. Sein Handy klingelte, und ein Stockwerk tiefer hörte ich ihn gutgelaunt »Hallo?« sagen.

Ich schloss die Tür und drehte mich zu meinem Koffer um. Das wäre geschafft. Jetzt musste ich nur noch fertig packen und ein Taxi rufen. Hoffentlich würden sie mir dieses Mal jemanden schicken, der nicht vollkommen durchgeknallt war.

Ich legte zwei Pullover und all meine Jeans in den Koffer, außerdem eine ziemlich zerfledderte Ausgabe von Jane Austens »Stolz und Vorurteil«, die ich so oft gelesen hatte, dass ich sie in weiten Passagen auswendig kannte. Als ich gerade mit mir rang, ob ich Schnuff, meinen alten Plüschhasen, mitnehmen sollte oder besser nicht, klingelte es wieder. Diesmal dreimal hintereinander.

Das Zimmer war nicht groß, man hatte es in ein paar Schritten durchquert, und ich hatte die Hand schon an der Klinke, als mir der Gedanke kam, dass das vielleicht wieder nicht meine Zimmernachbarin sein könnte.

»Mach auf, Carolin!«, rief Leo von draußen.

Mir wurde auf der Stelle eiskalt. Die Floskel »das Blut gefror ihr in den Adern« wäre hier die passende Formulierung. »Was willst du denn noch?«, fragte ich durch die geschlossene Tür, obwohl ich es genau wusste.

»Mach auf«, sagte Leo. »Ich hatte gerade einen Anruf von meinem Onkel Thomas.«

»Na und?« Lieber Himmel. War Leo zuzutrauen, dass er die Tür eintrat? Sicherheitshalber rückte ich die Kommode davor. Ich war ein bisschen von Sinnen, ohne Zweifel.

Leo hörte das Gerumpel. »Was machst du da drinnen? Mach sofort auf! Ich muss mit dir reden! Was hast du bei meinem Vater im Hotel gemacht? Woher wusstest du überhaupt, wo er wohnt?«

Ich sagte nichts.

»Carolin! Hast du mit meinem Vater geredet? Etwa über mich? Was soll das? Warum mischst du dich in Dinge ein, die dich gar nichts angehen? Und warum sagt Onkel Thomas, du hättest heute Morgen noch die gleichen Sachen angehabt wie gestern Abend? Mach die Tür auf!«

»Leo …«

»Mach die Tür auf! Onkel Thomas hat versucht, mir weiszumachen, dass du und mein Vater ... dass ihr ... dass ihr was miteinander habt. Ich meine, hahaha – *hallo*? Wie lächerlich ist das denn? Ich kenne dich, das würdest du nie ... ich meine, ausgerechnet du ..., du bist doch wie ein ... Carolin! Mach die Tür auf, ich möchte, dass du mir das erklärst.«

»Das kann ich dir nicht erklären«, sagte ich, und da schlug Leo mit der Faust gegen die Tür. Jedenfalls nahm ich an, dass es die Faust war. Möglicherweise war es aber auch sein Kopf.

Was hätte ich machen sollen? Hinterher habe ich mich das oft gefragt. Nun, es gab sicher eine Menge Optionen. Ich hätte die Tür aufmachen können – vielleicht hätten wir ja tatsächlich miteinander geredet. Oder ich hätte weiter durch die Tür mit Leo sprechen können. Auf jeden Fall hätte ich nicht mitsamt dem schweren Koffer, meiner Handtasche und dem Hasen Schnuffi durch das Fenster über die Feuerleiter in den Hof klettern müssen. Aber genau das tat ich. War übrigens gar nicht so einfach, weil die Feuerleiter eine Mannshöhe über dem Boden einfach endete. Ich musste den Koffer, die Tasche und den Hasen abwerfen, bevor ich hinterherspringen konnte. Dann schnappte ich mir den ganzen Kram und rannte davon, so schnell ich konnte. Das Handy in meiner Handtasche begann dabei wie verrückt zu klingeln.

»Wie glücklich würde mancher leben, wenn
er sich um anderer Leute Sachen
so wenig bekümmerte, wie um die eigenen.«

*Oscar Wilde*

*Ich interpretiere dieses Zitat jetzt mal ganz frei als vornehme Variante von »Neugier bringt einen um«. Was wiederum eine Variante von »Wer sich in Gefahr begibt, kommt darin um« sein kann. Mit anderen Worten: Machen Sie nie, was ich gemacht habe. Hören Sie nicht auf das Teufelchen auf Ihrer Schulter. Manche Dinge bleiben besser unergründet, glauben Sie mir. Noch besser ist, wenn Sie überhaupt kein Teufelchen auf Ihrer Schulter sitzen haben. Sie Glückliche.*

Frau Karthaus-Kürten war hellauf begeistert über meine Erfolge. Sie sagte, meine ganze Körperhaltung sei eine andere, und nun würde ich auf sie nicht mehr orientierungs- und hilflos wirken, sondern wie jemand, der nach vorne blickt.

»Es scheint sich doch allmählich herauszukristallisieren, dass der eingeschlagene Therapieweg der richtige ist.«

Allmählich herauszukristallisieren? »Aber ich war erst vorgestern zum ersten Mal bei Ihnen.«

»Zeit spielt doch überhaupt keine Rolle. Prozesse wie diese können sich innerhalb von äh …« Frau Karthaus-Kürten machte mit ihren Händen schmetterlingsähnliche Bewegungen. »… *Sekunden* abspielen. Es braucht nur die richtigen Impulse. Sehen Sie sich doch an! Wie neugeboren.«

Ich war da ein wenig skeptisch. »Und das liegt vielleicht nicht nur an den Tabletten?«

»Doch, natürlich«, sagte Frau Karthaus-Kürten fröhlich. »Selbstverständlich liegt das nur an den Tabletten! Aber das spielt doch keine Rolle. Zu denken, dass nur zählt, was man aus eigener Kraft schafft, ist vollkommener Unsinn. Je besser Sie sich durch die Tabletten fühlen, desto zielgerichteter werden Sie handeln, desto besser werden Sie für sich sorgen, desto besser werden Sie sich fühlen. Und irgendwann können Sie die Tabletten einfach weglassen.«

»Aha«, sagte ich.

Die Frau war extrem gut gelaunt. Ich überlegte, ob sie selber vielleicht etwas eingeworfen hatte. Sie lobte mich sehr für die vollgeschriebenen Schulhefte, schob sie aber zu meiner Enttäuschung auf einen großen Ablagehaufen in einer Ecke ihres Schreibtisches.

»Werden Sie sie überhaupt lesen?«, fragte ich. »Oder diente das Aufschreiben nur meiner eigenen Orientierung?«

»Natürlich werde ich sie lesen«, sagte Frau Karthaus-Kürten mit einem kleinen Lachen. »Sobald ich den neuen Karin Slaughter fertig gelesen habe. Nach einem Thriller kommt mir so eine tragische Liebesgeschichte gerade recht.«

Sie *hatte* etwas eingenommen.

»Sie haben also beschlossen, sich um Ihr Erbe zu kümmern«, sagte sie. »Das ist gut. Das ist sehr gut. Es heißt zwar immer, Geld macht nicht glücklich, aber das ist Mumpitz, wenn Sie mich fragen. Ohne Moos nichts los, sag ich immer.«

»Es heißt, Geld *allein* macht nicht glücklich«, sagte ich.

»Geld allein macht aber auch nicht unglücklich!« Frau Karthaus-Kürten lachte schallend. »Wie auch immer. Ich finde es großartig, dass Sie aus Ihrer Passivität hervorkommen und sich der Sache annehmen. Was werden Sie mit dem Geld machen?«

»Ähm. Na, das Übliche. Eine Wohnung suchen, leben … Vielleicht eine Station für verwaiste Jaguarbabys gründen.«

»Wunderbar. Wunderbar. Ich liebe Jaguarbabys. Und ich

habe einen ganz hervorragenden Makler für Sie. Warten Sie, irgendwo muss seine Visitenkarte sein. Hach, eine neue Wohnung!« Sie verdrehte schwärmerisch die Augen zur Decke. »Das ist immer gleichzusetzen mit einem neuen Leben, nicht wahr? Es muss ja nicht gleich Eigentum sein, oder? Eine kleine, helle Wohnung, in der Sie zur Ruhe kommen können. Auf jeden Fall ein Bad mit Fenster – man glaubt ja nicht, wie oft einem heutzutage eine Wohnung mit fensterlosem Bad angeboten wird. Hätten Sie lieber Parkettboden oder Fliesen?«

»Hm? Äh, das wäre eigentlich egal, denke ich.«

»Nein, nein, nein, kommen Sie! Nichts ist hier egal, visualisieren Sie mit mir Ihre Traumwohnung. Parkett oder Fliesen? Teppichboden kann auch sehr hübsch sein, vor allem, wenn man keinen Hund hat, der ständig mit Dreckpfoten alles ruiniert.« Sie seufzte. »Na?«

»Parkett«, sagte ich.

»Neubau oder Altbau?«

»Also, das ist jetzt irgendwie … Gehört das zur Therapie?«

»Ja«, behauptete Frau Karthaus-Kürten. »Zieren Sie sich doch nicht so. Beschreiben Sie mir Ihre Traumwohnung.«

»Sie muss einen Kamin haben«, sagte ich. »Und Platz für ein Cembalo und viele Bücher.« (Dass ich den Kaminsims brauchte, um die Urne daraufzustellen, sagte ich ihr nicht, genau genommen war der Besitz dieser Urne ein bisschen illegal und nur möglich, weil die Einäscherung in England stattgefunden hatte und Karls Asche verbotenerweise im Handgepäck mitgereist war.)

»Und?«

»Und schön hell muss sie sein«, sagte ich.

»Das hatten wir aber schon! Ach, nun kommen Sie, das macht doch Spaß. Französische Fenster bis zum Boden, Stuck an den Decken, Fußbodenheizung und natürlich einen kleinen Balkon.« Frau Karthaus-Kürten sah mich abwartend an. Dann winkte sie enttäuscht ab. »Na gut. Lassen wir das mal so stehen und widmen uns dem Thema Lebensunterhalt. Es ist gut, dass Sie sich wieder selber um Ihren Lebensunterhalt kümmern wollen. Haben Sie auch schon mal über eine Arbeit nachgedacht? Eine Wohnung mit Kamin kostet ja nicht wenig.«

»Ich könnte wieder übersetzen«, sagte ich mit einem Seufzer.

Frau Karthaus-Kürten strich sich ihre Haare zurück. »Das könnten Sie natürlich. Aber halten Sie das nicht für eine Verschwendung Ihrer Möglichkeiten? Ich denke, mit Ihrer Ausbildung und Ihren Fähigkeiten dürften sich eine Menge Jobs finden lassen, mit denen Sie weit mehr verdienen.«

»Hm«, machte ich vage.

»Aber es ist auch noch zu früh, konkrete Pläne zu machen.« Sie strahlte mich an. »Ich wollte nur, dass Sie schon mal anfangen, Ideen in Ihrem Herzen zu bewegen. Es sei denn, das Erbe fiele so groß aus, dass Sie es nicht mehr nötig haben, arbeiten zu gehen.« Letzteres sagte sie in neutralem Tonfall, aber ich merkte genau, dass es eigentlich eine Frage sein sollte.

»Es kommt wohl darauf an, wie viel ich davon behalten kann. Ich habe auch noch nicht den genauen Überblick, um ehrlich zu sein. Aber im Augenblick bin ich fest entschlossen, mir so viel wie möglich unter den Nagel zu reißen.« Ich nahm die Zeitung mit der Anzeige für Karls Gegenbeerdigung aus meiner Tasche und legte sie vor Frau Karthaus-Kürten auf den Schreibtisch. »Und zwar *deshalb*!«

Frau Karthaus-Kürten stand zunächst eine Weile auf der Leitung, aber als ihr dann aufging, dass Karls Familie, dieselbe Familie, die seit Jahren mit ihm im Streit gelegen hatte, eine eigene Totenfeier abhalten wollte, war sie ehrlich empört, vielleicht sogar eine Spur mehr, als angemessen gewesen wäre. Ihre gute Laune schien wie weggeblasen.

»Also, wenn ich mir vorstelle, die Exfrau meines Mannes würde so eine Nummer abziehen ...«, rief sie aus. »Zuzutrauen wäre es ihr. Aber den Tag würde sie nicht überleben, das kann ich Ihnen sagen.« Sie räusperte sich. »Also, was ich meine, ist, ähem, dass ich Ihre Mordgelüste vollkommen verstehen kann. Die sind ganz normal.«

»Ich habe keine Mordgelüste«, sagte ich. Oje, die Frau war bestimmt die schlechteste Psychotherapeutin der Welt. War ja wieder mal typisch, dass ich ausgerechnet an die geraten war.

»Sie müssen Ihre Wut nicht unterdrücken. Manchmal sind solche Gefühle durchaus angebracht. Und hilfreich können sie auch sein.«

»Aber ich bin nicht wütend.«

Frau Karthaus-Kürten guckte enttäuscht.

»Ich bin natürlich *ein bisschen gekränkt*«, räumte ich ein. »Und ich finde diese Sache entsetzlich geschmacklos. Aber – wenn die sich dabei besser fühlen, nun ja, sollen sie doch ihre peinliche Gegenveranstaltung abhalten ...«

Frau Karthaus-Kürtens Augen funkelten angriffslustig. »Und alle Welt in dem Glauben lassen, *Sie* hätten überhaupt keine Rolle in seinem Leben gespielt?«

Hey! Was sollte das denn? War das ein Test, oder versuchte meine Therapeutin tatsächlich, mich aufzuhetzen? »Ach«, sagte ich wegwerfend, wobei ich mich um einen gleichgültigen Gesichtsausdruck bemühte.

Frau Karthaus-Kürten studierte wieder die Annonce. »Ein Leben für die Familie! Geliebter Ehemann ... – Also, ich bewundere Sie, dass Sie nicht mal den Wunsch verspüren, das richtigzustellen.« Ja, sie versuchte mich aufzuhetzen, ganz klar.

Ich zuckte mit den Achseln. »Die Menschen glauben ja ohnehin immer nur, was sie glauben wollen.«

»Ja, das stimmt wohl. Trotzdem könnte ich wohl nicht widerstehen, bei dieser sogenannten Trauerfeier vorbeizuschauen.« Frau Karthaus-Kürten strich sich die Haare aus der Stirn. »Zumal das Beerdigungsinstitut Hellmann gleich hier um die Ecke liegt.«

»Tatsächlich?«

»Hegemannstraße, ja. Wenn Sie an der Hauptstraße weiter Richtung Innenstadt gehen, ist das die zweite Straße rechts.«

»Ach.«

»Ja! Ein merkwürdiger Zufall, oder?«

»Meinen Sie?«

Frau Karthaus-Kürten lehnte sich zurück. »Also, jetzt mal ganz ehrlich. Wenn Sie mich fragen: Ich glaube nicht an Zufälle. Ich bin – äh – Wissenschaftlerin.«

»Das heißt, Sie glauben, es ist irgendwie wissenschaftlich – in Ihrem Fall ja wohl psychologisch – zu erklären, dass sich das Beerdigungsinstitut, das sich die Exfamilie meines verstorbenen Mannes für ihre Gegen-Trauerfeier ausgesucht hat, in der Nähe der Praxis meiner Therapeutin befindet?«

Frau Karthaus-Kürten blinzelte, dann sagte sie ein wenig trotzig: »Jawohl, das glaube ich.«

Okay. Schrieb ich schon irgendwo, dass diese Frau ein Idiot war? Ich sollte die Tablettendosis erhöhen.

»Unsere Zeit ist um«, sagte ich mit einem Blick auf die Wanduhr.

»Oh ja, tatsächlich«, sagte Frau Karthaus-Kürten, stand auf und reichte mir die Hand. »Dann bis nächsten Montag. Machen Sie weiterhin so großartige Fortschritte. Und – wie gesagt: An der Hauptstraße nach links, dann ist es die zweite Straße rechts.«

»Das ist leider nicht meine Richtung«, sagte ich. Also wirklich!

Kaum hatte ich die Praxis verlassen, rief auch schon Mimi an, der übliche Kontrollanruf.

»Kommst du in den Laden?«

»Ich wollte noch einen Spaziergang machen«, sagte ich.

»Es regnet in Strömen!«

»Ich liebe Regen«, sagte ich.

»Unsinn«, sagte meine Schwester. »Du kannst Regen nicht ausstehen. Jetzt komm schon. Hier im Laden ist es sehr gemütlich. Gitti hat gerade eine Kollektion bemalter Regenschirme vorbeigebracht, passend zu unseren Gummistiefeln, und Constanze hat eine wunderbare Buttermilch-Himbeertorte gebacken.«

»Mal sehen. Vielleicht komme ich vorbei.« Mittlerweile war ich an der Hauptstraße angekommen. Rechts ging es nach Hause, links weiter Richtung Innenstadt. Ich machte ein paar Schritte nach rechts, dann drehte ich wieder um. Ich konnte ja mal bei diesem Beerdigungsinstitut vorbeigehen, einfach nur so. Die Trauerfeier war schließlich erst morgen. Bei der ersten Querstraße machte ich wieder kehrt. Oh Gott, nein, das war zu verrückt. Außerdem blöde und überflüssig. Es brachte überhaupt gar nichts, wenn ich da vorbeiging.

Andererseits: Die Neugier würde mich vielleicht ewig quälen. Ich drehte mich erneut um hundertachtzig Grad. Diesmal schaffte ich es bis zur Ecke Hegemannstraße, bis ich wieder stehen blieb. Ich fühlte mich wie eine Figur aus einem Zeichentrickfilm, die links ein Engelchen und rechts ein Teufelchen auf der Schulter sitzen hat.

»Nur mal gucken wird ja wohl erlaubt sein«, wisperte das Teufelchen, das Engelchen sagte: »Aber wozu denn?«, und ich seufzte und sehnte mich nach meinen Tabletten. Obwohl noch genug Platz links und rechts war, schob sich ein älterer Herr so eng an mir vorbei, dass er mich dabei anrempelte.

»Frechheit, hier mitten auf der Straße herumzustehen und sinnlos die Zeit zu vertun«, sagte er.

Wo er Recht hatte, hatte er Recht.

Das Teufelchen grinste zufrieden, als ich meinen Weg fortsetzte. »Ich gewinne immer«, sagte es, und das Engelchen schmollte.

Das Beerdigungsinstitut machte von außen einen recht unscheinbaren, aber durchaus geschmackvollen Eindruck, es gab keine Schaufenster mit Särgen und Trauerkleidung, nur Buchsbaumkugeln in Zinnkübeln, ein schlichtes Firmenschild und eine Klingel. Und einen sehr hübschen, silberfarbenen Türknauf, der sich ganz weich anfühlte. Die Tür öffnete sich von ganz allein. Na ja, nicht von *ganz* allein, ich drückte schon ein wenig dagegen, aber sie war eindeutig offen gewesen, so wie eine Ladentür.

Ich lugte in eine Art Foyer hinein, von dem mehrere offen stehende Türen abgingen. Eine riesige Marmortreppe führte ins nächste Stockwerk.

Die Tür fiel hinter mir ganz sanft zurück ins Schloss und löste dabei ein harmonisches Klingelgeräusch aus. Ding-dang-dong-dong, ganz langsam und in Moll.

Okay. Ich konnte einfach abhauen. Oder sagen, dass ich einen Sarg kaufen wollte. Man konnte sich doch Särge kaufen, oder musste man dafür tot sein?

Ich machte ein paar Schritte vorwärts und schaute durch die nächste Tür. Ein ganz normales Büro, nicht besonders groß, viele Grünpflanzen. Kein Mensch zu sehen. Das nächste Zimmer war ebenfalls ein Büro, nur viel größer und prächtiger, ausgestattet mit viel dunklem Leder, goldgerahmten Gemälden und Perserteppichen. Hier saß sicher der Chef, nebenan höchstens die Sekretärin. Wo waren die denn?

»Schieben auf dem Klo 'ne schnelle Nummer«, sagte das Teufelchen. »Kennt man doch, das.«

»Pfui, nein!«, sagte das Engelchen. »Sie werden schon Feierabend haben. Wir haben ja schon nach siebzehn Uhr.«

»Gestorben wird auch nach Feierabend«, sagte ich. Oh Gott, wenn das so weiterging, brauchte ich bald auch noch Tabletten gegen Schizophrenie.

Die nächste Tür bestand aus zwei Flügeln und führte in einen größeren Saal. Wunderschöner Intarsiensteinboden, hohe Decken, elegante Fenster, die in einen begrünten Innenhof zeigten. Stuhlreihen, eine Orgel, ein Rednerpult und mehrere leere Staffeleien. Was aber meinen Blick sofort bannte, war eine riesige, mit einem Foto bedruckte Stofffahne, die an der hinteren Wand von der Decke hing. Auf dem Foto sah man drei hübsche blonde Kinder, die sich an einen hübschen blonden Mann lehnten, der vor einem blühenden Rhododendron stand. Der Mann war Karl. Überlebensgroß lächelte er mir direkt in die Augen.

»Ach, du Scheiße«, sagte ich.

Unten, quer über Karls Brust und einen Teil der Rasenfläche, konnte man in großen schwarzen Buchstaben eine Art Slogan lesen: *»Tokio – New York – Madrid – Zürich – London – in der Welt zu Hause, schlug sein Herz doch für die Familie.«*

Hysterisches Gelächter stieg in mir hoch. *In der Welt zu Hause, schlug sein Herz doch für die Familie* – hahaha. Wie wunderschön verlogen. Ich betrachtete das Riesenbild mit schief gelegtem Kopf. Nein, das konnte man doch so nicht stehen lassen, da fehlte doch etwas. Ich lief zurück in eins der Büros und sah mich auf dem Schreibtisch um. Ha, sehr gut, da war ja, was ich brauchte: Ein dicker, schwarzer Edding. Zurück im großen Saal schob ich einen Stuhl bis vor die Wand, kletterte hinauf und vollendete das Plakat in meiner allerbesten Schönschrift. Anschließend sprang ich vom Stuhl, schob ihn in seine Reihe zurück und betrachtete mein Werk wohlwollend. Jawohl. So sah das doch gleich viel besser aus.

... Madrid – Zürich – London – Oer–Erkenschwick . Wunderschön! Allein deswegen hatte sich der kleine Umweg hier vorbei doch gelohnt.

Das Teufelchen auf meiner Schulter kugelte sich vor Vergnügen, das Engelchen auf der anderen Schulter hatte entsetzt die Hände vor dem Gesicht zusammengeschlagen. Aber bevor ich lachen konnte, hörte ich hinter mir Stimmen. »Die Blumenarrangements werden morgen Mittag geliefert, die Familie bringt nachher noch einige Fotoleinwände vorbei, die Musik wird vom Band kommen«, sagte eine Stimme, und eine zweite Stimme antwortete: »Zum hundertsten Mal: Du kannst dich getrost auf den Weg machen, Jakob, wir haben hier alles im Griff. Und es heißt CD, nicht Band.«

Ich drehte mich um und sah zwei Männer im Anzug, einen jüngeren und einen älteren. Schnell ließ ich den Edding in meiner Manteltasche verschwinden.

»Aber Freitag ist die Grundermann-Beerdigung, und wegen der Liliengestecke müssen wir noch mal ...«

»Auch das bekommen wir ohne dich hin«, unterbrach ihn der jüngere Mann. Dann sahen sie mich.

»Entschuldigung«, sagte der ältere. »Wir haben Sie gar nicht kommen gehört.«

»Die Klingel hat aber ding-dang-dong-dong gemacht«, sagte ich, völlig planlos. Das Teufelchen flüsterte mir eine Reihe von möglichen Lügen ins Ohr, angefangen von »Ich wollte nur schnell nach dem Weg fragen« bis hin zu »Mein Großvater liegt im Sterben, und ich möchte mich schon mal nach dem passenden Institut umschauen.« Das Engelchen war vor lauter Schreck verstummt. (Ich sag's nur ungern, aber es war bisher wenig hilfreich gewesen.)

»Frau Roser?«, sagte der Jüngere und streckte mir seine Hand hin.

Ich sagte nichts, erwiderte aber seinen Händedruck herzlich.

»Sie hätten schon um sechzehn Uhr hier sein sollen.«

*Da konnte ich aber nicht, da hatte ich einen Termin bei meiner Psychotherapeutin*. Wo ich jetzt auch wieder ganz dringend hingehörte.

»Pünktlichkeit ist für diesen Job natürlich oberstes Gebot«, sagte der ältere Mann. »Stellen Sie sich vor, hier sitzen fünfzig Trauergäste und warten auf die Orgelmusik – und Sie kommen einfach nicht.«

»Ich bin sonst immer pünktlich«, sagte ich. »Fast schon notorisch.«

»Ich mach das hier, Jakob«, sagte der jüngere Mann. »Es dauert ja nicht lange.« Während der ältere Mann den Raum verließ und das Engelchen auf meiner Schulter aus seiner Schreckensstarre erwachte und laut »Hinterher! Los!« schrie, nahm der andere Mann meinen Arm und führte mich zu der Orgel.

»Mal ehrlich und unter uns: Immer weniger Leute möchten Orgelmusik. Die meisten mögen lieber Musik aus der Konserve, das ist auch viel billiger. Aber trotzdem: Wenn ein Kunde nach einem Organisten verlangt, wollen wir keinen Amateur, der uns blamiert. Schließlich ist unser Institut für seine Exklusivität weit über die Stadtgrenzen hinaus bekannt. Dafür zahlen wir auch sehr gut.«

Sehr gut. Hatte Frau Karthaus-Kürten nicht gerade noch darüber gesprochen, dass ich mir über Arbeit Gedanken machen sollte? Warum nicht als Organistin auf Beerdigungsfeiern Geld verdienen? Das war wenigstens originell. Und man würde garantiert nicht mit allzu vielen gutgelaunten Menschen zusammentreffen, die einem mit glücklichen Gesichtern auf den Nerv gehen konnten.

»Ihre Bewerbungsunterlagen sind beeindruckend, vier Semester Kirchenmusikstudium in Düsseldorf, seit elf Jahren Organistin Ihrer Heimatgemeinde ...« An dieser Stelle runzelte der Bestatter die Stirn. »Da haben Sie ja jung angefangen, oder?«

Ich nickte. »Ich war so eine Art Wunderkind.«

»Na, dann spielen Sie mal.« Er zeigte einladend auf die Orgelbank.

Ich setzte mich. Das riesengroße Konterfei von Karl lächelte auf mich nieder. Die Orgel hatte ein zweireihiges Manual und jede Menge Pedale zu meinen Füßen. Von denen würde ich mich fernhalten müssen, Pedale, die Töne von sich gaben, gab es weder beim Cembalo noch beim Klavier.

Ich würde etwas von Bach spielen – das passte zur Orgel und irgendwie auch zum Thema.

Ich schlug den ersten Akkord an. Nichts tat sich.

»Sie müssen die Orgel natürlich vorher anstellen«, sagte der Bestatter und drückte einen seitlichen Schalter.

»Ah, ja, ich dummes Ding«, sagte ich. Das Teil war natürlich elektronisch, sonst hätte es schließlich jede Menge riesige Pfeifen gehabt. Immerhin klang es vertraut, wie ein Cembalo. Ich spielte die ersten paar Takte eines Präludiums und fühlte mich ganz wie zu Hause. Aber dann – weiß der Teufel, warum – klang das Cembalo plötzlich wie ein Streichorchester. Ach, diese elektronischen Instrumente konnte doch niemand ernst nehmen, das war nur etwas für Alleinunterhalter.

»Sehr hübsch«, sagte der Bestatter. »Aber vielleicht haben Sie auch etwas Getrageneres im Repertoire?«

»Sicher«, sagte ich und drückte testweise ein paar Knöpfe. Jetzt spielte die linke Hand auf dem unteren Manual Klavier, und die Töne, die die rechte auf dem oberen Manual machte, hörten sich an wie eine Violine. Total bescheuert. Ich konnte elektronische Instrumente nicht ausstehen. Sie täuschten etwas vor, was sie gar nicht waren. Der erste Satz von Bachs »Italienischem Konzert« erklang, total entstellt. Dem Bestatter schien es aber zu gefallen, er lächelte zumindest anerkennend.

»Ist das Bach? Wir hassen Bach!«, hörte ich eine Frauenstimme sagen, und beinahe hätte ich die Füße auf die Pedale unter mir fallen lassen und damit einen disharmonischen Clusterakkord unter mein »Italienisches Konzert« gesetzt.

»Ups«, sagte das Teufelchen, und das Engelchen fiel in Ohnmacht.

# »Man trifft sich immer zweimal im Leben.«

*Ich weiß, das hatten wir schon mal.*
*Aber – hey! – da sieht man doch mal,*
*wie oft dieser blöde Spruch zutrifft.*

Über die Orgel hinweg sah ich, dass der ältere Bestatter zurückgekehrt war, zusammen mit einer jungen Frau und einem jungen Mann und mehreren großen, auf Holzrahmen gezogenen Leinwänden. Obwohl ich sie nur im Halbprofil sah, erkannte ich die beiden Neuankömmlinge sofort. Es waren Leo und seine Schwester Helen.

»Entschuldigen Sie mich bitte einen Augenblick, Frau Roser«, flüsterte der jüngere Bestatter neben mir. »Und spielen Sie einfach weiter, nur vielleicht nichts von Bach, und schön leise.«

Ich war vorübergehend zur Salzsäule erstarrt und nicht fähig, etwas zu erwidern. Obwohl Leo und Helen jetzt mit dem Rücken zu mir standen, irgendwo da vorne bei den Staffeleien, fühlte ich mich bereits erwischt. Und mir fiel absolut nichts ein, das ich spielen konnte. Außer »Dreht euch nicht herum, denn der Plumpssack geht um«.

»Oh Gottogottogott«, jammerte das Engelchen, wieder aus der Ohnmacht erwacht.

»Hau ab!«, zischte mir das Teufelchen zu. »Schleich dich. Verschwinde. Mach 'ne Fliege.«

Ich schluckte trocken. Nichts wollte ich lieber tun. Aber meine Beine gehorchten mir nicht. Die riesigen Schwarz-Weiß-Fotografien, die Leo und Helen auf die Staffeleien stellten, zeigten allesamt Karl. Karl lachend, Karl ernst dreinschauend, Karl zusammen mit dem pausbäckigen, vielleicht fünfjährigen Leo, der einen Gänseblümchenstrauß in der speckigen Faust hielt.

»Das sind ganz wunderbare Fotos«, sagte der ältere Bestatter. »Sie haben darin wirklich die Seele Ihres wunderbaren Vaters eingefangen.«

»Meine Mutter hat sie gemacht«, sagte Helen. »Sie kann ganz toll fotografieren. Sie hat auch tolle Fotos von mir gemacht. Ich bin Model, wissen Sie? Deshalb kommt Ihnen mein Gesicht auch so bekannt vor. Wahrscheinlich haben Sie mich schon mal in einer Zeitschrift oder auf einem Plakat gesehen. Oder im Fernsehen. Im Augenblick ist mein Gesicht überall in der Straßenbahn zu sehen – für diese Kampagne gegen Schwarzfahren.«

»Verdünnisier dich. Kratz die Kurve. Mach dich vom Acker«, sagte das Teufelchen. Das Engelchen schnappte nur nach Luft.

Leo hatte die Bilder abgelegt, steckte nun beide Hände in die Taschen seiner Anzughose und sah sich um. Er trug die blonden Locken so kurz geschnitten, dass man gar nicht mehr erkennen konnte, dass es Locken waren. Ich konnte es nicht mit Bestimmtheit sagen, aber der Anzug sah teuer aus und saß verdächtig gut, so dass ich nicht annahm, dass er ihn bei C&A gekauft hatte. Leos Blick verweilte auf der riesigen Stoffahne, und ich hielt es für ausgeschlossen, dass er die eingefügten Buchstaben nicht sah. Aber er sagte nichts.

»Der Blumenschmuck und die Kerzen werden morgen Vormittag arrangiert«, sagte der ältere Bestatter. »Und die Musik hat uns Ihr Herr Onkel bereits zukommen lassen.«

»Hoffentlich ist kein Bach dabei. Wir hassen Bach, und ich habe ihm mindestens zehnmal gesagt, dass wir das nicht wollen«, sagte Helen.

»Nein, Bach ist meins Wissens nicht dabei«, sagte der jüngere Bestatter. »Es ist insgesamt mehr moderne Musik. Die Eagles und Pink Floyd und …«

Helen lachte mit zurückgeworfenem Kopf. »Na, was Leute in Ihrem Alter eben so modern nennen, nicht wahr?«

»Und es sind wirklich genug Stühle?« Leo machte Anstalten, sich weiter herumzudrehen. Endlich kam wieder Leben in mich. Ich rutschte ans Ende der Bank und stand auf. Waaah! Zu spät. Jetzt hatte er mich gesehen. Aber Leos Blick glitt achtlos über mich hinweg. Möglicherweise hielt er mich für eine Statue, denn ich war erneut zur Salzsäule erstarrt. »Wir haben über hundert Zusagen.«

»Wir stellen ja noch zwei Reihen dazu«, sagte der ältere Bestatter. »Aber die Stühle werden morgen früh noch nebenan für eine andere Veranstaltung benötigt, weshalb das Umräumen erst morgen Mittag vonstatten gehen kann. Ich hoffe, Sie haben dafür Verständnis.«

»Natürlich«, sagte Leo. Oh mein Gott! Sein Gesicht. In meiner Erinnerung hatte er ganz anders ausgesehen. Ein hübscher blonder Junge, der hübscheste Junge weit und breit, mehr hatte ich mir nicht gemerkt. Jetzt aber erkannte ich, dass er große Ähnlichkeit mit Karl hatte. Die Kopfform mit der hohen Stirn, die leicht nach unten gebogene Nase, das kräftige, energische Kinn, die Form der Lippen … – alles war so vertraut. Und mir wurde klar, dass ich – unter anderem Umständen – ein Wiedersehen sehr begrüßt hätte. Wie gesagt, unter anderen Umständen. Und ganz sicher nicht hier und jetzt.

»Verpiss dich endlich«, brüllte das Teufelchen auf meiner Schulter.

Ich schüttelte meine Erstarrung ab und machte ein paar Schritt rückwärts, Richtung Tür.

»Dreh dich doch um, du Doofi«, zischte das Teufelchen. Es hatte Recht. Wenn überhaupt, würde Leo nur noch meine Kehrseite durch die Tür verschwinden sehen, und die würde er wohl kaum erkennen.

»Frau Roser! Wo wollen Sie denn hin?«

Ich antwortete nicht. Schließlich war ich ja nicht Frau Roser. Ich machte nur ein Zeichen mit meiner Hand, von dem ich hoffte, dass es der Bestatter als »Ich muss nur mal schnell auf die Toilette« interpretieren würde. Ich hatte die Tür fast erreicht, als ich Leos Stimme hörte.

»Carolin?« fragte er ungläubig.

»Weiter!«, zischte das Teufelchen, als ich spontan stehen blieb.

»Nein, das ist Frau Beate Roser«, hörte ich den Bestatter sagen. Ich war schon im Foyer, wo ich die Schritte beschleunigte und zu rennen anfing. Die Eingangstür aufzureißen und die Treppe hinunterzuspringen, war eins.

»Carolin!«, rief Leo hinter mir. Offenbar hatte er dem Bestatter nicht geglaubt, dass mein Name Beate Roser war. Ich rannte los, ohne mich umzusehen. Ich sprintete zur Hauptstraße zurück und raste den Bürgersteig entlang, wobei ich einen Dackel übersprang und eine ältere Dame fast umrannte. Ich hielt nicht ein einziges Mal inne, um mich umzusehen, ich rannte einfach nur, wie Franka Potente in »Lola rennt«. Vollkommen außer Atem erreichte ich schließlich Frau Karthaus-Kürtens Praxis und stürzte durch die Haustür in den Flur hinein.

Frau Karthaus-Kürten hatte gerade ihren Mantel angezogen und war dabei, sich einen Schal dekorativ um den Hals zu schlingen. »Frau Schütz! Haben Sie etwas vergessen?«

»Ähm, ja«, keuchte ich. *Ich brauche dringend eine Sondertherapiesitzung. Aber wenn's geht, bei einem fähigen Therapeuten, nicht bei einem, der mich dazu anstachelt, Beerdigungsinstitute aufzusuchen, damit ich mich tödlich blamiere.* »Haben Sie vielleicht meinen Schal gesehen?«

»Welche Farbe hat er denn?«

»Grün«, sagte ich, während ich durch die Türfenster nach draußen schaute. Niemand zu sehen.

Frau Karthaus-Kürten durchwühlte hilfsbereit ihre Garderobe. »Nein. Nein, Frau Schütz, ich kann keinen grünen Schal finden. Es tut mir leid. Könnte es sein, dass Sie ihn woanders verloren haben?«

»Ja«, sagte ich. »Das ist möglich. Entschuldigen Sie die Störung.« Jetzt kam ich mir endgültig total bekloppt vor. Sollte noch irgendwer Zweifel daran gehegt haben, ob ich wirklich eine Therapie benötigte – die hatten sich hiermit definitiv erledigt. Zur Engelchen-Teufelchen-Schizophrenie kam jetzt auch noch Verfolgungswahn dazu. Außerdem hatte ich einen Edding geklaut.

Vor der Tür sah ich mich noch einmal gründlich nach allen Seiten um. Kein Leo weit und breit. Natürlich nicht. Als ob er mich durch die halbe Stadt verfolgt hätte. So was sah ihm auch gar nicht ähnlich. Viel zu vernünftig, der Mann. Wahrscheinlich glaubte er jetzt, er habe eine Fata Morgana gehabt. Der Bestatter hatte ihm ja erklären können, wen er in Wirklichkeit gesehen hatte: Beate Roser, Kirchenmusikerin. Leider unpünktlich, sonst kann man nichts Schlechtes über sie sagen. Außer vielleicht noch, dass sie mitten im Bewerbungsgespräch abgehauen ist. Nun ja, das wird wohl eine Absage geben für Frau Roser, denn das Beerdigungsinstitut

Hellmann war schließlich weit über die Stadtgrenzen hinaus für seine Exklusivität bekannt.

Immerhin: Ich hatte das Plakat mit einem entscheidenden Hinweis verschönern können, und das freute mich diebisch. Schade, dass ich nicht dabei sein würde, wenn sie es entdeckten: Oer-Erkenschwick eingereiht in die Glamour-Großstädte dieser Welt. Durch den Regen schlenderte ich zurück zur Hauptstraße, dann machte ich kehrt und bog in eine Parallelstraße ein. Sicher war sicher. Leo könnte mit dem Auto dort entlangfahren und mich sehen – das wollten wir doch lieber vermeiden. Auf abenteuerlichen Nebenwegen und seltsam aufgekratzt näherte ich mich der Insektensiedlung, wobei ich zwei neue Straßennamen entdeckte, die endgültig bewiesen, dass die Städteplaner bei der Namensvergabe stockbesoffen gewesen sein mussten. Und wer wohnte gern in Straßen mit Namen »Wollkratblütenkäferweg« oder – noch besser! – »Kotwanzenstraße«? Ich kicherte und fotografierte die Straßenschilder mit meinem Handy, dann löschte ich die Bilder wieder, weil mir einfiel, dass ich sie Karl ja gar nicht zeigen konnte. Denn Karl war tot.

Morgen wurde er ein zweites Mal beerdigt. Morgen war er sechs Wochen tot. Morgen hatte ich unvorstellbare sechs Wochen ohne ihn gelebt.

Übergangslos begann ich zu weinen. Regen und Tränen strömten über mein Gesicht, und mein Blick war zu verschwommen, um noch Straßenschilder zu lesen, geschweige denn, mich darüber zu amüsieren. Überhaupt war es längst stockdunkel geworden, an diesem nassen, kalten Novemberabend. Hier, abseits der Geschäfte, waren nur die Fenster der Wohnhäuser erleuchtet, weihnachtlich dekoriert mit Sternen, Kerzen und Engeln, und zu jedem Fenster gehörte ein glückliches Paar, eine glückliche Familie oder wenigstens eine glückliche Frau mit einer Katze. Ich war die Einzige auf der Welt, die allein war.

Und genau, als ich das dachte und mit tränenblinden Augen und einem Nervenzusammenbruch sehr nahe vorwärts stolperte, trat ich in einen Hundehaufen.

Ich hörte auf zu weinen, stattdessen begann ich zu fluchen. Denn in all meinem Elend war mir schlagartig klar geworden, dass ich hier nicht die Verrückte war, sondern dass es das Leben war, das dringend eine Therapie benötigte.

Ich wischte die Schuhe im Gras ab, so gut ich konnte, aber der Hundehaufen schien von einem Hund so groß wie ein Kamel zu stammen, und die Kacke klebte wirklich überall und stank überdies erbärmlich. Schließlich gab ich es auf und ging wütend weiter. Na gut! Dann würde ich mir jetzt eben ein Paar neue Schuhe kaufen. Ein Paar Santinis. Die teuersten, die sie dahatten.

Auf dem Weg trat ich mit Absicht in jede Pfütze, ein bisschen wie ein bockiges Kleinkind. *So, Leben, das hast du jetzt davon, jetzt kriege ich auch noch nasse Füße. Und die Hosenbeine sind auch klatschnass. Und überhaupt könnte ich nur noch nasser sein, wenn ich in einen Teich gefallen wäre. Krieg ich jetzt eine Lungenentzündung?*

Im Rosenkäferweg war es vergleichsweise taghell, die Schaufenster strahlten um die Wette, und quer über die Straße waren Lichterketten gespannt, in deren Mitte jeweils ein großer Stern im Wind schaukelte. Im Schaufenster von PUMPS & POMPS stand ein riesiger Weihnachtsbaum, der mit lauter roten Pumps geschmückt war und von einer Lichterkette mit weißen Sternen beleuchtet wurde. Selbst von der anderen Straßenseite sah es super aus. Und drinnen würde es warm gemütlich sein, und ich würde meine Schuhe wegwerfen, mich aufs Sofa setzen und Cappuccino trinken. Mimi und ihre Freundinnen würden mich trösten und moralisch aufbauen. Und bestimmt sehr über die Geschichte mit dem verhunzten Plakat lachen. Ich setzte an, die Straße zu überqueren, als sich die Ladentür öffnete und Leo heraustrat.

Das durfte doch wohl nicht wahr sein!

Ich war versucht, meine Hände zu Fäusten zu ballen und dramatisch gen Himmel zu schütteln und dabei zu brüllen: »Warum ich? Warum hier? Warum?« Aber dann hätte Leo hergeschaut und mich gesehen. Und meinetwegen war er ja ganz offensichtlich überhaupt erst hergekommen. Von wegen Verfolgungswahn! Es war nur gruselig, dass er offenbar genau wusste, wo er mich finden würde. Aber wahrscheinlich wusste er, dass Mimi einen Schuhladen eröffnet hatte, die Zeitungen hatten oft genug darüber berichtet. Und ganz richtig vermutete er mich in Mimis Nähe. Wo sollte ich auch sonst hin? Gott sei Dank war ich unterwegs von einem Hundehaufen aufgehalten worden, sonst wäre ich ihm jetzt voll in die Arme gelaufen.

Das Auto, das direkt vor dem Laden auf dem Zebrastreifen im Halteverbot parkte, war offenbar seins, denn er ging mit gezücktem Schlüssel drum herum. Leider hob er dabei den Kopf und sah genau zu mir hinüber. Eine Sekunde lang starrten wir uns über den Feierabendverkehr hinweg direkt in die Augen, dann wurde mein Fluchtreflex wieder aktiviert, und ich drehe mich um und rannte davon. Direkt hinein in die Apotheke.

»Bitte – ich brauche Ihre Hilfe«, sagte ich und wischte mir das Wasser aus dem Gesicht.

Vier Augenpaare glotzten mich an. Sie gehörten drei Kunden, allesamt im Rentenalter, und einer jungen Frau mit dunklen Locken hinter dem Verkaufstresen. Mein hilfsbereiter Apotheker war nirgendwo zu sehen. Mist.

»Immer schön hinten anstellen, junge Frau«, sagte ein älterer Herr. »Wir waren alle vor Ihnen da.«

»Aber ich brauche ganz dringend ... einen Hinterausgang«, rief ich und sah die Frau im weißen Kittel flehentlich an. »Gibt es hier einen?«

»Ähm, ich darf leider niemanden hinter die Theke lassen, tut mir leid. Das ist Vorschrift.« Die Gute hielt mich sicher für eine Drogensüchtige, die sich im Hinterzimmer über die Morphine hermachen wollte. »Justus, kommst du bitte mal?« Letzteres rief sie über ihre Schulter.

»Also, ich finde das jetzt eine echte Frechheit«, sagte der ältere Herr, wobei nicht ganz klar war, was genau er damit meinte.

Die Kundin neben ihm sagte mitleidig: »Bestimmt ist es ein Notfall. Mir macht es nichts aus zu warten. Schauen Sie doch nur, wie nass das Mädchen ist.«

Auch die andere Kundin, eine imposante Erscheinung mit fliederfarben getöntem Haar, schlug sich auf meine Seite. »Wegen Leuten wie Ihnen haben wir Rentner so einen schlechten Ruf«, sagte sie zu dem meckernden Herrn, und zu mir sagte sie: »Vor wem müssen Sie sich denn verstecken, Kind?«

»Vor ... vor meinem Exfreund«, sagte ich, und da ging auch schon hinter mir die Ladentür auf und besagter Exfreund betrat die Apotheke.

»Die Herrlichkeit der Welt ist immer adäquat der Herrlichkeit des Geistes, der sie betrachtet. Der Gute findet hier sein Paradies, der Schlechte genießt schon hier seine Hölle.«

*Heinrich Heine*

*Willkommen in meiner Hölle.*

Ich hatte mir durchaus ab und an – in Momenten mit masochistischen Anwandlungen – Leos und meine Wiederbegegnung ausgemalt. Mir war schon klar, dass wir noch eine Rechnung miteinander offen hatten. Er mit mir, weil ich in derselben Nacht, in der er unserer Beziehung eine Auszeit verordnet hatte, mit seinem Vater ins Bett gegangen war, und ich mit ihm, weil … – na ja, insgesamt war er nicht besonders nett zu mir gewesen, oder? Ich meine, er hatte mir das Gefühl gegeben, nicht gut genug für ihn zu sein, und er hatte mich »seltsam« und »labil« und eine notorische Lügnerin genannt. Und ganz offensichtlich waren seine Schwestern und seine Mutter ihm viel wichtiger gewesen als ich, und dann hatte er noch … – okay, ich geb's zu, verglichen mit dem, was ich getan hatte, waren das alles Peanuts. Ich hatte nicht nur mit seinem Vater geschlafen, ich hatte ihn auch noch geheiratet und anschließend beerbt. Die wenigsten Männer würden da großzügig drüber wegschauen, denke ich.

Ich hatte in den vergangenen fünf Jahren öfter darüber nachgedacht, mich bei Leo zu entschuldigen. Ich hatte auch mehrfach einen Brief an ihn angefangen. Aber es gibt wohl Dinge, für die man sich nicht wirklich entschuldigen kann. Und bei allem, was ich hätte schreiben können, wäre es von Leo wahrscheinlich nur als weitere Verhöhnung wahrgenommen worden. *Es tut mir leid, dass ich mich Hals über Kopf in deinen Vater verliebt habe. Es tut mir leid, dass ich jetzt mitreden kann, wenn jemand von der großen Liebe spricht. Es tut mir leid, dass ich glücklich bin. Es tut mir leid, dass ich endlich jemanden gefunden habe, der mich so liebt, wie ich bin.*

In meiner Idealvorstellung war eine Wiederbegegnung immer ungefähr so abgelaufen: Variante 1: Leo ist in Schwierigkeiten (in einem Rechtsstreit ist er in den Fokus der Russenmafia geraten und muss fliehen), und während alle anderen sich ängstlich aus der Sache heraushalten, helfen Karl und ich ihm selbstlos (mit Hilfe von Karls Kontakten und meiner Genialität) aus der Patsche. Anschließend fällt Leo uns dankbar in die Arme und sagt, dass nun alles vergeben und vergessen sei. Variante 2: Leo ist sterbenskrank und braucht eine Niere, Karl will ihm sofort eine von seinen spenden, aber leider ist er als Spender nicht kompatibel. Und deshalb spende ich Leo eine von meinen Nieren und rette ihm damit das Leben. Im Aufwachraum werden wir beide nebeneinandergeschoben, und Leo sieht mich an und sagt: »Bitte verzeih mir, dass ich dich für eine unmoralische Schlampe gehalten habe.«

Es gab noch ein paar weitere Varianten, aber in keiner klebte mir das Haar unvorteilhaft an der Kopfhaut fest, in keiner Variante war ich total verheult, und selbstverständlich waren meine Schuhe auch nicht voller Hundekacke. Tja, aber das Leben ist kein Wunschkonzert, wie mein Vater immer zu sagen pflegte.

Leo allerdings hätte nicht besser aussehen können. Über dem gut sitzenden Anzug trug er einen feinen schwarzen Wintermantel, und der Regen hatte seiner Frisur nichts anhaben können. Er sah so gut aus, dass die Rentnerin neben mir leise sagte: »Aber Schätzchen, vor so einem Mann läuft man doch nicht davon.«

Jetzt war es dazu ohnehin zu spät.

»Du bist es also wirklich«, sagte er und musterte mich gründlich von Kopf bis Fuß. Dann sah er sich kurz um – die gaffenden Rentner, die hübsche junge Frau im weißen Kittel hinter der Theke – und sagte höflich: »Guten Abend.«

Ohne Witz: Alle erwiderten murmelnd seinen Gruß. Alle außer mir, natürlich.

»Siebzehn fünfzig«, sagte die junge Frau zu dem meckrigen Rentner. Und der meckrige Rentner zückte sein Portemonnaie und zählte die Summe in Münzgeld auf den Tresen.

Leo machte einen Schritt auf mich zu, und ich musste sehr an mich halten, um nicht automatisch einen Schritt zurück zu machen. »Ich habe dich im Beerdigungsinstitut an deinem Wintermantel erkannt. Es ist ja immer noch dasselbe alte Ding. Warum bist du weggelaufen?«

Genau. Warum nur?

Ich räusperte mich. »Ich dachte, das wäre vielleicht nicht der geeignete Ort für ein Treffen.«

Leo nickte. »Und gerade eben? Ich dachte, du wärst vielleicht bei deiner Schwester im Laden und hättest Zeit für einen Cappuccino oder so. Aber du bist ja sofort abgehauen, als du mich gesehen hast.«

»Ich habe dich gar nicht gesehen, ich musste nur noch schnell etwas in der Apotheke besorgen.«

Leo zog seine Augenbrauen hoch. »Immer noch dieselbe zwanghafte Lügnerin, Carolin. Ist eine Art Krankheit, ich hab das aus Interesse mal recherchiert, aber jetzt fällt mir der Fachausdruck dafür nicht ein.«

»Pseudologie«, sagte ich.

»Du musst es ja wissen«, sagte Leo.

»Wem kann ich weiterhelfen?« Neben der jungen Frau im weißen Kittel war mein Apotheker aufgetaucht. Wo war er denn vorhin gewesen, als ich ihn gebraucht hätte?

»Ach, nö«, sagte der Rentner und kehrte sein ganzes Kleingeld zurück ins Portemonnaie. »Jetzt haben Sie mich rausgebracht. Jetzt muss ich noch mal von vorne anfangen. Zwei, drei, dreifuffzich, dreisiebzich, viersiebzich …«

»Hier«, sagte die Frau mit den lila Haaren und reichte dem Apotheker ein Rezept. »Aber lassen Sie sich Zeit, es ist gerade so spannend.«

Der Apotheker lächelte mich an. »Hallo, kleine Kratzbürste!« Dann runzelte er die Stirn. »Wie siehst du denn aus? Ist das Matsch an deinen Schuhen?«

»Schön wär's«, sagte ich.

»Sie musste vor ihrem Exfreund fliehen«, informierte ihn die Frau mit den lila Haaren bereitwillig. »Sie wollte durch die Hintertür wieder raus, aber Ihre Angestellte hat sie nicht gelassen. Und jetzt sitzt sie in der Falle.«

»Bis jetzt benimmt er sich aber ganz manierlich«, sagte die andere alte Frau. »Er meint, sie sei eine Psychopatin.«

»Nein, *Kleptomanin*«, sagte der Rentner. »Habe ich mir gleich gedacht, als die hier reinkam. Sieht auch aus wie eine Pennerin, wenn Sie mich fragen. Ach, Mist, jetzt haben Sie mich wieder rausgebracht. Also noch mal von vorn. Eins, drei, vier, vierfuffzich …«

Leo hatte ein süffisantes Lächeln aufgesetzt und die Arme vor der Brust verschränkt.

»Sie sind Carolins Exfreund?«, fragte der Apotheker.

Moment mal, woher wusste der meinen Namen?

Leo schien sich das Gleiche zu fragen. »Sie kennen sich?«

»Allerdings«, sagte der Apotheker. *Allerdings, ich verkaufe ihr Psychopharmaka und bringe sie nach Hause, wenn sie besoffen auf der Straße herumliegt.* »Und da ich gesehen habe, was Sie angerichtet haben, würde ich vorschlagen, dass Sie jetzt gehen und sie in Ruhe lassen.«

Oh. Das war aber jetzt süß. Er dachte, Leo habe mir das Herz gebrochen, und seinetwegen müsse ich nun Antidepressiva schlucken.

»Wie bitte?« Leo runzelte die Stirn. »Ich möchte ja gern mal wissen, was sie Ihnen über mich erzählt hat. Ach, nein, lieber doch nicht. Carolin, gehst du nun auf einen Cappuccino mit oder nicht?«

»Nein, das tut sie nicht«, sagte der Apotheker bestimmt. »Sie hält nichts davon, alte Beziehungen wieder aufzuwärmen. Und sie hat keine Lust, sich anzuhören, wie Sie von Ihrer Verlobten schwärmen. Obwohl sie längst über Sie hinweg ist, also bilden Sie sich da bloß nichts ein.«

*Hä?*

»Woher wissen Sie, dass ich verlobt bin?«, fragte Leo.

»Der Ring«, sagte der Apotheker und zeigte auf Leos Hand. »Platin, vierzig Gramm, Minimum. Selten einen Ring gesehen, der so laut *Hallo, ich bin reich und verlo-hobt* schreit, wie dieser.«

Ich schaute ebenfalls auf Leos Hand. Ein dicker silberner Ring prangte an seinem Ringfinger.

»Ein bisschen protzig«, sagte die Frau mit den lila Haaren.

»Hier riecht es komisch«, sagte die andere Frau.

Der Rentner zählt immer noch seine Münzen.

»Wobei natürlich die Frage aufkommt, wie man sich da beim Ehering noch steigern will«, sagte der Apotheker.

Leo schüttelte den Kopf. »Das ist mir hier wirklich zu doof.« Er griff in seine Manteltasche, holte eine Visitenkarte heraus und legte sie auf den Tresen. »Wenn du an einem richtigen Gespräch interessiert bist, ruf mich an, Carolin. Ich denke, es gibt da einiges, das wir klären könnten, schon um den Anwälten die Arbeit abzunehmen und ein Gerichtsverfahren zu vermeiden.«

»Ich hätte morgen Nachmittag um vier Zeit«, sagte ich. »Aber da kannst du ja nicht, weil du deinen über alles geliebten, wunderbaren Vater beerdigen musst, der durch Gottes unerforschliche Wege leider viel zu früh aus eurer Mitte gerissen wurde.«

»Tja, tatsächlich bin ich morgen Nachmittag unabkömmlich«, sagte Leo. »Obwohl die Idee zu dieser Feier sicher nicht auf meinem Mist gewachsen ist. Ich habe mich nämlich innerlich bereits vor sehr langer Zeit von meinem Vater verabschiedet.«

»Spielt ja auch keine Rolle«, sagte ich und merkte, wie mir die Tränen in die Augen stiegen.

»Also, wenn Sie nichts kaufen wollen, würde ich Sie bitten zu gehen«, sagte der Apotheker zu Leo.

Leo sah ihn konsterniert an. »Oh, *nein*! Sie interessieren sich doch nicht etwa für Carolin? Himmelherrgott, sie ist gerade mal seit sechs Wochen Witwe.«

Der Apotheker sah erschrocken aus.

»Na ja, das muss nichts heißen«, sagte Leo. »Sie ist immer schon eine Frau der schnellen Entschlüsse gewesen. Als wir unsere erste kleine Meinungsverschiedenheit hatten, hat es auch nur drei Stunden gedauert, bis sie einen Neuen hatte. Also wünsche ich Ihnen alles Gute.« Wieder dieses süffisante Lächeln. »Ich hoffe, Sie mögen notorische Lügen und autistische Persönlichkeitsstörungen.«

Arschloch. Und dem hätte ich eine Niere gespendet!

»Ja«, sagte der Apotheker ungerührt. »Da steh ich voll drauf.«

»Dann ist ja alles bestens«, sagte Leo und öffnete die Ladentür. »Nur noch ein kleiner Tipp, so von Mann zu Mann: Stellen Sie ihr niemals Ihren Vater vor. Sie hat nun mal eine Schwäche für graue Schläfen. Äh, Wiedersehen.«

»Wiedersehen«, murmelten die ganzen Rentner im Chor.

Dann schloss sich die Ladentür, und der Spuk war vorbei. Ich griff mir an den Kopf. Gerne hätte ich mich auf einen Stuhl sinken lassen, aber es gab keinen.

»Siebzehn fuffzisch!«, rief der Rentner triumphierend.

»Riechen Sie das denn nicht?«, fragte die eine alte Frau.

Doch. Ich roch es auch. Die Hundekacke an meinen Schuhen stank fürchterlich. Auf der anderen Seite war es vielleicht der stechende Geruch, der mich davon abhielt, in Ohnmacht zu fallen.

Der Apotheker war hinter seiner Theke hervorgekommen und schob mir einen Stuhl unter den Hintern. »Du siehst aus, als würdest du gleich zusammenbrechen.«

»Ich habe Hundekacke an den Schuhen«, sagte ich. »Tut mir leid.«

»Das ist doch nicht schlimm«, sagte der Apotheker.

»Ich finde schon«, sagte die eine Frau.

Ich ließ mich vorsichtig auf dem Stuhl nieder und schloss die Augen. »Woher wissen Sie, wie ich heiße?«

»Carolin Schütz, sechsundzwanzig, wohnhaft im Hornissenweg.« Ich hörte den Apotheker lächeln. (Ja! Das kann man hören!) »Stand alles auf deinem Rezept. Ist mir peinlich, dass ich dich für siebzehn gehalten habe. Aber eigentlich ist es ein Kompliment.«

»Ja, klar.«

»Eins habe ich nicht ganz verstanden«, meldete sich die Frau mit den lila Haaren zu Wort. »Wenn Sie seit sechs Wochen Witwe sind, wieso war das da eben Ihr Exfreund?«

»Ach, Sie Dummerchen! Das war doch vor ihrer Ehe«, sagte die andere Frau. »Aber ich habe das mit dem Vater und den grauen Schläfen nicht verstanden.«

»Janina? Würdest du bitte Frau Kaminsky für mich weiterbedienen?«, sagte der Apotheker. »Das Rezept liegt da.« Zu mir sagte er: »Soll ich jemanden für dich anrufen?«

»Meine Schwester ist im Schuhladen gegenüber«, sagte ich. »Bis dahin schaffe ich es allein.«

»Ich bringe dich lieber. Kannst du aufstehen?«

»Natürlich.« Ich schlurfte mit meinen Scheißschuhen zur Tür und fühlte mich mindestens so alt wie die Frau mit den lila Haaren. Der Apotheker nahm meinen Arm.

»Bin gleich wieder da, Janina«, sagte er über seine Schulter.

Draußen platschte uns der Regen ins Gesicht. »Ich bin weder eine notorische Lügnerin, noch habe ich autistische Persönlichkeitsstörungen«, sagte ich. »Gut, ich zähle manchmal Dinge. Und ich kann gut rechnen. Und Polnisch sprechen, ohne jemals in Polen gewesen zu sein. Aber mit Autismus hat das überhaupt nichts zu tun.« Wir gingen über den Zebrastreifen auf Mimis Laden zu. »Ich bin nicht mal richtig verrückt. Ich habe gerade eine schlechte Phase, das ist wahr, aber viele Menschen werden depressiv, wenn sie einen geliebten Menschen verlieren, und ich kenne unzählige Leute, die auch ohne das in Therapie sind. Das heißt ja nicht, dass die alle verrückt sind.«

»Keine Sorge, ich halte dich nicht für verrückt.«

»Wirklich nicht?«

»Nein. Du bist nicht verrückter als andere auch.«

»Genau. Das stimmt. Und was das Lügen angeht: Ich würde sogar sagen, ich lüge weniger oft als andere Menschen. Da muss man sich doch nichts vormachen, alle Menschen lügen ab und an, die meisten täglich. In Wahrheit wird viel mehr gelogen. Viel mehr, als man so glaubt.«

»Ja«, sagte der Apotheker. »Das ist leider wahr. So, da wären wir. Soll ich dich noch reinbringen?«

»Nein«, sagte ich und schlüpfte aus meinen Schuhen. »Ab hier schaffe ich es allein.« Ich sah zu ihm hoch. »Danke. Wieder mal. Sie sind wirklich immer sehr hilfsbereit.«

»Ich weiß«, sagte der Apotheker und lächelte. »Ist ein schlimmer Helferkomplex. Liegt bei uns in der Familie.«

»Ich kenne da eine gute Therapeutin«, sagte ich. »Na ja, eigentlich ist sie lausig.«

»Hey, du hast ja Grübchen«, sagte der Apotheker.

»Oh ja. Ich benutze sie nur so selten.«

»Was schade ist.« Der Apotheker hielt mir Leos Visitenkarte hin. »Hier. Falls du doch noch mal mit ihm reden willst.«

»Worüber sollen wir denn reden? Er war mein erster Freund, und ich habe seinen Vater geheiratet. Das fand er scheiße. Und ich kann's irgendwie verstehen.«

»Ja«, sagte der Apotheker. »So hatte ich das auch verstanden.«

»Worüber würden Sie an seiner Stelle mit mir reden wollen?«

Der Apotheker sah mich nur an. Dann schaute er hinüber zu seiner Apotheke und meinte: »Du brauchst dringend einen anständigen Mantel. Mit einer Kapuze.«

»Ich meine es ernst. Worüber will er mit mir reden? Und ist er wirklich verlobt? Ich meine, ich würde mich für ihn freuen, ehrlich. Aber es kann doch auch irgendein Ring sein, oder nicht?«

»Nein«, sagte der Apotheker. »Ich erkenne einen Verlobungsring, wenn ich einen sehe. Außerdem trug er ihn links. So. Und jetzt würde ich mich an deiner Stelle so schnell wie möglich aus diesen nassen Klamotten rausschälen! Du holst dir sonst noch den Tod.«

»Danke«, sagte ich noch einmal hinter ihm her.

Der Apotheker war schon halb auf dem Zebrastreifen. Er winkte mir zu. »Wir sehen uns, kleine Kratzbürste.«

»Intelligenz ist die Fähigkeit,
seine Umgebung zu akzeptieren.«
*William Faulkner*

Obwohl ich mir ein Paar neue Schuhe kaufte und obwohl ich meine Tabletten pünktlich einnahm, fiel ich in den nächsten Tagen zurück in mein hässliches, schwarzes Loch. Mein *Karlisttot-Loch*. Ich wollte nicht aufstehen. Ich wollte nichts essen. Ich wollte mit dem Scheiß-Erbe nichts zu tun haben. Sogar die Jaguarbabys (welche Jaguarbabys?) waren mir egal.

Ich wollte nicht leben.

Frau Karthaus-Kürten, die Mimi in Panik anrief, um sie zu fragen, was sie nun mit mir machen solle, sagte, ich solle zu einer Extra-Sitzung kommen. Ich wollte nicht, aber Mimi zwang mich dazu, indem sie damit drohte, ansonsten meine Mutter anzurufen. Meine Mutter würde vor Sorge außer sich sein und sofort anreisen. Und vielleicht würde sie es fertigbringen, mich mit nach Hannover zu nehmen, wo die Kreissäge dann jeden Tag ungefragt ihre Lebensweisheiten auf mich loslassen würde. (»Weißt du, warum du so traurig bist? Weil du keine Kinder hast! Nur Kinder geben dem Leben einen Sinn.

Sieh dir doch mal Elianes strahlende Kinderaugen an. Wird dir da nicht ganz warm ums Herz?«)

Also schlurfte ich matt zur Notfalltherapiestunde. Frau Karthaus-Kürten schien der Ernst der Lage nicht wirklich bewusst zu sein, sie bemerkte als Erstes meine neuen Schuhe und fragte, wo ich die denn herhätte. Ich musste ihr Name und Adresse von PUMPS & POMPS auf einen Zettel schreiben, und sie wurde ganz aufgeregt und wollte wissen, ob sie auch Manolo Blahniks führten.

»Was soll denn das sein?«, fragte ich.

Frau Karthaus-Kürten sah mich ungläubig an. »Sie kennen keine Manolo Blahniks?« Kopfschüttelnd machte sie sich ein paar Notizen.

Dann sagte sie, dass sie schon damit gerechnet habe, dass es mir schlecht gehen würde, und dass diese Entwicklung ganz normal sei. Ich glaubte ihr kein Wort und starrte mürrisch vor mich hin, bis Frau Karthaus-Kürten vorschlug, ich könne meine Gefühle in einem Bild ausdrücken.

Ich sagte, dass ich dazu keine Lust hätte.

Frau Karthaus-Kürten seufzte. »Wozu haben Sie denn Lust?«, fragte sie dann und beugte sich eifrig nach vorne, so als wäre sie bereit, mir wirklich jeden Wunsch zu erfüllen.

Ich überlegte sehr lange, bevor ich antwortete. Dann sagte ich: »Zu gar nichts.«

»Sehr gut«, sagte die schlechteste Therapeutin der Welt und nickte. »Das ist genau, was ich erwartet habe.«

Da hatte ich plötzlich Lust, ihr eine zu scheuern. (Machte ich aber natürlich nicht.)

Wir schwiegen nun überwiegend, und das Schweigen wurde nur ab und an von Frau Karthaus-Kürten unterbrochen, indem sie sagte: »Es ist auch gut, manchmal nichts zu sagen« oder »Reden ist Silber, Schweigen ist Gold, das alte Sprichwort hat durchaus seine Berechtigung« oder »Sie müssen sich gar nicht doof vorkommen, nichts sprechen kann sehr heilsam sein.« Gott, was war die Frau für ein Idiot.

Als unsere Zeit beinahe um war, strahlte sie über das ganze Gesicht und sagte: »So, und bis zu unserer nächsten Sitzung gebe ich Ihnen eine Hausaufgabe auf.«

Keine Lust, wollte ich sagen, aber da sprach sie schon weiter: »Sie *müssen* zum Friseur gehen und sich einen richtig schicken Haarschnitt verpassen lassen.«

Mehr denn je war ich überzeugt, dass Frau Karthaus-Kürten keine echte Psychotherapeutin war, sondern lediglich ein Wochenendseminar zum Thema (Stilberatung?) besucht hatte. Vielleicht auch einen Fernkurs.

»Und eine Kurpackung, auf jeden Fall eine Kurpackung. Wenn Sie das nächste Mal kommen, möchte ich Ihr Haar glänzen sehen. Und vergessen Sie nicht, Ihre Tabletten zu nehmen.«

Ich vergaß es nicht. Ich nahm meine Tabletten, ich ging regelmäßig zur Idioten-Therapie, und ich ging sogar zum Friseur. Aber ich blieb trotzdem in meinem schwarzen Loch hocken. Die Tage vergingen in grauem Einerlei, und an vielen Tagen war das größte, das ich leistete, aufzustehen und mir die Zähne zu putzen.

Etwa eine Woche nach meinem denkwürdigen Zusammentreffen mit Leo in der Apotheke wurde ich krank. Es fing ganz harmlos mit Schnupfen und Halsschmerzen an, dann bekam ich einen widerwärtigen Husten und Fieber, und eine Woche vor Weihnachten diagnostizierte Ronnies und Mimis Hausarzt (auf diese Weise lernte er mich wenigstens mal persönlich kennen) eine verschleppte Bronchitis und verschrieb mir Antibiotika. Für ein paar Tage ging es mir besser, aber dann kehrte die Bronchitis unangekündigt zurück, heftiger und schmerzhafter als vorher. Was der Husten an Schleim zutage förderte, hatte eine so ungesunde grüne Farbe, dass ich niemandem davon erzählen wollte. Heiligabend verbrachte ich mit 39,5 Grad Fieber im Bett, und als es mir am zweiten Weihnachtsfeiertag immer noch nicht besser ging, überwies mich der von Ronnie alarmierte Arzt ins Krankenhaus. Ich sträubte mich zunächst ein bisschen, weil ich Angst hatte, man könnte mich in einem schwachen Moment, ohne dass ich es merkte, in die geschlossene Psychiatrie schieben, aber Mimi versicherte mir, dass sie so etwas niemals tun würde. Das Fieber machte mich wirklich sehr schlapp, und so kam es, dass ich nur eine Stunde später in einem Dreibettzimmer mit pipigelben Wänden und einem Waschbecken lag. Nummer 311.

Obwohl Weihnachten war, waren die Betten links und rechts nicht leer, zwei ungefähr hundertjährige Damen röchelten darin vor sich hin, die eine mit einer Lungenentzündung und einem Blasenkatheder, die andere ohne besondere Diagnose. Ich argwöhnte, ihre Familie hatte sie über Weihnachten mal quitt kriegen wollen, denn sie hatte ein paar Eigenschaften, die das Zusammenleben mit ihr sicher nicht einfach machten. Unter anderem stieß sie mitten in der Nacht schrille Schreie aus, und tagsüber sagte sie gefühlte hundertmal in der Stunde: »Ach, ach, ach, ja.«

Den ersten Tag und die erste Nacht war ich zu krank, um das Krankenhausleben fürchterlich zu finden, aber dann wirkten die Antibiotika, die ich über einen Tropf verabreicht bekam, und ich fing an, sehr zu bereuen, keine Privatversicherung abgeschlossen zu haben.

Die Frau mit der Lungenentzündung bekam reichlich oft Besuch von ihrer Familie, der Sohn und die Tochter kamen und brachten das etwa fünfjährige Urenkelchen mit, das Scholiene hieß. Ich war kurz davor zu fragen, wie Scholiene denn buchstabiert würde, aber dann fiel mir ein, dass ich neulich erst eine Geburtsanzeige von »Moniek Eilien« gelesen hatte und ließ es lieber bleiben. Scholiene war eins dieser Kinder, von denen man glaubt, es gibt sie gar nicht. Sie durfte die ganze Zeit Lutscher essen und hatte ein Trinkfläschchen mit Limo dabei. Und von ihren Großeltern, also den Kindern meiner hundertjährigen Bettnachbarin, lernte sie allerfeinstes Deutsch.

»Scholiene, mach dem armen Omma doch ma ei. Dem is so krank.«

»Scholiene, willst du dem Omma ma dein neuen Gameboy zeigen? Kuckma, Omma, der kann sogar Internet.«

Und mein absoluter Favorit: »Komm, Scholiene, jetzt füttern wir dem armen Omma ma. Nä, nich mitter Gabel, dat is ne Suppe.«

»Ach, ach, ach, ja«, sagte die Frau im Fensterbett.

Ich wollte nach Hause. Aber ich durfte nicht, weil aus meiner Bronchitis ebenfalls eine Lungenentzündung geworden war und ich nun mindestens zehn (zehn!!!) Tage lang intravenös Antibiotika verabreicht bekommen sollte und Bettruhe benötigte. Meine Schwester war voller Mitleid, sie und Ronnie kamen jeden Tag, fütterten mich mit Obst und versorgten mich mit Büchern und einem I-Pod voller Hörbüchern und die Stimmung hebender Musik. Sie fütterten auch die Ach-ach-ach-ja-Frau mit Obst, die weinte dann immer vor Rührung, und die Scholiene-Urgroßmutter bekam auch Weintrauben und Mandarinen ab, das war eine schöne Abwechslung zu dem Klosterfrau-Melissengeist, den ihre Tochter ihr immer Esslöffelweise einflößte. »Damit du widda auf die Beine kommst, Omma.«

Meine Eltern kamen aus Hannover und brachten mir ebenfalls Bücher und haufenweise Schlafanzüge und Nachthemden sowie Rotbäckchensaft und meine Mandoline mit. Ich starrte die Mandoline ziemlich entgeistert an.

»Wir dachten, wenn du mal was Ablenkung brauchst«, sagte meine Mutter, und mein Vater sagte: »Du weißt schon, Musik ist gut für die Seelenhygiene.«

»Mit den Büchern war es gar nicht so einfach«, sagte meine Mutter und seufzte. »Jedes zweite Buch, das ich im Laden in der Hand hielt, handelte von einer jungen Witwe, die erst ganz traurig über den Tod ihres Mannes ist, aber dann einen neuen Mann findet. Das kam mir vor wie der blanke Hohn. Aber selbst, wenn keine Witwe drin vorkam: Jedes, wirklich jedes Buch handelte von der Liebe!«

»Ich wollte dir viele blutige Thriller mitbringen, aber deine Mutter meinte, das würde dich im Augenblick nur auf dumme Gedanken bringen.« Mein Vater tätschelte meine Hand. »Deshalb musste die Buchhändlerin uns beraten. Sie hat uns diese hier ans Herz gelegt.«

»*Ich bin hier bloß die Katze?*«

»Ja, darin geht es um eine Katze – keine Liebesgeschichte drin.«

»Aha. Sehr umsichtig. *Essen ist fertig.*«

»Ein Kochbuch. Keine Liebesgeschichte.«

»*Grundlos glücklich?*«

Meine Mutter nickte. »Ja, das ist wohl mehr was Esoterisches. Also, darin geht darum, dass man auch glücklich sein kann, wenn man gerade nicht so eine gute Phase hat. Verstehst du?«

»Ja, grundlos glücklich eben!«, sagte ich und las den Klappentext. Vielleicht sollte ich mich auch aufs Bücherschreiben verlegen, mal schauen, möglicherweise waren ja andere Titel noch frei, *grundlos verheiratet* vielleicht oder *grundlos gesund.* Das würden sicher Megabestseller werden.

Am vierten Tag meines Krankenhausaufenthaltes war es dann so weit. Über Nacht begriff ich ein paar fundamentale

Wahrheiten. Die erste: Auch wenn man sich hundelend fühlt: Es geht immer noch eine Nuance schlechter. Die zweite: Karl war tot und würde nicht wieder lebendig werden. Die dritte: In einem Krankenhaus sind nachts alle wach, außer denen, die so laut schnarchen, dass sonst keiner schlafen kann.

Am nächsten Morgen griff ich nach der Mandoline. Meine Bettnachbarinnen waren hingerissen (die eine schlief ein, die andere weinte vor Rührung), und es versammelten sich auch ein paar Patienten von den Nachbarzimmern in der Tür. Fortan wurde ich alle paar Stunden genötigt, etwas zu spielen, und die Konzerte waren gut besucht, auch das Pflegepersonal und die Ärzte schauten gern mal bei uns in Zimmer 311 vorbei. Besonders angetan hatten es den Leuten schwermütige russische Weisen, in denen wilde Ponys über weite Steppen galoppierten und Petruschka sich verbotenerweise mit Katinka an einer Birke traf. (Keine Sorge, ich sang nicht, die Mandoline spielte Solo, der Text war sozusagen in der Melodie verborgen.)

Lang konnte ich nie spielen, weil die Hand mit der Tropfnadel dann heiß und dick wurde und schmerzte, aber der tiefe Schlaf meiner Bettnachbarin nach einer meiner musikalischen Darbietungen entschädigte mich dafür mehr als genug. Deren Familie schaute nämlich dann nur zur Tür herein und flüsterte: »Dem Omma schläft der Schlaf dem Gerächten, siehste, Scholiene, dann kommen wir besser morgen noch mal wieder.«

Am siebten Tag kam der Apotheker mich besuchen. Er sagte, er habe einen Freund in der Chirurgie liegen, und wo er ja schon mal da gewesen sei, hätte er doch auch gleich mal bei mir vorbeigucken können.

Ich freute mich ehrlich, ihn zu sehen und bedauerte einen Moment lang, dass ich meine Haare nicht gewaschen hatte, aber dann dachte ich, dass ich beim letzten Mal auf jeden Fall noch schrecklicher ausgesehen hatte, mit der ganzen Hundekacke an den Schuhen.

»Woher wussten Sie denn, dass ich im Krankenhaus liege?«, fragte ich.

»Ich habe deine Schwester gefragt«, sagte der Apotheker und breitete seine Mitbringsel auf der Bettdecke aus. Dabei strahlte er über das ganze Gesicht. »Ich dachte, wir tun etwas für dein Aussehen. Diese Krankenhausluft ist gar nicht gut für den Teint. Da hätten wir ein sanftes Peeling, einen wunderbaren Blütenreinigungsschaum – rein biologisch –, ein Gesichtswasser und eine Feuchtigkeitsmaske von La Mer, Augencreme von Louis Widmer, eine Tagespflege sowie eine reichhaltige Nachtcreme mit besonders feiner Textur.«

Ich war sprachlos.

»Ja, ich weiß, das kostet ein Vermögen«, sagte der Apotheker. »Aber du kannst es ruhig annehmen, ich sitze ja direkt an der Quelle.« Er klopfte sich vergnügt mit den Fingerspitzen auf die Wangen. »Was man mir auch ansieht, wie ich finde. Oder hättest du gedacht, dass ich schon einunddreißig bin?«

»Du benutzt *Feuchtigkeitscreme*?«

»Natürlich! Bei meinen Sommersprossen brauche ich tagsüber auch im Winter einen hohen Sonnenschutzfaktor, und ich vergesse nie meine Augencreme.« Er schob die kleinen Kartons und Tiegel liebevoll in eine Reihe. »Diese Feuchtigkeitsmaske ist der Hammer. Ohne die könnte ich gar nicht mehr leben.«

Mir fiel es wie Schuppen von den Augen. Mein Apotheker war schwul! Das erklärte auch, warum er Leos Verlobungsring nicht nur gesehen, sondern gleich analysiert hatte. *Platin, mindestens vierzig Gramm.*

»Ach, ach, ach, ja«, sagte die alte Frau neben mir. Ich war versucht, das Gleiche zu sagen, denn ich war ein klitzekleines bisschen enttäuscht. Die ganze Zeit über hatte ich mir eingebildet, der Apotheker habe ein gewisses Interesse an mir, so von Mann zu Frau. Nichts Ernstes, natürlich, aber es hatte mir gutgetan, mir vorzustellen, dass es da draußen noch jemanden gab, der mich attraktiv fand, obwohl ich mich gerade innerlich wie äußerlich in einem sehr beklagenswerten Zustand befand.

Tja.

»Können wir loslegen?«, fragte der Apotheker. Er hatte eine weitere Tüte mit blütenweißen Handtüchern mitgebracht, die er nun hervorzog und auseinanderfaltete. Außerdem hielt er mir ein Frotteehaarband entgegen. »Das brauchen wir, um deinen Pony aus dem Gesicht zu halten. Apropos – warst du beim Friseur?«

»Ach, ach, ach, ja«, sagte ich und sah mir den Apotheker zum ersten Mal genauer an. Ja, doch, wenn ich ein Mann wäre – er hätte durchaus mein Typ sein können. Seine Augen waren hellbraun, die Wimpern lang und gebogen, wie bei einem Reh. Die kurzen Haare hatten einen ungewöhnlichen kastanienroten Schimmer, und ich schloss nicht aus, dass er sie mit einer Tönungswäsche behandelt hatte. Obwohl – wenn man genauer hinsah, konnte man erkennen, dass auch die Bartstoppeln eine rötliche Färbung hatten – ziemlich rot sogar. Es war klug vom Apotheker, sich zu rasieren.

»Zuerst das Peeling. Leg dich zurück und mach die Augen zu.« Er ging mit zwei Handtüchern zum Waschbecken. »Ich darf doch mal?«, sagte er zur Scholiene-Urgroßmutter.

»Das ist verrückt«, sagte ich, schloss aber ganz brav die Augen – die Versuchung war zu groß. Ich hatte noch nie eine kosmetische Behandlung bekommen, ehrlich gesagt war mir dafür immer mein Geld zu schade gewesen. Außerdem konnte ich nicht gut still liegen. Jetzt aber blieb mir ja ohnehin nichts andere übrig. Zuerst bekam ich heiße, feuchte Kompressen, dann verabreichte der Apotheker mir mit sanften Fingerspitzen eine Gesichtsmassage mit einer feinkrümeligen Creme, dann kamen wieder die Kompressen, und schließlich tupfte er mir eine kühle Maske auf die Haut. Wäre ich eine Katze gewesen, hätte ich sicher geschnurrt. Leider kam mittendrin die Scholiene-Familie zu Besuch (»Der Onkel macht die Tante schön, Scholiene, sollen wir dat mit dem Omma auch ma machen, ja? Omma, dat wird dir guttun, die Scholiene is jetzt ma deine Kosmetikerin, ja? Schön machste dat, Scholiene, nur nich inne Augen mit der Nivea, dat is nich gut für dem Omma seinen grauen Star.«) und störte ein wenig die entspannte Schönheitssalon-Atmosphäre.

Ich konnte nicht selber erkennen, ob die Behandlung auch optisch Wirkung zeigte, aber als der Apotheker das letzte Handtuch entfernt hatte und ich mich aufsetzen durfte, fühlte sich meine Haut wunderbar weich, glatt und zart an. Dem armen Omma neben mir sah aus wie ein Geist, weil Scholiene ihr Niveacreme im ganzen Gesicht aufgetragen hatte, nur die Augen waren frei geblieben und blickten furchtsam im Raum umher. Die Tochter flößte ihr zum Beruhigen Klosterfrau Melissengeist ein, und der Alkohol entspannte die Gute dann wieder.

Der Apotheker lächelte mich an, während er die nassen Handtücher zurück in die Plastiktüte räumte. Ich bewunderte derweil seine gepflegten und perfekt manikürten Hände. »Na, wie fühlst du dich jetzt?«

Ich lächelte zurück. »Grundlos glücklich?«

»Du siehst auf jeden Fall viel besser aus. Wieder wie siebzehn.« Der Apotheker sah auf seine Uhr. »Leider muss ich jetzt los. Aber ich könnte übermorgen noch mal wiederkommen.«

»Ja, denn eine Fußpflege hätte ich auch sehr dringend nötig«, sagte ich spöttisch.

»Kein Problem«, erwiderte der Apotheker. »Wir haben tolle Fußpflegeprodukte im Programm. Und ich kann sogar Nägel lackieren, ehrlich wahr!«

»Das glaube ich sofort.« Ich schüttelte den Kopf. »Keine Ahnung, warum Sie so wahnsinnig nett zu mir sind. Ich meine, ich finde das schön, aber ich habe es gar nicht verdient. Sie wissen schon – weil ich Sie immer Idiot genannt habe und so. Und im Grunde kennen wir uns ja auch gar nicht.«

»Ich finde schon.« Jetzt war er ganz ernst und setzte sich zurück auf meine Bettkante. Vorsichtig streichelte er über meine Tropfhand. »Ich hatte gleich so ein Gefühl von Verantwortung, als ich dich das erste Mal gesehen habe. Ich dachte, dieses Mädchen braucht dringend einen Freund.«

Leider schossen mir die Tränen in die Augen, als er das sagte.

Der Apotheker tat so, als bemerke er es nicht. »Also, wie sieht's aus? Sind wir Freunde?«

Mehr als ein Nicken brachte ich nicht zustande. Der Apotheker merkte gar nicht, wie aufgewühlt ich war. Er lächelte nur zufrieden und schleppte seine nassen Handtücher zur Tür. Mit tränenblinden Augen sah ich ihm nach. Freundschaft war ein sehr sensibles Thema bei mir. Mein Leben lang hatte ich mich nach einer besten Freundin gesehnt, aber niemals eine gehabt. Mimi sagte zwar immer, sie sei meine beste Freundin, und meine Mutter behauptete das auch gern. Aber die beiden konnten sagen, was sie wollten, sie blieben meine Schwester und meine Mutter, und das war nicht dasselbe wie eine beste Freundin. Als der Apotheker ging, wurde mir klar, dass jetzt ein Traum in Erfüllung gegangen war: Ein schwuler Freund war genauso gut, wenn nicht noch besser als (wie? als wie??? nenn mich Heidi) eine beste Freundin.

Doof war nur, dass ich seinen Namen immer noch nicht kannte.

**»Sich glücklich fühlen können auch ohne Glück – das ist das Glück.«**

*Marie von Ebner-Eschenbach*

*Lesen Sie das doch bitte zweimal. Und jetzt schütteln Sie bitte entnervt den Kopf. Genau. Ich habe mir sagen lassen, dass das mit dem Glück ohne Glück nur mit Kokain funktioniert. Ist aber leider nicht gut für die Gesundheit. Außerdem viel zu teuer. Äh, und illegal, natürlich. Also bleibe ich lieber weiterhin unglücklich und warte auf einen Grund, glücklich sein zu können. (Ich wäre auch schon mit wenig zufrieden.) (So wenig aber auch wieder nicht.)*

Nach dem zehntägigen Aufenthalt in Zimmer 311 kam mir das Gästezimmer bei Ronnie und Mimi extrem luxuriös vor. Ich war ehrlich dankbar, wieder allein schlafen zu dürfen und ein eigenes Bad zur Verfügung zu haben. Allerdings war die Stimmung im Hause irgendwie seltsam, und Mimi verlor keine Zeit, mir mitzuteilen, warum.

»Ich bin schwanger«, sagte sie barsch. Sie hob abwehrend die Hände. »Nein! Nicht umarmen, nicht heulen, nicht sagen, dass du dich freust. Diesmal wird sich erst gefreut, wenn das Kind da ist. Falls es jemals da sein wird.«

»Aber na…«

»Nein! Sag es nicht«, fiel Mimi mir ins Wort. »Keine Es-wird-schon-alles-gut-gehen-Parolen, dass das klar ist! Wir werden das so nüchtern wie möglich angehen. Wenn es schiefgeht, dann geht es eben schief. Wenn nicht, umso besser.«

»Aber so …?«

»Nein!« Mimi guckte grimmig. »Ich bin nicht gestört. Und

ich werde nicht zu dieser bekloppten Therapeutin gehen. Ich komme da auf meine Art mit klar. Ich hatte eine Fehlgeburt, also weiß ich, dass das möglich ist. Ich überlebe das nur ein zweites Mal, wenn alle meine Regeln befolgen und mit dem Schlimmsten rechnen.«

»Okay. Darin bin ich gut.« Ich nahm Mimi trotzdem in den Arm. »Und was sagen Mama und Papa dazu?«

»Nichts«, sagte Mimi. »Weil sie nichts davon wissen. Und sie sollen auch nichts davon erfahren. Sie könnten nur wieder ihren Mund nicht halten und würden es der Kreissäge erzählen. Und die würde mich wieder mit ihren Anrufen und blöden Ratschlägen foltern. Und dann – wenn es wieder passiert – wird sie auch wieder sagen: Ich würde ja gern mal wissen, was du falsch gemacht hast, und dann muss ich sie leider umbringen, und dann ist Manuel sehr traurig und Eliane eine Halbwaise.«

»Irgendwann wird man es sehen.«

»Ja. Vielleicht. Aber dann kann ich immer noch sagen, ich sei fett geworden. Du darfst es niemandem sagen. Nur du und Ronnie wisst davon, und dabei soll es auch bleiben.«

»Und ich darf mich nicht freuen? Wie du weißt, habe ich im Moment wenig Grund, mich zu freuen, und das hier wäre nun wirklich …«

»Nein! Es tut mir leid, aber es geht nicht. Nicht freuen, solange die Möglichkeit besteht, dass die Freude unbegründet ist. Gefreut wird sich erst, wenn es garantiert einen Grund dazu gibt.«

»Okay. Aber es ist total bekloppt, weil es im Leben nie eine Garantie gibt, das weißt du, oder?«

»Ist mir egal.«

»Wenn du eine Garantie willst, kauf dir einen Lockenstab.«

»Kauf dir selber einen, Curly Sue.« Jetzt hatte ich Mimi aber wenigstens zum Lachen gebracht.

»Aber ich will mich über etwas freuen!«

»Es gibt ja genug andere Gründe für Freude«, sagte Mimi. »Du weißt schon, es sind die kleinen Dinge, die glücklich machen, blablabla. Du könntest dich also über das Wetter freuen. Oder darüber, dass Ronnie heute Abend Lasagne macht. Und wenn du ein bisschen fies sein willst, kannst du dich darüber freuen, dass Herr Krapfenkopf gestern seinen Weihnachtsbaum an die Straße gestellt hat und auf einem Hundehaufen ausgerutscht ist.«

»Nein!«

»Na gut, das mit dem Hundehaufen ist erfunden. Aber er ist ausgerutscht, und Frau Krapfenkopf hat mir heute sehr anschaulich beschrieben, in welchen Farben sein Hinterteil nun leuchtet.«

»Da freue ich mich lieber auf die Lasagne«, sagte ich.

»Ja, aber denk dran: Gespräche über Babys etc. sind absolut tabu bei Tisch.«

»Auch mit Ronnie?«

»Gerade mit Ronnie«, sagte Mimi.

»Sie spinnt«, sagte Ronnie, als er später beim Kochen kurz mit mir allein war. (Ich schnitt wie immer freiwillig die Zwiebeln, da konnte man so schön bei weinen.) »Aber da kann man nichts machen. Frau Karthaus-Kürten sagt, das wird sich geben, wenn die Schwangerschaft sich weiterentwickelt. Die Hormone sind dann stärker, sagt sie.«

»Sag bloß, du gehst wieder zu ihr?«

Ronnie wurde rot. »Ich war auch beim Pfarrer«, gestand er. »In solchen Situationen kann man sich gar nicht genug seelischen Beistand holen.« Er kratzte sich verlegen am Kinn. »Aber reden wir über dich. Du siehst viel besser aus. Bisschen dünn noch, aber sonst viel besser.«

»Das liegt an der Feuchtigkeitspflege«, sagte ich und erzählte

Ronnie, dass sich wie durch ein Wunder mein Traum von einer besten Freundin erfüllt hätte. Genauer gesagt, der Traum vom schwulen besten Freund, was ja noch viel besser sei. Zumal der schwule beste Freund Apotheker sei und wahnsinnig günstig an La-Mer-Kosmetik rankam.

Mimi kam zurück in die Küche und sagte: »Und das aus dem Mund von einer Frau, die vorher nicht mal wusste, dass es La Mer überhaupt gibt.«

»Aber der Apotheker ist doch nicht schwul«, sagte Ronnie.

»Doch«, sagte ich. »Er benutzt Feuchtigkeitsmasken und Augencreme.«

»Und er heißt Justus *Detlef*sen«, sagte Mimi und kicherte. »Ich meine – hallo?«

Der Apotheker hieß wirklich so. Ich hatte ihn gefragt. Schließlich musste ich den Namen meines neuen besten Freundes kennen. Er war ein bisschen beleidigt gewesen, weil ich den Namen lustig fand, aber er hatte mir erlaubt, ihn weiter »Apotheker« zu nennen. Und »du«.

»Nein, nein«, sagte Ronnie. »Ihr meint doch den Apotheker aus dem Rosenweg, oder? Der ist nicht schwul. Der hat was mit seiner Angestellten. Diesem super Gestell mit den dunklen Locken.«

»Nein«, sagte Mimi. »Die heiratet im Frühling, das weiß ich zufällig genau, weil sie zusammen mit ihrem Bräutigam ein Paar Schuhe bei uns gekauft hat. Für ihre Hochzeit.«

»Außerdem hat er meine Fußnägel lackiert«, sagte ich. »Und er hat dafür extra lilafarbenen Lack gekauft.«

Ronnie gab sich geschlagen. »Wenn ihr meint … Aber es ist super, dass du einen Freund hast. Und wenn ich an all die Babyprodukte denke, die er uns … – aua!«

Mimi hatte eine Mandarine nach ihm geworfen. »Halt dich gefälligst an die Regeln!«

»Schon gut«, sagte Ronnie und zwinkerte mir zu. Im Laufe der nächsten Tage entwickelten wir eine Art Code, damit wir uns über Mimis Schwangerschaft unterhalten konnten, ohne befürchten zu müssen, Lebensmittel an den Kopf geworfen zu bekommen. Das Baby bekam den Codenamen »Pflaume« (der ausgerechnete Geburtstermin war im August, genau zur Pflaumenzeit), der Frauenarzt war ab sofort die »Obsthändlerin«, Hormone wurden in Ameisen umgetauft und so weiter und so fort.

Mimi konnte nicht mit uns schimpfen, wenn sie zufällig mitbekam, wie wir über Pflaumenzubehör sprachen oder die beste Art, Pflaumen zu transportieren. Allerdings verstanden wir uns manchmal vor lauter Codes selber nicht mehr. Besonders kompliziert wurde es, wenn echte Pflaumen ins Spiel kamen. Einmal ließ Ronnie beinahe eine Teekanne fallen, als Mimi gedankenverloren sagte, sie habe Appetit auf Pflaumenmus.

Auch wenn ich mich ja noch nicht freuen durfte, so bestand trotzdem Handlungsbedarf, denn das Gästezimmer, das ich zurzeit bewohnte, würde das Kinderzimmer werden, sobald die Pflaume auf der Welt war. Deshalb ging ich in diesen Tagen im Januar zu dem Maklerbüro, das Frau Karthaus-Kürten mir empfohlen hatte. Die Maklerin war jung, nett und energisch, aber sie machte mir wenig Hoffnung auf eine Wohnung mit einem offenen Kamin.

»Zwei Zimmer, Küche, Diele, Bad mit Kamin dürfte so selten wie ein Lottogewinn sein.«

»Es muss aber unbedingt eine Wohnung mit einem Kamin sein«, sagte ich, auch auf die Gefahr hin, dass die Frau mich für verrückt hielt. »Dafür würde ich auch ein Bad ohne Fenster in Kauf nehmen.«

»Ich werde sehen, was sich machen lässt«, sagte die Maklerin. Ich war ganz zuversichtlich, dass sie die richtige Wohnung für mich beschaffen würde, denn sie war eine clevere Person. Als ich ihr meine derzeitige berufliche, finanzielle und private Lage auseinanderklamüsert hatte, hatte sie nämlich, ohne lange zu überlegen, erwidert: »Dann schreiben wir doch einfach *vermögende Diplom-Meteorologin* – das klingt fantastisch und ist nicht gelogen.«

Möglicherweise war das ja das Geheimnis: keine Lügen, aber auch nicht zu viel Wahrheit – dann wäre die Welt in perfekter Balance.

Weil ich gerade so gut in Schwung war (Frau Karthaus-Kürten nannte es »stabile Verfassung«), konnten wir auch endlich die lange überfällige Fahrt zu der Düsseldorfer Halle abhaken, in der Karl einen Großteil der Kunstgegenstände und Möbel gelagert hatte. Ich fuhr nur mit, weil »die Gegenseite«, also Leo und seine Schwestern, auf ihre Anwesenheit bei der Sichtung und Katalogisierung verzichtet hatten und ich daher sicher sein konnte, niemandem von ihnen dort zu begegnen.

»Vertrauen ist gut, Kontrolle ist besser«, sagte mein Anwalt, ein freundlicher Mensch mit Dackelblick und Mittelscheitel. »Im umgekehrten Fall hätte ich auf Ihrer Anwesenheit bestanden, denn wie schnell hat man mal ein Collier oder einen Biedermeiersekretär in der Handtasche verschwinden lassen, nicht wahr? Ich vermute ohnehin schon das Schlimmste, was das Interieur der Villa angeht – zu der hat doch sicher auch noch der Bruder Zugang, und so wie ich den einschätze, hat er sich restlos alles unter den Nagel gerissen, was da noch an Wert herumstand. Sie hätten gleich zu Anfang hingehen und alles fotografieren müssen.«

Ich versuchte ihm zu erklären, dass mir das alles eigentlich ziemlich egal sei. Ich wollte nur, dass es endlich mal vorbei war, damit ich diesen Abschnitt meines Lebens abschließen könne.

Der Anwalt sagte, mir könne es ja egal sein, denn er würde schon dafür sorgen, dass ich mein Recht bekäme. Und die Villa möge vielleicht leer geräumt sein, aber ansonsten solle Onkel Thomas nicht mal den Schnupftabak aus der Schnupftabaksdose bekommen, die er immer und immer wieder anmahnte. Seine Ansprüche, sagte der Anwalt, seien keinesfalls begründet und die mehrfach erwähnten Beweise bisher nicht erbracht. Wegen des Blatts Papier, das mein Vater geküsst hatte, das, auf dem stand, dass ich alles erben sollte, falls Karl etwas zustieße, müsse das Vermögen nach jetzigem Stand der Dinge lediglich zwischen mir als Erbin und Karls Kindern als Pflichtteilsberechtigten aufgeteilt werden.

»Und dann sind Sie eine wohlhabende Frau«, sagte der Anwalt. »Sogar noch, wenn Sie mir mein Honorar gezahlt haben.«

Es sei denn, Onkel Thomas würde noch ein Ass aus dem Ärmel schütteln.

Leo und seine Schwestern hatten eine Auflistung der ihrer Ansicht nach zu teilenden Vermögenswerte vorgenommen, die sich weitgehend mit der Liste deckte, die mein Vater und Mimi noch in London anhand von Karls Unterlagen erstellt hatten. Über Aktiendepots, Barvermögen und Immobilien gab es keine Uneinigkeiten, nur der Wert der Immobilien musste noch geschätzt werden. Etwas schwammig wurde es bei den Punkten »Inventar der großelterlichen Villa in Rodenkirchen« und »Diverse Gemälde, Schmuck, Uhren und Kunstgegenstände«, aber hier brachten die ellenlangen Listen von Onkel Thomas schon im Vorfeld etwas Licht ins Dunkel. Er hatte exakt vierunddreißig Gegenstände aufgeführt, die seiner Ansicht nach ihm zustanden, weil sie aus dem Nachlass seiner geliebten Tante Jutta stammten und immer schon ihm zugedacht gewesen wären, sowie zweiundzwanzig weitere, von denen er behauptete, sie stünden ihm aus »rechtlicher wie moralischer« Sicht ebenfalls unzweifelhaft zu (ein Satz, über den mein Anwalt herzlich lachte), und Karl habe sie lediglich für ihn aufbewahrt. Tatsächlich fanden wir in dem Lagerhaus – mehr als fünfzig Quadratmeter hatte Karl angemietet, und die Sachen stapelten sich teilweise bis zur Decke – die meisten der von Onkel Thomas gelisteten Gegenstände wieder, unter anderem das so oft erwähnte »Fischstillleben in einer Uferlandschaft«. Auch wenn Karl immer zu sagen pflegte, dass Kunst etwas sei, das sich einem auch mit Intelligenz nicht erschließt, war ich der Überzeugung, noch niemals ein hässlicheres Bild gesehen zu haben, und ich war spontan bereit, Onkel Thomas das Werk selbstlos zu überlassen.

Aber der Anwalt meinte, das wäre ein dummer Fehler, denn dieses Bild sei seinen Nachforschungen zufolge an die hunderttausend Euro wert. Danach betrachtete ich die toten Fische und Aale mit anderen Augen.

Eigentlich hatte ich gehofft (und auch gefürchtet), in dem Lagerraum auf persönliche Spurensuche gehen zu können, auf sentimentale Erinnerungen zu stoßen und ein Stückchen von Karl wiederzufinden, aus der Zeit vor mir. Aber alles, was hier lagerte, hatte seinen Eltern und seiner Tante Jutta gehört, vermutlich hatte er es auf lange Sicht verkaufen wollen. (Und das war meiner Ansicht nach auch das Beste, was man mit den meisten von diesen Sachen tun konnte.)

Einen ganzen Tag waren der Anwalt, sein Gehilfe und ich damit beschäftigt, die Gegenstände zu katalogisieren. Alles, egal ob Stuhl, Bild, Spiegel oder Bronzeskulptur, wurde fotografiert, bekam eine Nummer, eine Bezeichnung und eine Kurzbeschreibung (»Nr. 13, Specksteinskulptur mit fünf Beinen, vermutlich Außerirdischer, Höhe ca. sechzig Zentimeter, potthässlich«), und am Abend waren wir alle rechtschaffen erledigt. Die viel beschworene Schnupftabaksdose, Uhren und Schmuck waren nicht dabei gewesen, was den Anwalt ärgerte, denn laut Onkel Thomas handelte es sich um Schmuck und Uhren von beträchtlichem Wert. (*»Meinem Mandanten geht es aber in erster Linie um den ideellen Wert der Dinge, denn er verknüpft damit Traditionen und Erinnerungen ...«*) Es gab auch etliche Umzugskartons, die wir nur grob durchsahen und kartonweise erfassten, in der Hoffnung, dass sich zwischen dem Kram nicht noch Kostbarkeiten versteckt hatten. Elf Kartons mit Büchern, drei Kartons mit Frauenkleidung Größe 42 und ein Karton mit einer Porzellanhundsammlung. Das beste Fundstück war ein ausgestopfter Foxterrier, dessen Glasaugen uns forsch und verblüffend freundlich anblickten.

»Ist der was wert?«, fragte ich den Anwalt.

»Also, mir müssten Sie noch was dafür bezahlen, wenn ich den nehmen müsste«, antwortete er. Trotzdem – korrekt wie wir waren – wurde der Hund ordentlich katalogisiert und bekam die Nummer 243. Er trug ein Halsband mit einem hübschen, silbernen Herzanhänger, auf den sein Name eingraviert war.

Einer Eingebung folgend nahm ich »Nummer zweihundertdreiundvierzig mit nach Hause, wo ich ihn an Mimi und Ronnie vorbei in mein Zimmer schmuggelte. (Seit Mimi schwanger war, hatten wir strenge Hygienevorschriften, und ich fürchtete, ausgestopfte Hunde hatten Hausverbot.)

In meiner Abwesenheit hatte Leo bei Mimi und Ronnie aufs Band gesprochen. Recht kurz und knapp und als wäre er ein vollkommen Fremder. »Hallo, mein Name ist Leo Schütz, und ich bitte Carolin um einen Rückruf, tagsüber unter der Nummer ...«

Natürlich rief ich nicht zurück. Unser letztes Zusammentreffen hatte mich in mein tiefes schwarzes Loch zurückgeworfen, und jetzt, wo ich mich gerade mal wieder bis zum Rand heraufgehangelt hatte, wollte ich nicht riskieren, dass Leo mir erneut auf die Hände trat. Aber am nächsten Abend rief er wieder an, und weil Mimi gerade ihren abendlichen Schwangerschaftstest machte (sie war in der siebten Woche, aber sie traute dem Braten immer noch nicht so recht), ging ich ans Telefon.

»Leo Schütz, hallo Carolin. Ich hatte gestern schon mal angerufen.«

»Ja, ich weiß, Leo. Und ich weiß auch, wie du mit Nachnamen heißt.« Ich heiße zufälligerweise genauso.

»Du hast nach unserem Treffen leider nicht angerufen.«

»Ja, das ist richtig. Ich war für einige Zeit – im Krankenhaus.«

Ein Seufzer. »Warst du krank?«

Nein. Ich war einfach nur so zum Spaß im Krankenhaus. Brauchte mal ein bisschen Gesellschaft. Außerdem finde ich, es riecht da immer so lecker.

»Ah, ich verstehe«, sagte Leo, obwohl ich kein Wort gesagt hatte. »*Diese* Art Krankenhaus. Ich hoffe, jetzt geht es dir wieder besser. Ich würde mich gern mit dir treffen. Es gibt da doch einiges zu besprechen. Heute kam die Inventarliste, die dein Anwalt aufgestellt hat. Das ist ja schon eine Menge Zeug, was da auseinanderdividiert werden muss.«

»Wie, *diese* Art Krankenhaus?«, fragte ich. »Ich war nicht in der Psychiatrie, falls du das meinst. Obwohl – wenn ich jetzt so darüber nachdenke: Verrückt waren da schon ziemlich viele. Wer weiß, vielleicht war's die Psychiatrie, und ich hab's nur nicht gemerkt.«

Leo ging nicht näher darauf ein. »Also, wie sieht's aus? Traust du dir zu, das mit mir zu besprechen?«

»Ja«, sagte ich. »Ich nehme ja regelmäßig meine Tabletten. Und all meine Messer und Gewehre sind mir abgenommen worden.«

»In Ordnung«, sagte Leo. »Dann würde ich sagen, wir treffen uns morgen Nachmittag in einem Café. Das ist ein neutraler Ort.«

»Im Gegensatz zu was?«

Wieder ignorierte Leo mich. »Kennst du das Holly's in der Dankertstraße? Siebzehn Uhr?«

»In Ordnung.«

Als ich auflegte, kam Mimi aus dem Bad.

»Und?«

»Immer noch schwanger«, sagte sie knapp.

»Was für eine Überraschung«, sagte ich. »Ich wäre dafür, dass du jetzt auf Schwangerschaftstestentzug gehst – ganz langsam. Jeden zweiten Tag reicht ja auch.«

»Ich versuch's«, sagte Mimi.

»Schwör es! Die Dinger sind so teuer! Wenn du so weitermachst, seid ihr bis zur Geburt des Kindes verarmt.«

»Ich schwöre«, sagte Mimi, aber ich sah genau, dass sie ihre Finger hinter dem Rücken kreuzte.

Ich gab auf. »Kennst du das Holly's in der Dankertstraße?«

»Ich kenne nicht mal die Dankertstraße«, sagte Mimi. »Findest du, ich sehe schwanger aus?«

»Nein«, sagte ich. »Du siehst nur verrückt aus.«

»Wenn wir bedenken,
dass wir alle verrückt sind,
ist das Leben erklärt.«
*Mark Twain*

Noch jemand rief an diesem Abend an – Onkel Thomas.

»Hier ist dein lieber Exschwager Tommi«, sagte er.

Als ich seine ölige Stimme hörte, bekam ich zuerst einen Schreck, dann wurde ich wütend. »Ah, Onkel Thomas. Der hinterhältige Erpresser, der Leo damals die Sache mit mir und Karl gesteckt hat.«

»Richtig, genau der!« Onkel Thomas lachte. »Ich dachte, ich rufe mal persönlich an, bevor die Sache wegen der Sturheit der Anwälte eskaliert und vor Gericht landet. Ich hätte dir da nämlich einen Vorschlag zu machen. Einen Vorschlag zur Güte.«

»Onkel Tho…« Ich brach ab. Es sprach nicht wirklich für mich, dass ich diesem Menschen keinen anderen Namen als »Onkel Thomas« gegeben hatte. Wahlweise noch Onkel Ohrfeigengesicht Thomas. Aber auf die Schnelle fiel mir auch nichts Besseres ein.

»Du kannst mich ruhig Thomas nennen. Und wie darf ich

dich nennen? Wie hat dich mein lieber Bruder noch gleich immer genannt?«

»Carolin«, sagte ich.

»Nein, ich meine – welchen Kosenamen hat er dir gegeben?«

»Manchmal hat er mich seine Ophelia genannt«, sagte ich. »Aber das geht Sie natürlich gar nichts an. Und es heißt auch nicht, dass er damit meinte, ich würde dem Wahnsinn verfallen, falls Sie das jetzt denken.«

»Hm«, machte Onkel Thomas mürrisch. »Aber jetzt mal zur Sache. Du weißt sicher, dass es nicht gut für dich aussieht. Wenn ich erst meinen Pflichtteilsberechtigungsanspruch stelle, ist es für einen Kompromiss zu spät. Daher kommt von meiner Seite hier ein Friedensangebot. Eins, bei dem du außerordentlich gut wegkommst, möchte ich doch meinen. Ich verzichte auf die mir zustehenden Pfründen und nehme mir lediglich einige wenige Gegenstände, an denen mein Herz hängt, einverstanden? Hast du eigentlich einen zweiten Vornamen?«

Ich hätte gern gelacht (das Wort »Pfründen« war zu schön), musste aber husten. Meine Lunge war immer noch ein wenig angegriffen. Als ich wieder sprechen konnte, sagte ich: »Pflichtteilsberechtigungsanspruch – was soll denn das bitte sein? Sie sind als Bruder überhaupt nicht pflichtteilsberechtigt.«

»Oh, oh, da ist aber jemand gar nicht gut informiert«, sagte Onkel Thomas. »Ich empfehle dir dringend, den Anwalt zu wechseln. Deiner ist eine Niete, Mädchen. Aufgrund der vorliegenden Unterlagen müsste ihm sehr wohl klar sein, dass mir ein nicht unerheblicher Teil des Erbes zusteht. Zumal ich Dokumente habe, die das beweisen.«

»Wenn das so ist, brauchen wir doch diese kleine, private Abmachung gar nicht«, sagte ich. »Ich will selbstverständlich, dass Sie alles bekommen, das Ihnen zusteht.«

Onkel Thomas wollte noch etwas sagen, aber ich legte schnell auf.

»Oh, wenn das mal kein Fehler war«, sagte Ronnie. »Wenn er am Ende doch Recht hat und Beweise vorlegen kann …«

»Glaub ich nicht«, sagte ich. »Der Mann lügt doch, sobald er den Mund aufmacht. *Der* ist ein Pseudologe, wie er im Buche steht.«

»Außerdem soll sie sich nicht fürchten!« Mimi klopfte mir auf die Schulter. »Sie soll um ihr Erbe kämpfen wie eine Löwin. Es wird eine Zeit kommen, in der sie das Geld gut gebrauchen kann. Und dann würde es ihr leidtun, wenn sie es Onkel Thomas und Leo und seinen garstigen Schwestern überlassen hätte. Was ziehst du morgen an? Soll ich dir was leihen? Der Mistkerl soll ja nicht denken, dass du immer so aussiehst wie bei eurer letzten Begegnung. Diesmal wirst du Concealer benutzen, dafür werde ich sorgen, und wenn es das Letzte ist, das ich tue.«

Ronnie warf mir einen viel sagenden Blick zu. »Der Obsthändler sprach von zunehmender Aggressivität bei Pflaumenbäumen, hervorgerufen durch Ameisen.«

»Dann passt es ja«, sagte ich.

»Hä?«, sagte Mimi und kratzte sich am Bauch.

Die Dankertstraße lag im gleichen Viertel wie das Beerdigungsinstitut Hellmann, nur ein paar Straßen davon entfernt. Und ganz in der Nähe lag auch die Anwaltskanzlei, die Leo und seine Schwestern vertrat. Ich hatte den Verdacht, dass Leo hier auch irgendwo wohnte – wo doch alles so praktisch nah beieinanderlag.

Ich ließ mir den Weg von einem Routenplanerprogramm im Internet erklären und fuhr mit der Straßenbahn hin – es herrschte ungemütliches Schneeregenwetter, und ich war noch nicht wieder fit genug für längere Fußmärsche.

Der ältere Herr, der mir gegenübersaß, war Herr Krapfenkopf. Ich war so in Gedanken versunken, dass ich ihn erst erkannte, als er mich ansprach.

»Na? Fahren Sie auch mit der Bahn?«

»Ähm. Ja. Und Sie?«

»Ich fahre meine Tochter und das Enkelkind besuchen. Meine Frau darf nichts davon wissen – die beiden verstehen sich nicht besonders gut.« Herr Krapfenkopf guckte verlegen aus dem Fenster. »Ich habe das gehört, mit Ihrem Mann. Das tut mir sehr leid für Sie.«

Seltsamerweise bekam ich einen Kloß im Hals. »Danke. Und es ist nett, dass Sie die Klage zurückgezogen haben.« Nicht dass diese Klage Aussicht auf Erfolg gehabt hätte, aber es war trotzdem nett.

»Na ja. Ich dachte, Sie haben jetzt wahrscheinlich genug anderes um die Ohren.«

»Ja, da haben Sie Recht. Es tut mir leid, dass ich Sie Krapfenkopf genannt habe, Herr Kr … – wie heißen Sie eigentlich richtig?«

»Hempel«, sagte Herr Krapfenkopf. »Heinrich Hempel.«

Ich streckte Herrn Krapfenkopf die Hand hin. »Ich bin Carolin Schütz. Wie gesagt, es tut mir leid. Ich wollte Sie wirklich nicht kränken.«

»Weiß ich doch«, sagte Herr Krapfenkopf. Dann sah er wieder aus dem Fenster.

Ich kam pünktlich in Holly's Café an. Leo saß bereits an einem Tisch nahe der Tür und winkte mir zu. Wieder trug er einen Anzug und eine Krawatte – vermutlich war er direkt von der Arbeit gekommen. Die blonden Haare glänzten im Lampenlicht.

»Wohnst du hier irgendwo?« Damit umging ich die Begrüßung (*Hallo? Guten Abend? Na du, auch schon da?* Exfreundinnen-Küsschen auf die Wange? Rechtsstreitgegner-Händedruck? Stiefmütterliches Schulterklopfen? – Ich wusste einfach nicht, was hier angebracht gewesen wäre.), vielleicht klang meine Frage ein wenig barsch.

»Ja, gleich da vorne«, sagte Leo und zeigte mit dem Daumen vage Richtung Nachbartisch. »Aber lange wollen wir die Wohnung nicht mehr behalten. Sie ist einfach zu klein.«

Mit »wir« waren sicher seine Verlobte und er gemeint. Schön, dass er das gleich erwähnte. »Oh«, sagte ich, während ich meinen Mantel auszog und ihn über die Stuhllehne hängte. »Ist da etwa jemand pflaumig?«

»Wie bitte?«

Ich setzte mich. »Schon gut. Ich habe heute wohl selber ein kleines Ameisenproblem.«

»Ich habe dir einen Cappuccino bestellt«, sagte Leo. »Möchtest du auch etwas essen?«

»Nein, danke.«

»Du siehst aber ziemlich dünn aus.«

»Danke.« Mal ehrlich, damit kann man eine Frau nicht wirklich beleidigen, oder?

»Aber immerhin besser als beim letzten Mal. Ich habe mich richtig erschrocken, als ich dich gesehen habe. Mit den fettigen Haaren, den ungepflegten Klamotten und diesen schwarzen Ringen unter den Augen.« Leo nahm ein Stück Würfelzucker und ließ es auf seiner Handfläche hin und her kullern.

»Nass«, sagte ich.

»Was?«

»Die Haare waren nass, nicht fettig. Und die Klamotten waren auch nass. Nicht ungepflegt.«

»Ich hab nicht …«

»Außer den Schuhen. Die waren voller Hundekacke. Aber gut, ich sah scheiße aus und ich fühle mich auch jetzt immer noch ziemlich mies. Während du ausgesprochen gut aussiehst, wenn ich das mal so sagen darf. Ja, bestimmt darf ich das, denn ich habe den Eindruck, du möchtest sicher sein, dass ich den Unterschied zwischen dir und mir genau registriere, denk dir nur, ja, das tue ich. Also, hier auf meiner Seite, was haben wir da? Genau – ein Wrack. Und da drüben auf der anderen Tischseite? Einen strahlenden Siegertypen. Sehr gepflegt, schöne, saubere Schuhe, perfekter Haarschnitt, sicher war der Anzug teuer, supertoller Verlobungsring, und – hey – benutzt du etwa eine Feuchtigkeitspflege, dein Teint wirkt so frisch?«

Leo kniff die Lippen aufeinander. Dann atmete er einmal tief durch und sagte: »Ja, schön, dass wir das geklärt haben. Können wir jetzt zur Sache kommen?«

»Ja.« Ich holte eine Kopie der Liste mit den katalogisierten Gegenständen aus meiner Handtasche. »Ihr habt ja darauf verzichtet, bei der Auflistung anwesend zu sein, also nehme ich an, dass ihr mit dem Ergebnis einverstanden seid. Es sind ein paar nette Sachen dabei. Kerzenständer, mit denen man die Schwiegermutter erschlagen kann, Bilder, so schön, dass man weinen muss, wenn man sie anschaut. Und jede Menge Stühle. Schmuck und Uhren haben wir leider noch nicht ausfindig machen können, aber wenn man deinem Anwalt glaubt, habe ich die ja ohnehin längst zu Geld gemacht. Jedenfalls war davon nichts in dem Lagerraum zu finden.«

Wieder atmete Leo tief ein und aus. (Ich musste Trudi mal fragen, ob er vielleicht eines ihrer Atemtherapie-Seminare besucht hatte.) »Eine Sache möchte ich gerne sofort klarstellen. Wenn es nach mir gegangen wäre, hätte ich von diesem Erbe keinen Cent genommen. Aber hier geht es ja auch um meine Schwestern. Wir wollen bloß unseren Pflichtteil. Der steht uns zu.«

»Ich verstehe das nicht. Du willst nicht mal wissen, wie er gestorben ist.«

»Das hat deine Schwester mir schon haarklein erzählt«, sagte Leo. »Und wie gesagt …«

»Er hat dir doch überhaupt nichts getan, Leo. Er hat sich nur in die Frau verliebt, die du ohnehin nicht mehr wolltest. Und das war meine Schuld. Auf mich hättest du ruhig sauer sein können.«

»Könnten wir *bitte* …«

»Karl hatte immer ein Bild von dir und deinen Schwestern im Portemonnaie, wusstest du das? Er hätte so gern ein gutes Verhältnis zu euch gehabt.«

»Dann hätte er meine Mutter nicht verlassen sollen«, sagte Leo knapp und fuhr dann in geschäftsmäßigem Ton fort: »Es geht doch jetzt nur noch darum, den Nachlasswert nach Abzug aller Verbindlichkeiten festzustellen, mit anderen Worten, die inventarisierten Gegenstände sind zu schätzen, ebenso die Immobilien. Aktienbestände und Bareinlagen sind bereits unstreitig erfasst, sodass diesbezüglich zeitnah eine Teilung vorgenommen werden kann. Es steht dir frei, mit den insofern verfügbaren Mitteln eine Auszahlung an die Pflichtteilsberechtigten vorzunehmen, falls du die Immobilien nicht veräußern willst.« Er zögerte. »Was allerdings in Anbetracht der Höhe der herauszuzahlenden Beträge wohl eher unumgänglich sein dürfte.« »Aha.« Ich hatte kein Wort verstanden. Vielleicht hätte ich doch noch ein paar Semester länger Jura studieren sollen.

»Ja, *aha*! Wir sind dir sehr entgegengekommen. Nun können wir uns außergerichtlich einigen, wie wir das Vermögen teilen, und es bleibt nicht an dir hängen, alles zu Bargeld zu machen.«

»Wie selbstlos.« Ich verschränkte die Arme vor der Brust.

Ein Kellner brachte unsere Getränke, einen Cappuccino für mich, schwarzen Kaffee für Leo.

Leo nahm einen Schluck und beugte sich zu mir vor. Wusste er eigentlich, dass er Karl wie aus dem Gesicht geschnitten war? Na ja, es fehlte natürlich eine Menge. Die hohe Stirn zum Beispiel und der Schwung in der Oberlippe. Und diese Linien, die Karls Gesicht den Charakter verliehen hatten. Diese Fältchen rund um den Mund, die sein Lächeln so besonders gemacht hatten. Mir schossen wieder einmal die Tränen in die Augen, und ich konnte nur hoffen, dass Leo sie nicht bemerkte.

»Ich will dir nichts vormachen«, sagte er. »Mir wäre sehr an einer gütlichen Einigung gelegen. Ich möchte das Haus meiner Großeltern gern für meine Familie erhalten, daher würde ich es gern übernehmen. Es ist seit vielen Generationen im Familienbesitz, und es wäre traurig, wenn du es verkaufen müsstest, um uns auszuzahlen.«

»Ja, das ist ein traumhaft schönes Haus«, sagte ich. »Die Lage ist fantastisch. Und dann diese zauberhaften Türmchen!«

Leo lächelte kurz. »Ja, genau. Larissa hat sich in das Haus verliebt – wegen der Türmchen. Wir haben vor, dort einzuziehen.«

Es gab mir einen kleinen Stich, als er das sagte. »Oh, und was ist mit Oer-Erkenschwick? Ich dachte, da wartet schon ein Baugrundstück auf dich.« Larissa – was für affiger Name. Sicher war sie eine hochnäsige Ziege und passte gut zu Leo.

»Ich finde deine Scherze über Oer-Erkenschwick nicht besonders lustig.«

»In der Welt zu Hause – Tokio, London, Oer-Erkenschwick.«

»Ja, das habe ich mir gedacht, dass du das warst. Wie gesagt, nicht komisch. Besonders nicht an so einem Tag.«

»Tja, humormäßig muss man schon auf derselben Wellenlänge schwimmen – das ist nicht immer gegeben. Also, du willst die Villa deiner Großeltern. Und was noch?«

»Den Flügel – für Helen.«

»In Ordnung.« Ich würde schon Probleme haben, das Cembalo unterzubringen, wenn ich eine eigene Wohnung bezog.

»Alles andere ist mir egal. Von mir aus können wir gleich nächste Woche einen Vergleich aufsetzen. Falls Onkel Thomas nicht noch mitmischt. Er sagt, er habe ein Testament von Großtante Jutta, das beweist, dass mein Vater sich ihren Nachlass unrechtmäßig angeeignet hat. Außerdem habe mein Vater eine Menge Sachen einfach nur für ihn aufbewahrt.«

»Mein Anwalt meint, wenn er ein Testament hätte, wäre er längst vor Gericht gezogen.«

»Aber er war doch mit Pa… Karl deswegen im Rechtsstreit, und das Verfahren ist noch anhängig.«

»Nein, es gab kein Verfahren. Er hat Karl nur ein paar Drohbriefe durch seinen Anwalt zukommen lassen.«

»Also gut, gehen wir davon aus, dass Onkel Thomas außen vor bleibt – wir schließen einen Vergleich, und die Sache ist überstanden.«

»Das soll mir nur recht sein. Ich hasse es, mich über diesen ganzen Kram zu streiten.«

Leo lächelte ein wenig verkniffen. »Dass mein Vater dich zur reichen Erbin gemacht hat, hasst du aber nicht, oder?«

»Ich wusste vorher überhaupt nicht, dass Karl was zu vererben hat.«

»Spricht nicht gerade für ihn und eure Beziehung, dir das zu verschweigen.«

Nein, weder Leo noch Mimi würden es schaffen, mir das einzureden. Unsere Ehe war vielleicht nicht perfekt gewesen, aber es war eine gute Ehe gewesen. Und dass Karl weder seine Erbangelegenheiten vor mir ausgebreitet, noch über Mieteinnahmen und Aktienkurse mit mir gesprochen hatte, sprach nur für ihn. Wie viel kostbare Zeit hätten wir möglicherweise sonst damit vergeudet? Ich war froh um jede Minute, die wir miteinander verbracht hatten, ohne über Geld und anderen langweiligen Kram zu reden.

»Es hätte mich ohnehin nicht interessiert«, sagte ich. »Wenn es nach mir gegangen wäre, hätten wir uns von Anfang an ohne Anwalt geeinigt. Dann hättest du es dir sparen können, diesem Dr. Hebbinghaus Geld in den Rachen zu schmeißen.«

»Von in den Rachen schmeißen kann keine Rede sein«, sagte Leo. »Dr. Hebbinghaus ist mein Chef. »Und mein Vorbild. Er hat mich von Anfang an gefördert und unterstützt. Ja, man könnte sagen, dass er der Vater ist, den ich nie hatte. In ein paar Jahren werde ich in seiner Kanzlei als Sozius einsteigen. Nebenbei ist er mein zukünftiger Schwiegervater.«

»Verstehe. Damit dürfte deine Karriere ja abgesichert sein. Unter diesen Umständen möchte der gute Mann natürlich, dass du möglichst viel erbst.« Ich sah Leo in die Augen. »Du hast ja prächtig für dich gesorgt. Karl würde sich für dich freuen.«

»Ja«, sagte Leo, ohne den Blick abzuwenden. »*Ich* bin sehr glücklich.«

»Und ich bin sehr unglücklich«, gab ich zu.

»Was ist denn mit dem Apotheker? Ich hatte den Eindruck, der ist ganz scharf darauf, dich zu trösten.«

»Der Apotheker ist schw... nur ein guter Freund«, sagte ich. »Leo, hattest du vor, deinem Vater niemals zu verzeihen?«

Leo nahm noch einen Schluck von seinem Kaffee. »Es könnte sein, dass sich der Schmuck und weitere Wertgegenstände im Safe der Villa befinden.«

»Was für eine Zeitverschwendung. Da ist man jahrelang böse aufeinander, und dann ist es plötzlich zu spät, sich zu vertragen. Wenigstens kannst du dir sicher sein, dass Karl dir nichts nachträgt. Im Gegenteil: Er hatte vollstes Verständnis für deinen Groll. Er hat die ganze Schuld immer gern auf sich genommen.«

»Es handelt sich um sehr wertvollen Familienschmuck, zum Teil aus dem achtzehnten Jahrhundert. Und Uhren von Cartier, das sind Sammlerstücke.«

Ich gab auf. Leos Augen sahen nur so aus wie die von Karl. Dahinter wohnte eine ganz andere Seele.

»Ja, das schreibt Onkel Thomas' Anwalt auch immer. Warum hat er den Kram – pardon – denn noch nicht aus dem Safe geholt? Oder du? Immerhin steht das Haus leer, und für einen Einbrecher wäre es doch ein gefundenes Fressen.«

»Deshalb würde es auch Sinn machen, den Inhalt des Safes so bald wie möglich zu katalogisieren.« Leo wickelte ein Stück Würfelzucker aus und warf es in seine leere Tasse. Er war offenbar doch nicht ganz so cool, wie er tat. »Obwohl er nicht leicht zu knacken ist, vier Zentimeter Stahl und ein Schlossmechanismus, den heute keiner mehr kennt ...«

»Na ja. Da ihr mir das Katalogisieren des Lagers anvertraut habt, würde ich dir im Gegenzug das Katalogisieren des Safeinhaltes anvertrauen«, sagte ich. Ich hatte Kopfschmerzen und wollte nach Hause.

»Das hätte ich längst gemacht«, sagte Leo. »Aber der Safe ist mit einem Kennwort gesichert.«

»Ein Kennwort? Sind das normalerweise nicht Zahlencodes?«

Leo seufzte. »Nicht bei diesem Safe. Das ist ein vorsintflutliches Ding, und es funktioniert mit einem Kennwort aus elf Buchstaben. Zu Lebzeiten meiner Großeltern war das Kennwort immer *Orangensaft* – dämlich genug. Aber mein Vater muss es geändert haben.«

»Soso.« Jetzt dämmerte mir so einiges. Unter anderem, warum der gute Onkel Thomas sich nach Karls etwaigen Kosenamen für mich erkundigt hatte. Einem Kosenamen mit elf Buchstaben.

»Du weißt nicht zufällig, wie das Kennwort lauten könnte?«

»*Nachtragend* hat elf Buchstaben. Und *Pupsgesicht*. Und *Ananassirup*. Mein Gott, wenn man so drüber nachdenkt, haben die meisten Worte elf Buchstaben. Alles, außer Oer-Erkenschwick.«

»Kannst du das nicht mal lassen?« Leo funkelte mich wütend an.

»Was denn?«

»So überheblich zu sein! So war mein Vater auch immer.«

»Ich – überheblich?« Ich funkelte mindestens genauso wütend zurück. »Wer guckt denn hier auf wen herab, weil er Ringe unter den Augen sieht, abgewetzte Wintermäntel und angeblich fettige Haare? Ach ja, und wer war das neulich, der allen Leuten erzählt hat, ich sei eine Pseudologin und wäre sicher schon wieder offen für eine neue Beziehung?«

»Och, entschuldige, wenn ich dich damit gekränkt habe. Ich habe mich nur daran erinnert, wie schnell du dich damals auf etwas Neues einlassen konntest. Ich meine, wir hatten eine kleine Auseinandersetzung, und da bist du zu meinem Vater ins Hotel gefahren und hast mit ihm geschlafen.«

»So war das gar nicht. Da waren jede Menge seltsame Zufälle im Spiel, und dann …« Ich brach ab und rieb mir die Schläfen.

»Und ich Dummkopf dachte noch, ich hätte dir das Herz gebrochen und wollte mich am nächsten Tag um dich kümmern.«

»Es ist klar, dass dir deine Version der Geschichte lieber ist«, sagte ich. »Jeder hat seine eigene Wahrheit, hat Karl immer gesagt.«

»Tss«, machte Leo. »Das hat er garantiert auch irgendwo geklaut.« Er schaute aus dem Fenster. Irgendwie erinnerte er mich an Herrn Krapfenkopf, vorhin in der Bahn. (Den richtigen Namen hatte ich schon wieder vergessen.)

Ich schob vorsichtig meine Hände über die Tischplatte, bis sie bei Leos Händen angelangt waren. Leo zuckte zusammen, ließ aber zu, dass ich ihn berührte. »Ich wollte dir niemals wehtun«, flüsterte ich. »Ich habe mich damals kindisch und feige benommen. Und noch viel schlimmer ist, dass durch mich dein Verhältnis zu Karl so viel schlechter geworden ist.« Wieder diese dummen Tränen. Ich konnte sie nur mit Mühe zurückhalten.

Leo schwieg.

»Es tut mir leid. Es tut mir alles so leid«, sagte ich.

Ich fand, jetzt wäre ein guter Augenblick gewesen, um zu sagen, dass es ihm auch leidtat.

Aber Leo schüttelte den Kopf und sagte: »Dafür ist es jetzt längst zu spät.«

Ich zog meine Hände zurück und verschränkte sie ineinander. Jetzt bloß nicht weinen.

»Aber ich bin dir nicht böse oder so«, sagte Leo. »Du tust mir einfach nur leid.«

Ich starrte so lange auf den Milchschaum meines unberührten Cappuccinos, bis ich meine Tränen wieder unter Kontrolle hatte. Dann stand ich auf und zog meinen Mantel an. »Ich sage meinem Anwalt also, er soll gemeinsam mit deinem Schwie… Anwalt das Vermögen so aufteilen, dass ihr die Villa in Rodenkirchen bekommt. Und den Flügel, selbstverständlich.« Ich musste dringend weg hier, irgendwohin, wo ich Ruhe weinen konnte.

»Du hast deinen Kaffee nicht getrunken.«

»Zahlst du ihn bitte trotzdem? Aus Mitleid, meinetwegen.«

Das war das Letzte, das ich hervorbrachte, bevor ich mich auf dem Absatz umdrehte und davonlief. Schon in der Tür nach draußen begannen die Tränen zu laufen.

»Fortuna lächelt,
doch sie mag nur ungern voll beglücken:
Schenkt sie uns einen Sommertag,
schenkt sie uns auch Mücken.«
*Wilhelm Busch*

*Ist doch wahr. Irgendwie ist immer der Wurm drin.*

Im Nachhinein betrachtet lassen sich die folgenden Monate recht schnell beschreiben, aber in Wirklichkeit verging jeder Tag für sich genommen sehr, sehr langsam. Das Treffen mit Leo hatte mir gezeigt, dass sich nicht alles in Wohlgefallen auflösen ließ. Es gab Dinge, die nicht wieder rückgängig zu machen waren – auch nicht mit einer noch so innig gemeinten Entschuldigung. Es gab Chancen, die einfach ungenutzt verstrichen und niemals wiederkamen. Weil Karl tot war, würden er und seine Kinder sich in diesem Leben nicht mehr annähern können, das hatte ich begriffen. Und auch, dass ich daran meinen Anteil hatte.

Heimlich setzte ich die Tabletten ab, erst mal nur probeweise. Tatsächlich konnte ich danach weder eine Verbesserung noch eine Verschlechterung meiner Gemütslage feststellen, aber dafür wurden meine Kopfschmerzen besser. Ich ging dennoch weiterhin zu Frau Karthaus-Kürten, schon weil ich mich inzwischen an sie gewöhnt hatte und meine Tage ja irgendwie rumkriegen musste. Im Februar hatte sie offensichtlich ein neues Wochenendseminar belegt, denn sie benutzte mich schamlos als Versuchsperson für ihre revolutionäre »Jeden-Tag-eine-kleine-Freude«-Therapie.

Dazu legte sie einen Haufen rosafarbener Karteikärtchen zwischen uns und sagte munter: »Wir schreiben jetzt mal alle möglichen Kleinigkeiten auf, die Sie aufmuntern können. Und immer, wenn es Ihnen gerade nicht gut geht, nehmen Sie eine von den Kärtchen und tun, was da draufsteht. Verstehen Sie?«

»Im Prinzip schon«, sagte ich.

»Na, dann fangen wir doch mal an.« Sie nahm das erste Kärtchen, zückte ihren Stift und sah mich erwartungsfroh an. »Cappuccino mit extra viel Milchschaum, Zimt und Zucker! Nicht wahr? Das macht glücklich, wenn man den trinkt!«

»Ähm, ja«, sagte ich.

Frau Karthaus-Kürten schrieb mit schnörkeliger Schrift »Cappuccino«. Dann strahlte sie mich erneut an. »Und was noch? Ein Spaziergang! Warm eingemummelt durch den Schnee stapfen, bis sich die Wangen röten und der Blutkreislauf wieder mit reichlich Sauerstoff versorgt ist. Ja, das ist eine schöne Sache.«

Ich sah hinaus zum Fenster, wo die Welt wieder einmal im Schnee versank. Dieser Winter wollte einfach kein Ende nehmen.

Frau Karthaus-Kürten war schon beim nächsten Kärtchen. »*Den Hund streicheln!* Nicht wahr? Nichts ist beruhigender.«

Ich dachte an »Nummer zweihundertdreiundvierzig«, den ausgestopften Foxterrier, mit dem ich abends manchmal ausgiebige Gespräche führte, und nickte zustimmend. Aber meine Therapeutin schien mich ganz vergessen zu haben.

»Ein heißes Wannenbad mit Lavendelzusatz«, sagte sie juchzend. »Oder noch besser: Rosenduft!« Sie kam langsam richtig in Fahrt. Ihre Zungenspitze klemmte seitlich zwischen den Lippen, während sie mit Feuereifer ein Kärtchen nach dem anderen vollschrieb. »*Neue Unterwäsche kaufen und dabei nicht auf den Preis schauen. Einen Kurzurlaub am Meer machen. Barfuß über den Sand laufen. In den neuen Film mit Uma Thurman gehen und sich freuen, dass man ihr ähnlich sieht. Dem ganzen Körper ein Peeling aus Salz, Honig und Olivenöl verpassen und sich anschließend kalt abduschen. Sich von Viola endlich den Namen der Massagepraxis geben lassen und einen Termin buchen. Die Hopper-Ausstellung besuchen, bevor sie wieder schließt. Richtig guten Versöhnungssex haben. Am brennenden Kachelofen ein Glas Rotwein trinken und sich dabei die Füße massieren lassen. Mit einer guten Freundin – nicht Tina!! – Schuhe kaufen. Mit dem Kind Popcorn machen. Sich das Frühstück ans Bett bringen lassen …* – ach, macht das nicht Spaß? Schon das Planen all dieser herrlichen Dinge macht glücklich, finden Sie nicht?«

»Doch«, sagte ich und fragte mich wieder einmal, warum die Krankenkasse das hier klaglos bezahlte, sich aber weigerte, die Kosten für die professionelle Zahnreinigung zu übernehmen, die ich mir einmal im Jahr gönnte.

Als die Zeit um war, überreichte mir Frau Karthaus-Kürten das Päckchen mit den Kärtchen mit einer nahezu feierlichen Miene. »Bitte sehr! Viele Stunden ungetrübtes Glück!«

»Ähm, Sie wollen sie nicht lieber selber behalten?«, fragte ich, aber Frau Karthaus-Kürten sagte: »Nein, ich mache mir selbst welche, das hier sind Ihre. Mindestens zehn Sachen müssen Sie bis zum nächsten Mal umgesetzt haben – das ist Pflicht.«

Als ich dem Apotheker die Kärtchen zeigte, war er sofort bereit, mitzuspielen. Albern vor sich hinglucksend las er sich Frau Karthaus-Kürtens Glücklichmacher durch. »Au ja, wir gehen ins Kino und freuen uns, dass du Ähnlichkeit mit Uma

Thurman hast. Oder, nee, das ist noch besser. Wir gehen mit dem Kind – ups, welches Kind? – in den Zoo und schauen uns die jungen Elefanten an. Und danach räumen wir die Garage auf. Yeah! Oder, nein – bei dem Wetter bleiben wir lieber bei einem Glas Rotwein zu Hause vor dem Kachelofen und massieren uns die Füße. Und anschließend haben wir richtig guten Versöhnungssex.«

»Hast du einen Kachelofen?«

»Nein, leider nicht. Aber sehr guten Rotwein. Und für Versöhnungssex müssten wir uns natürlich erst mal richtig streiten.«

*Vor allem müsstest du dazu nicht schwul sein*, dachte ich durchaus ein wenig bedauernd. Sex begann mir zu fehlen – ich hatte es Frau Karthaus-Kürten noch nicht anvertraut (sie war ja nur meine Therapeutin), aber dafür Mimi.

»Natürlich fehlt es dir«, sagte Mimi. »Sex ist ein Grundbedürfnis des Menschen. Ich persönlich werde es noch brauchen, wenn ich hundert bin. Allerdings habe ich mir sagen lassen, dass man es eine Weile vollkommen vergessen kann, wenn man ein Baby hat. Und ich gebe zu, Sex ist auch nicht wirklich prickelnd, wenn man die ganze Zeit denkt, man könne seinen Partner vollkotzen.«

Arme Mimi, die meiste Zeit war sie nun damit beschäftigt, sich nicht zu übergeben, und natürlich war ihr Zustand ihren Freundinnen im Laden nicht verborgen geblieben.

»Es ist nur ein Magen-Darm-Infekt«, hatte Mimi gesagt und mit Blick auf Trudis Baby hinzugefügt. »Ein nicht ansteckender Infekt.«

»Unsinn«, hatte Trudi erwidert. »Du bist schwanger! Deine Brüste sind doppelt so dick wie sonst.«

Ich saß auf dem roten Sofa, probierte ein Paar Santinis aus der neuen Frühjahrskollektion an und verkniff mir ein Grinsen.

»Das ist ein Push-up-BH«, sagte Mimi.

»Ach, komm schon, Mimi, wir wissen es!«, sagte Constanze. »Ich habe gesehen, wie du zehn Schwangerschaftstests beim Apotheker gekauft hast. Und ich sehe dich immer lächeln, wenn du vom Klo kommst.«

»Wir wollen uns doch nur mit dir freuen!«, sagte Trudi.

»Mit mir? Ich freue mich aber nicht«, sagte Mimi. »Wenn ihr es irgendjemandem sagt, dann bringe ich euch um. Ich weiß noch zu gut, wie es war, als ich Nina-Louise verloren habe. Ich habe keine Lust, mir das Beileidsgetue von Hinz und Kunz noch einmal anzutun. Ist das klar?«

»Glasklar«, sagte Trudi. »Oh, du kannst alle meine Babysachen haben ...«

»Nein, nein, nein!« Mimi stemmte ihre Hände in die Hüften. »Kein Babygerede, absolut keins. Wir tun so, als wäre es nicht da, kapiert?«

»Und wie lange?«

»Bis es da ist. Wenn es denn jemals kommt, meine ich.«

»Natürlich wird ...«

»Maul halten!!«, schrie Mimi. »Habt ihr es denn immer noch nicht verstanden?«

»Doch, doch«, versicherten ihre Freundinnen. Aber schon am nächsten Tag – ich war zufällig wieder im Laden, weil ich mich nicht zwischen einem braunen und einem schwarzen Paar Schuhe hatte entscheiden können – brachte Constanze eine zweistöckige Torte mit, die zur Hälfte mit hellblauem und zur anderen Hälfte mit rosafarbenem Zuckerguss übergossen worden war. Darauf stand mit weißer Schrift: »It's a baby!«

Als sie Mimis Gesicht sah, fürchtete Constanze wohl, die Torte – ein lockerer Bisquit-Traum mit Wald- und Himbeercremefüllung – könne an die Wand geschleudert werden, denn sie sagte schnell: »Das ist nicht für *dein* Baby – das ist für, äh, ein anderes Baby.«

»Ach ja, und für welches?«, fragte Mimi drohend.

»Na – meins.«

»Du bist schwanger?«

Constanze hielt die Torte weit nach oben, außer Mimis Reichweite. »Noch nicht – aber Anton und ich haben heute beschlossen, nicht mehr zu verhüten und das Schicksal herauszufordern.«

»Also gibt es gar kein anderes Baby, für das diese Torte ist?« Mimi hatte ihre Augen zusammengekniffen und versuchte, gefährlich auszusehen.

»Das kann man so nicht sagen – heute Nacht hatten wir vollkommen ungeschützten Geschlechtsverkehr, und irgendwo da drinnen könnte jetzt gerade im Moment ein Baby entstehen – und für *dieses* Baby ist die Torte. Da kannst du nichts gegen sagen. Sekt habe ich auch mitgebracht, denn das muss gefeiert werden. Und ich will dir damit beweisen, dass man sich auch dann schon über ein Baby freuen kann, wenn man es noch gar nicht gezeugt hat. Jawohl.«

Mimi knurrte etwas Unverständliches, aber da gerade eine Kundin hereinkam, blieb die Torte unversehrt. Das heißt, so lange, bis Constanze sie anschnitt und verteilte. Wirklich – die köstlichste Torte der Welt. Ich fragte, ob ich zwei Stücke davon rüber in die Apotheke bringen dürfe, und Constanze erlaubte es mir. Justus freute sich, als er mich und die Torte sah.

»Endlich mal jemand Normales«, sagte er. »Heute kommen hier nämlich nur Bekloppte und Perverse rein, stimmt's, Janina?«

Seine PTA schmachtete die Torte an. »Oh, ist die selbst gemacht?«

Ich war geschmeichelt, mich ausdrücklich nicht zu den Bekloppten und Perversen zählen zu dürfen. Das war mal ein ganz neues Gefühl. Gerade kam wieder einer von den Bekloppten herein, eine jüngere Frau, die recht bestimmt an den Tresen trat.

»Ich brauche Paprika, scharf, Kreuzkümmel, Oregano und Estragon«, sagte sie. Der Apotheker verdrehte die Augen, während Janina der Frau geduldig erklärte, dass sie – leider – keine Gewürze führen würden.

»Aber Sie sind eine *Apotheke*!«, sagte die Frau empört.

»Und du bist ein roter Omnibus«, murmelte Justus, aber Janina sagte mit geradezu überirdisch freundlicher Stimme: »Ja, wir sind eine Apotheke, und deshalb führen wir keine Gewürze.«

»Unmöglich finde ich das. Und wie Sie mir das einfach so ins Gesicht sagen! Als wären Sie auch noch stolz darauf.« Die Frau machte auf dem Absatz kehrt und verließ das Geschäft.

»Wahrscheinlich geht sie jetzt rüber in den Schuhladen – ich hoffe, ihr führt da Estragon?« Justus grinste mich an. »Was kann ich für dich tun?«

»Ich kann mich nicht entscheiden, ob ich die braunen oder die schwarzen Schuhe nehmen soll.«

»Oh, das ist doch wirklich mal ein echtes Problem. Janina, kommst du hier mal ein paar Minuten ohne mich klar?«

Janina hatte den Mund voller Torte und nickte.

Bei PUMPS & POMPS wurde der Apotheker neugierig beäugt. Ich hatte allen von meinem neuen, schwulen, besten Freund erzählt, und nun waren sie ein wenig neidisch. Vor allem natürlich auf die *La-Mer*-Produkte.

Trudi hatte allerdings gemeint, der Apotheker sei auf keinen Fall schwul, denn sie kenne seine Exfreundin höchst persönlich aus einem ihrer Atemtherapiekurse.

»Nein, ausgeschlossen«, sagte ich, und Mimi stimmte mir zu: »Der ist so was von schwul, Trudi, der heißt sogar Detlefsen mit Nachnamen.«

Constanze meinte, da, woher sie stamme, gäbe es sehr viele Menschen mit Namen Detlefsen, und davon sei ihres Wissens keiner schwul.

»Der hier ist aber schwul«, sagte ich und erzählte, dass er mir die Fußnägel lackiert habe. Lila.

Damit war Constanze überzeugt, aber Trudi noch lange nicht. »Also, erstens finde ich das diskriminierend – wieso sollten heterosexuelle Männer nicht Nägel lackieren können? –, und zweitens kann ich mich an seine Exfreundin genau erinnern. Es hat ewig gedauert, bis wir ihr den Apotheker aus dem Bauch geatmet hatten.«

»Das muss ein anderer Apotheker gewesen sein«, sagte ich.

»Nein, es war dieser«, sagte Trudi. »Das weiß ich genau.«

»Dieser ist aber schwul.«

»Damals aber noch nicht«, sagte Trudi.

Als Justus nun den Laden betrat, schulterte Trudi ihr Baby und beäugte ihn ganz genau. Hinter seinem Rücken machte sie seltsame Zeichen in meine Richtung.

»Was?«, flüsterte ich.

»Nicht schwul«, flüsterte sie zurück.

»Warum nicht?«

»Er *geht* nicht schwul«, flüsterte Trudi.

»Wie bitte?«, fragte Justus.

»Heute ist es nicht schwül«, sagte Trudi laut.

»Allerdings nicht«, erwiderte Justus. »Wir haben ja auch minus acht Grad. Also, wo sind die Schuhe?«

Ich zeigte sie ihm.

»Hm«, machte Justus und betrachtete zuerst das schwarze Paar. »Schon wieder schwarz? Ich finde, sie ähneln sehr denen, die du schon hast.«

»Oh. Ja, stimmt. Dann nehme ich wohl die braunen.«

»Die braunen – sind sehr schön. Aber ehrlich gesagt, wozu

willst du sie tragen? Du hast überhaupt keine braunen Sachen. Und ich würde mir an deiner Stelle auch keine braunen Sachen kaufen – braun ist nicht unbedingt deine Farbe – zu langweilig.«

Ich sah vielsagend zu Trudi hinüber. *Na? Immer noch nicht schwul?*

Trudis Meinung war immerhin ins Wanken geraten. Aber so richtig überzeugt war sie erst, als der Apotheker nach einem Paar lila Pumps griff und sagte: »Wie wär's denn mit denen? Die sind doch einfach nur affenscharf, finde ich.«

»Wenn du das sagst!« Ich lächelte Trudi triumphierend an. »Wie teuer sind die denn? Ach egal! Ich kaufe sie einfach. Schließlich bin ich eine reiche Erbin.«

Das Erbe allerdings ließ weiterhin auf sich warten. Die Anwälte schienen es nicht so eilig zu haben wie ich, und außerdem zögerten Briefe von Onkel Thomas' Anwalt die Angelegenheit immer weiter hinaus. So vergingen der Februar und die erste Hälfte des Märzes ohne nennenswerte Veränderungen. Die Universität von St Gallen, die immer noch auf meine Abschlussarbeit wartete, wurde mit weiteren Attesten über meine Arbeitsunfähigkeit vertröstet, die nette Maklerin konnte trotz größter Bemühungen keine Zweizimmerwohnung mit offenem Kamin für mich finden, und Mimi blieb weiter schwanger und grantig. Frau Karthaus-Kürten sagte zwar jede Woche, dass wir daran arbeiten müssten, herauszufinden, was ich vom Leben wirklich wolle, besonders in beruflicher Hinsicht; aber sie tat leider nichts, um dem Geheimnis auf die Spur zu kommen. (Ich hatte auch nichts anderes erwartet.) Dafür funktionierte die Rosa-Kärtchen-Therapie ganz toll, ich konnte immer zehn und mehr Tätigkeiten vorweisen, die mich zumindest für den Zeitpunkt ihrer Dauer glücklich gemacht hatten. (Na ja, »glücklich« ist vielleicht *etwas* hoch gegriffen.) Ich las wieder Bücher, trank öfter Cappuccino, spielte Mandoline, und Constanze und Trudi nahmen mich zweimal in der Woche an Mimis Stelle mit zum Joggen.

Und dann verbrachte ich ja auch nicht gerade wenig Zeit mit dem Apotheker. Zuerst gingen wir nur zusammen ins Kino, aber später trafen wir uns auch einfach nur so. Manchmal gingen wir irgendwo was trinken, manchmal spazieren, manchmal saßen wir nur auf der Couch und schauten uns *Germany's Next Topmodel* an. (Das durfte ich bei Mimi und Ronnie zu Hause nicht sehen – Mimi sagte, davon würden ihr leider immer die Gehirnzellen absterben.) Der Apotheker wohnte in einer sehr schön (war ja klar!) eingerichteten Wohnung über der Apotheke. Sie war klein, aber hell, und sie hatte Fußbodenheizung, ein Bad mit Fenster und einen großen Balkon nach hinten heraus, und wenn sie auch noch einen Kamin gehabt hätte, wäre sie meine absolute Traumwohnung gewesen.

Mit Justus konnte man sehr gut reden, viel besser als mit Frau Karthaus-Kürten und sogar besser als mit Mimi (die ja im Augenblick in einem fort aufstoßen und das Klo im Auge behalten musste und daher nicht die aufmerksamste Zuhörerin war). Ich erzählte ihm alles über Karl, Leo und meine Kindheit als Alberta Einstein, und im Gegenzug erzählte er mir von seinem viel zu strengen Vater, seinem alkoholabhängigen kleinen Bruder und seiner Mutter, die gestorben war, als Justus vierzehn war. (Womit geklärt war, woher er seinen Helferkomplex hatte.) Er hatte die Apotheke erst im letzten Jahr von seinem Vater übernommen, und es gab eine Menge Altlasten, mit denen er sich herumschlagen musste, außerdem Ärger mit dem Finanzamt. Nach besonders düsteren Gesprächen hatten wir uns angewöhnt, die rosa Karten von Frau Karthaus-Kürten hervorzukramen und zum Anheben der Stimmung auf der Stelle eins der Dinge zu tun, die dort aufgelistet waren.

Justus meinte, dank Frau Karthaus-Kürtens neuartiger Therapiemethode fühle er sich auch schon viel besser, vor allem das Kärtchen *»Tina endlich mal die Meinung sagen«* habe seine seelische Entwicklung gleich um Lichtjahre vorwärtsgebracht.

»Was denn, du machst meine Therapie auch, wenn ich nicht dabei bin?«, sagte ich. »Das ist aber nicht nett.«

»Du fährst ja auch ohne mich ans Meer«, sagte der Apotheker, und da seufzte ich und vergaß ganz zu fragen, wer denn Tina sei.

Meine Mutter hatte mich zu einer vierzehntägigen Reise nach Mallorca eingeladen – zur Mandelblüte. Aber erstens war die Mandelblüte schon längst vorbei, als wir ankamen, und zweitens waren meine Schwägerin Kreissäge und ihre Tochter Eliane auch mit dabei. Letzteres hatte ich nicht gewusst (sonst hätte ich die Einladung nicht angenommen), und meine Mutter behauptete, sie habe es auch erst in allerletzter Minute erfahren.

»Sie wollte uns überraschen«, zischte sie mir zu, als ich die Überraschung am Flughafen nicht mit der gebührenden Freude quittierte, sondern nur ziemlich unhöflich fragte: »Aber ihr seid doch nicht auch noch im selben Hotel, oder?« (Im Grunde war es nur eine rhetorische Frage.)

»Das wird ein richtig toller Mädelsurlaub«, sagte die Kreissäge, die keine Freundinnen und schon gar keinen schwulen besten Freund besaß und die einem weniger hartherzigen Menschen als mir eigentlich hätte leidtun müssen. »Wir kaufen uns alle vier die gleichen Klamotten und machen die Insel unsicher.«

»Mit gehangen, mit gefangen«, flüsterte meine Mutter und schob mich gnadenlos durch die Absperrung.

Nun ja, es gibt sicher Schlimmeres, als sich im Frühjahr

in einem Fünf-Sterne-Hotel auf einer Mittelmeerinsel aufzuhalten, muss ich sagen. Nach dem langen, kalten Winter in Deutschland waren das Licht, das viele Grün und die warme Luft einfach überwältigend schön.

Und wenn die Kreissäge mir einen ihrer endlosen Vorträge hielt (»Weißt du, im Grunde ist es ja noch nicht zu spät für dich, du kannst immer noch einen Mann kennen lernen und ein Kind bekommen und so deinem Leben einen Sinn geben. Nur für die arme Mimi muss es schwer sein – jetzt, wo sie auf die vierzig zugeht, sie muss sich doch von Gott verlassen und bestraft fühlen ...«), ließ ich meinen Blick einfach an den Horizont gleiten und errechnete in Gedanken die Wurzel aus vierhundertdreiundzwanzigtausendzweihundert – bis auf drei Stellen hinter dem Komma.

Meine Nichte Eliane (»Gott, geht einem bei diesem Anblick nicht das Herz auf?«) hatte zu meiner Erleichterung die Angewohnheit, ihre Popel aufzuessen, aufgegeben, aber dafür wollte sie mir andauernd Zöpfe flechten und fing an zu weinen, wenn ich nach zwei Stunden Zieperei meinen Kopf wieder für mich haben wollte. (»Bitte, Eliane, wein jetzt nicht. Du kannst Omas Haare flechten, Oma sitzt auch ganz still. Ich habe dir vorher gesagt, dass die Tante Carolin nicht so nett zu Kindern ist, weil sie selber keine hat und nicht mehr weiß, wie das ist, eine verletzliche, kleine Kinderseele zu haben.«) Manchmal, wenn die Kreissäge mit Eliane zur Toilette ging, machten meine Mutter und ich uns aus dem Staub und verbrachten ein paar Stunden ohne die beiden. Das waren zweifellos die erholsamsten Stunden des Urlaubs.

Als wir nach zwei Wochen zurückkamen, hatte auch in Deutschland der Frühling begonnen.

»Wer lügt, hat die Wahrheit immerhin gedacht.«
*Oliver Hassenkamp*

Frau Karthaus-Kürten hatte eine Diät begonnen und war schlechter Laune.

»Jetzt sind wir aber lange genug auf der Stelle getreten«, sagte sie. »Heute wollen wir endlich mal über die Schattenseite Ihrer Ehe reden.«

»Wie bitte?«

»Kommen Sie, Carolin, das ist ganz normal nach einem Todesfall – zuerst sieht man nur, was man verloren hat. Aber nach einer gewissen Zeit sollte man auch in der Lage sein zu erkennen, was man gewonnen hat. Und in Ihren Fall ist das – na?«

»Geld?«

»Das meinte ich doch nicht!« Frau Karthaus-Kürten schüttelte ungehalten den Kopf. »Ich meinte: Freiheit! Jetzt, wo Ihr viel älterer, dominanter und egoistischer Ehemann gestorben ist, sind Sie endlich frei zu tun, was Ihnen gefällt.«

Die Frau war ein Idiot. Ich hatte es immer gewusst. Und sie war vollkommen unterzuckert. Mit jeder Minute wurde sie grantiger. »Ihre Schonzeit ist vorbei«, sagte sie.

Ich verwies hastig auf vierunddreißig glücklich machende Tätigkeiten in dieser Woche, zwanzig, wenn man die Cappuccinos nicht mitzählte.

Aber Frau Karthaus-Kürten winkte ab. »Sie können sich nicht nur den ganzen Tag belohnen! Wofür auch? Dafür, dass Sie überhaupt aufgestanden sind?«

»Äh – ja?«

»Wissen Sie überhaupt, wie viele Kalorien so ein Cappuccino mit Zucker hat? Der ist eine vollständige Mahlzeit!« Sie beugte sich vor und sah mich über den Schreibtisch hinweg gereizt an. »Wie lange kommen Sie schon zu mir? Soll das denn ewig so weitergehen? Können Sie irgendwelche Ergebnisse vorweisen? Nein! Sie wohnen immer noch bei Ihrer Schwester, die Erbschaftssache ist weiterhin ungeklärt und Sie haben immer noch keinerlei Vorstellungen darüber, was Sie beruflich machen können. So kann das doch nicht weitergehen.«

*Tja, aber umgekehrt gilt das genauso. Sie sind immer noch entsetzlich unprofessionell, beziehen alles auf die eigene Person und streichen sich ständig die Haare aus der Stirn.*

Frau Karthaus-Kürten kramte aus ihrer Schublade eine Tüte Bonbons hervor und legte sie vor sich auf die Tischplatte. »Ist es nicht komisch, dass Dinge, von denen man weiß, dass sie keine Kalorien haben, überhaupt nicht schmecken? Geschweige denn satt machen? Egal, heute werden wir eine Liste mit all den Dingen erstellen, die Sie diese Woche dringend erledigen müssen. Wohnung! Erbe! Job!« Sie warf einen kritischen Blick auf meinen Pony. »Und Friseur, meinetwegen.«

»Wie bitte? Alles in einer Woche?«

»Kommen Sie, Carolin. Sie sind gesund! Sie dürfen sich nicht mehr vor dem richtigen Leben drücken.« Dabei seufzte sie und schob sich ein Diätbonbon in den Mund.

»Sie hat Recht«, sagte der Apotheker, als ich mich bei ihm

über meine unfähige Therapeutin beklagte. »Ich meine, sie ist unfähig, und das, was sie über Karl gesagt hat, ist absoluter Unfug, aber sonst hat sie Recht. Worauf wartest du denn noch?«

»Na ja, ich hatte doch nicht wissen können, dass eine Wohnung mit Kaminsims so schwierig zu finden ist«, sagte ich. »Und was kann ich dafür, wenn sich das mit dem Erbe so lange hinzieht? Onkel Thomas' Anwalt schreibt einen Brief nach dem anderen. Und was die Abschlussarbeit angeht ...«

»Ja?«

»Na, ehrlich gesagt fällt mir dazu keine Ausrede ein. Ich könnte sie zu Ende schreiben.«

»Dann mach das – das ist ein Studienabschluss, der dir die Jobsuche garantiert erleichtern wird. Ich würde dich dann als privaten Wirtschaftsprüfer einstellen, ich blicke im Augenblick wieder mal gar nicht durch.« Er seufzte.

Ich tätschelte seinen Arm. »Justus, du kannst dir einen Wirtschaftsprüfer gar nicht leisten. Aber ich helfe dir gern umsonst. Zahlen sind meine Spezialität.« Tatsächlich hielt ich mich immer öfter in der Apotheke auf und brachte Justus' Buchhaltung auf Vordermann. Sein Vater hatte in den letzten Jahren vor der Geschäftsübergabe schlampig gewirtschaftet, und es standen einige Forderungen vom Finanzamt aus, die Justus Kopfzerbrechen bereiteten. Als ich mir einen groben Überblick verschafft hatte, riet ich ihm, den Steuerberater zu wechseln.

»Aber der macht das schon seit zwanzig Jahren«, sagte Justus.

»Ja, und er macht das schon seit zwanzig Jahren schlecht«, sagte ich. »Hör auf mich! Genau wie du weißt, welche Schuhe mir am besten stehen, so sicher weiß ich, wie wir aus deiner Apotheke eine Goldgrube machen können.«

Und Justus hörte auf mich und engagierte denselben Steuerberater, den Mimi und Constanze für PUMPS & POMPS hatten.

Im Gegenzug sprang ich über meinen Schatten und sagte der Maklerin, dass ich bereit wäre, auch eine Wohnung ohne Kamin in Erwägung zu ziehen. Damit machte ich der Frau eine große Freude. Innerhalb von vier Tagen hatte ich sieben Wohnungsbesichtigungen. Weil sowohl Mimi als auch der Apotheker der Meinung waren, ein Dachstudio mit großer Terrasse und feuerroter, moderner Einbauküche sei absolut perfekt für mich, unterschrieb ich einen Mietvertrag zum ersten Juni. Das war zwar noch ein bisschen hin, aber ich würde ja auch noch eine Menge erledigen müssen, bis dahin. Zum Beispiel ein Bett kaufen.

Meine künftige Wohnung lag im Schwebfliegenweg, nicht weit von Mimis Haus.

»Wenn das Baby schreit, werde ich es vermutlich sogar hören«, sagte ich gedankenverloren, und Mimi keifte ausnahmsweise mal nicht: »Das *was*, bitte? Ich dachte, die Regeln hätte jeder verstanden!«, sondern fasste sich an den Bauch und rief: »Es hat mich getreten!«

Obwohl es eine Steilvorlage gewesen wäre, sagte ich nicht: »*Was* bitte hat dich getreten? Ich dachte, die Regeln hätte jeder verstanden!«, sondern drückte meine Hand gegen ihren Bauch und fühlte es auch. Die kleine Pflaume bewegte sich.

Es ging irgendwie alles voran.

Im Büro der Apotheke begann ich auch wieder, an meiner Abschlussarbeit zu schreiben, dort war es ruhig und gemütlich, und es gab keine Katzen, die sich auf der Tastatur herumfläzten, sobald man anfing zu schreiben. Ab und an half ich für ein paar Minuten vorne im Geschäft aus, etwa, wenn viele Kunden auf einmal da waren oder wenn Janina und Justus eine Pause benötigten. Ich mochte die Apotheke. Ich liebte das leise Geräusch, dass die Auszüge der Medikamentenschränke beim Öffnen machten, ich liebte die Ordnung, die in diesen Schränken herrschte, und ich liebte die komplizierten Namen der Medikamente und Wirkstoffe – ich fand, manche klangen wie Gedichte, vor allem, wenn man sie hintereinander aufzählte. Xylometazolinhydrochlorid, das zerging einem doch beim Sprechen auf der Zunge.

Mit den Kunden hatte ich meistens Glück, die Bekloppten und Perversen wandten sich immer an die arme Janina. Nur einmal geriet ich an eine Frau, die einen Schwangerschaftstest haben wollte, der auch während der Periode funktioniert.

Mit Janina, der PTA, verstand ich mich so gut, dass sie mich sogar zu ihrer Hochzeit einlud.

»Es wäre wirklich schön, wenn du kämst, dann wäre Justus nicht so allein. Außer meiner unmöglichen Cousine Franziska ist auf der Feier nämlich keiner solo.«

»Auch kein hübscher Cousin?«, fragte ich und sah augenzwinkernd zu Justus hinüber, der dabei war, neue Medikamentenlieferungen einzusortieren.

»Nein«, sagte Janina. »Die Cousins sind alle entweder vergeben oder schwul. Tut mir leid.«

»Aber das wäre doch genau ...« Die Ladenglocke unterbrach mich. Ich traute meinen Augen nicht: Onkel Thomas betrat die Apotheke. Ich erkannte ihn sofort, er hatte sich nicht viel verändert in den letzten fünfeinhalb Jahren, nur seine Tränensäcke waren dicker geworden.

»Na nu, na na, wen haben wir denn da?«, sagte er aufgeräumt. »Meine herzallerliebste Exschwägerin!«

Justus, zwischen den Schränken versteckt, warf mir einen fragenden Blick zu.

»Schon gut«, sagte ich. »Das kann ich allein.«

»Ich dachte mir, wenn der Berg nicht zum Prophet kommt,

dann muss der Prophet eben zum Berg – nicht wahr?«, sagte Onkel Thomas. »Deine Schwester sagte mir, dass du wahrscheinlich hier bist. Scharfes Gerät übrigens, deine Schwester, vielleicht ein bisschen pummelig um die Taille.«

»Was wollen Sie denn?«

»Eigentlich wollte ich mit dir reden, Süße, aber wenn ich schon mal hier bin, kann ich auch gleich meine Tabletten mitnehmen.« Er wandte sich an Janina. »Ich hätte dann gern zweimal Diazepam, Schnuckelchen.«

Mir war bisher nicht aufgefallen, dass er ein ekliger Kosenamen-Fetischist war.

»Dann hätte ich gern das Rezept«, sagte Janina.

Onkel Thomas lachte. »Das habe ich leider nicht dabei. Aber ich bringe es gern später, ja? Bin übrigens Filmproduzent, und wenn ich mir dein Gesicht so anschaue, sehe ich da wirklich viel Potenzial. Hast du schon mal daran gedacht, Schauspielerin zu werden?«

»Tut mir leid, aber ohne Rezept können wir ...«

»Ja, ja, ja«, sagte Onkel Thomas. »Saftladen. Und vergiss das mit der Schauspielerei – du bist viel zu alt, um in der Branche noch was zu werden.« Er drehte sich wieder zu mir und knipste sein öliges Lächeln an. »Also, Exschwägerin – wie sieht es aus?«

Als ob du ein drogenabhängiger Versager wärst, so sieht es aus. »Was meinen Sie? Was wollen Sie hier, außer verschreibungspflichtige Anxiolytika abzustauben?«, fragte ich.

Justus zwischen den Schränken zog die Augenbrauen hoch. Ich grinste ihn von der Seite an. Ich fand das Wort einfach zu schön, um es ungenutzt zu lassen.

»Ich wollte dir noch einmal einen Handel vorschlagen«, sagte Onkel Thomas. »Bevor ich vor Gericht gehe.« Er zog ein Blatt Papier aus seiner Anzugjacke und hielt es in die Luft.

»Und zwar mit diesem handgeschriebenen Testament meiner lieben verstorbenen Tante Jutta.«

Da gerade ein ganzer Pulk Kunden die Apotheke betrat, beschloss ich, das Gespräch mit Onkel Thomas auf dem Bürgersteig fortzusetzen. Justus machte Anstalten, uns zu folgen, aber ich schüttelte nur den Kopf. Das konnte ich wirklich allein.

»Hier steht es schwarz auf weiß«, sagte Onkel Thomas draußen vor der Apotheke. »*Im Falle meines Todes möchte ich, dass alles, was ich besitze, meinem geliebten Tommi gehören soll.* Ist das nicht rührend? Wir standen uns immer so nah, die gute Tante und ich. Das stammt zwar aus dem Jahr 2002, aber das tut nichts zur Sache, da war die Tante noch im Vollbesitz ihrer geistigen Kräfte. Jeder graphologische Gutachter wird die Echtheit dieses Dokumentes anerkennen müssen – ich habe haufenweise Briefe zum Vergleich.«

»Aha«, sagte ich. Onkel Thomas hatte immer noch die Angewohnheit, sich beim Sprechen die Lippen zu befeuchten. Und offensichtlich war seine Pseudologie noch weiter fortgeschritten. »Das ist aber nett, dass Sie mich vorwarnen, bevor Sie mich verklagen.«

Onkel Thomas stieß einen dramatischen Seufzer aus. »Aber nur, weil ich dieses Hickhack satt habe. Und weil ich uns die teuren Kosten einfach ersparen will – das kennt man doch: Die Nutznießer werden am Ende nur die Anwälte, Gutachter und die Gerichte sein. Wollen wir das, Exschwägerin? Wollen wir das wirklich?«

»Nein. Aber ich glaube, ich habe Ihren Gegenvorschlag immer noch nicht ganz verstanden.«

Onkel Thomas lehnte sich lässig gegen eine Straßenlaterne. »Ich sagte dir ja bereits, dass die Dinge eigentlich mehr einen ideellen Wert für mich haben. Und da sind eben einige wenige Sachen aus Tante Juttas Nachlass, an denen mein Herz hängt. Die Schnupftabaksdose beispielsweise, ein paar Bilder, die Uhren von Cartier…«

»…die Ihrem Vater gehört haben…«

»…ja, und dann vielleicht noch die Girandole, die ich schon als Kind immer bewundert habe. Du musst Leo und meinen reizenden kleinen Nichten gar nichts davon sagen. Die kleinen geldgierigen Schlangen haben ohnehin ausgesorgt und booten dich aus, wo sie können. Du kannst mir die Sachen einfach geben – und wir gehen in Frieden auseinander und leben glücklich bis ans Ende unserer Tage.«

Ich tat, als würde ich ernsthaft darüber nachdenken. Onkel Thomas beobachtete mich aus wachsamen Augen.

»Da gibt es nur ein Problem«, sagte ich. »Die Schnupftabaksdose, der Schmuck und die Uhren sind bis heute nicht aufgetaucht.«

»Tja, da habe ich eine gute Nachricht für dich«, sagte Onkel Thomas. »Ich weiß *zufällig*, wo sich diese Dinge befinden.«

Ach nein.

»Und zwar in einem Safe im Haus meiner Eltern. Gesichert mit einem Kennwort aus elf Buchstaben. Dummerweise wurde die Firma, die diesen hirnverbrannten Safe hinter fetten Mauern in den Keller betoniert hat, schon vor vierzig Jahren aufgelöst. Und dummerweise gibt es keinen einzigen Schlüsseldienst in Nordrhein-Westfalen, der dieses Schloss öffnen kann.«

»Sie haben *Schlüsseldienste* gerufen, um den Safe zu knacken?«

Onkel Thomas zuckte mit den Schultern. »Einen Versuch war's wert. Ich wette, mein reizender Neffe hat dasselbe versucht. Weil er ständig sein Auge auf diesem Ding hat, musste ich auch die Hände vom Schneidbrenner lassen. Dazu hat der kleine Bastard das Haus mit Alarmanlagen gesichert wie den Buckingham Palast. Weshalb mein Plan mit dem Einbrecher ebenfalls gescheitert ist.« Er lachte albern. »War natürlich nur ein Scherz. Aber – machen wir uns doch nichts vor: Allein mit dem Inhalt des Safes könnte man sich den Rest des Leben zur Ruhe setzen.«

»Oh«, sagte ich. »Dann ist es sicher von Vorteil, wenn man das Kennwort weiß, oder?«

Onkel Thomas Zungenspitze tanzte aufgeregt auf seinen Lippen hin und her. »Du weißt das Kennwort?«

Ich tat so als buchstabierte ich im Stillen ein Wort und zählte mit den Fingern mit. Dann nickte ich. »Elf Buchstaben, ja. Karl gebrauchte überall nur ein und dasselbe. Er konnte sich einfach kein anderes merken.«

Onkel Thomas brach in geradezu infernalisches Gebrüll aus. »Oh! Mein! Gott! Ich würde auf meine Knie sinken und dir die Füße küssen, wenn dadurch nicht meine Hosen schmutzig würden! Du hast das Kennwort! Sie hat das Kennwort!«

»Ja, natürlich«, sagte ich und konnte mir nicht verkneifen hinzuzufügen: »Warum hast du mich denn nicht einfach schon längst danach gefragt?«

Onkel Thomas sah aus, als habe er eine Ohrfeige bekommen. »Ja, warum habe ich das nicht getan?«, sagte er. »Aber es ist ja noch nicht zu spät. Jetzt können wir diesen verdammten Safe öffnen und uns den Inhalt teilen!«

Ich schüttelte den Kopf. »Ehrlich – ich möchte nichts davon haben. Das ganze Erbe ist für mich nur eine Last.«

Onkel Thomas starrte mich an. »Wirklich? Nun ja, umso besser. Ich meine, ich kann das verstehen, ja – Geld belastet nur, und … Du bist noch so jung und schön … Kein Problem, ich kann mich da ganz allein drum kümmern.«

Wie überaus selbstlos.

»Aber was ist mit Leo, Helen und Corinne?«

»Was soll mit denen sein? Nein, nein, Leo und die blonden Biester müssen nichts davon wissen. Weißt du, ich habe bisher nichts gesagt, um nicht noch mehr Zwietracht zu säen, aber die drei versuchen alles, um dir das Leben schwer zu machen. Und wenn man sie so über dich reden hört, dann könnte man ein vollkommen falsches Bild von dir bekommen, wirklich. Psychisch kranke Nymphomanin ist da noch die netteste Bezeichnung, die ich gehört habe.«

Wahrscheinlich war das noch nicht mal gelogen. »Also – die bleiben besser außen vor?«

Onkel Thomas nickte. »Wenn wir klug sind – und das sind wir ganz bestimmt, nicht wahr? –, lassen wir ihnen ein paar von den weniger interessanten Sachen im Safe liegen, dann wird nie jemand erfahren, dass wir beide den Safe bereits geöffnet haben. Ist das nicht ein großartiger Plan?«

Doch. Doch, dieser Plan war ganz und gar großartig. »Aber woher weiß ich denn, dass Sie danach nicht doch noch mit dem Testament von Tante Jutta ankommen und Ansprüche erheben?«

»Oh – Schätzelchen, du musst nicht so misstrauisch sein.« Onkel Thomas machte ganz treue Hundeaugen. »Ich verspreche dir, sobald ich die Sachen habe, werde ich das Testament vor deinen Augen in winzig kleine Fetzen zerreißen. Ich bin doch selber heilfroh, wenn wir die Sache endlich hinter uns gebracht haben.«

Ich nickte ein paarmal vor mich hin. »In Ordnung. Ich bin einverstanden. Wir gehen heute Abend in die Villa und räumen den Safe leer. Kommen wir denn da überhaupt unbehelligt rein – wegen der Alarmanlage, meine ich.«

»Ja, ja, das geht schon. Ich habe ja einen Schlüssel und Leos Erlaubnis, das Haus zu betreten. Aus sentimentalen Gründen, sage ich immer. Schließlich bin ich darin groß geworden. Warum fahren wir nicht sofort hin?«

»Oh, das geht leider nicht. Ich muss heute noch den ganzen Tag arbeiten.«

»In Ordnung. Dann gebe ich dir meine Karte, und du rufst mich auf dem Handy an, wenn du fertig bist. Mein Porsche und ich kommen dich dann abholen.« Onkel Thomas rieb sich die Hände. »Das wird ein Spaß.«

Ja, ich freute mich auch schon diebisch.

»Der beste Lügner ist der,
der mit den wenigsten Lügen
am längsten auskommt.«
*Samuel Butler*

Als Onkel Thomas gegangen war, blieb ich eine Weile vor der Apotheke stehen und starrte ins Leere. So lange, bis Justus herauskam und fragte, was mit mir los sei. Ich sagte ihm, dass ich gerade dabei sei, einen inneren Kampf auszufechten.

»Mit Engelchen und Teufelchen?«, fragte Justus.

Ich schüttelte den Kopf. »Eigentlich sind es zwei Teufelchen, die sich streiten. Gerade hat sich mir eine wunderbare Gelegenheit geboten. Sozusagen auf dem Tablett. Die Gelegenheit, auf einen Schlag reich zu werden und ein bisschen Vergeltung zu üben.«

»Und was gibt es da zu überlegen?«

»Nun ja – das eine Teufelchen will gemein und fies sein, und das zweite will zusätzlich noch kriminell werden. Im Wesentlichen geht es darum, ob ich es allein mache – oder ob ich Leo anrufe.«

»Er war beim letzten Mal nicht besonders nett zu dir«, sagte Justus.

»Das stimmt. Auf der anderen Seite – inzwischen hatte er ja genug Zeit, darüber nachzudenken, wie schlecht er sich benommen hat.«

Justus sagte nichts.

»Ja, ich weiß. Das ist eher unwahrscheinlich.« Ich nagte an meiner Unterlippe. »Aber ich werde ihn trotzdem anrufen. Dann brauche ich mir später nichts vorzuwerfen.«

Der Apotheker legte mir den Arm um die Schulter und drückte mich an sich. »Brauchst du meine Hilfe?«

»Nein, das schaffe ich allein.«

»Gut. Aber es ist nichts Gefährliches, oder?«

»Nein.« Ich musste lachen.

»Also muss ich mir keine Sorgen machen?«

»Nein, musst du nicht.«

Justus ließ mich los und zupfte meine zerzausten Haare wieder in Form. »Und wenn du reich bist, gibst du mir was ab?«

»Auf jeden Fall«, sagte ich und lachte.

»In Ordnung. Dann los – mach das Gemeine und Fiese. Ich rufe dich aber alle halbe Stunde auf dem Handy an, sicher ist sicher.«

Ach, der Apotheker. Mein Freund. Er war so ein lieber Kerl, wie er da stand in seinem weißen Kittel und fröhlich in die Sonne blinzelte. Wieder einmal kamen mir urplötzlich die Tränen. »Weißt du, ich kann mir gar nicht mehr vorstellen, wie ich ohne dich leben sollte«, sagte ich.

»Ich liebe dich auch«, sagte Justus leichthin. »Aber deshalb musst du ja nicht gleich heulen. Oh, nein, drinnen ist alles voller Kunden. Ich muss wieder zu Janina.« Er beugte sich vor und gab mir einen Kuss. »Bis später, ja? Du schaffst das alles!«

Justus hatte mich schon öfter geküsst, aber noch nie auf den Mund. Ich war ein bisschen schockiert, versuchte aber, es mir nicht anmerken zu lassen. »Ja, bis später«, sagte ich nur.

Später würde ich dann darüber nachdenken, ob es schwulen Männern erlaubt sein dürfe, Frauen auf den Mund zu küssen. Das war ja so ähnlich, wie jemandem eine köstliche Erdbeertorte unter die Nase zu halten und sie dann selber zu essen. (Oder jemand anderem zu geben.) Sollte ich das Thema mal bei meiner Therapeutin auf die Tagesordnung setzen? Wir hatten in letzter Zeit so viele Probleme gelöst, da konnten wir doch gut mal wieder ein neues vertragen. Warum nicht mal: *Hilfe, ich bekomme beim Kuss meines schwulen besten Freundes weiche Knie?* Frau Karthaus-Kürten hatte dazu bestimmt eine ganz tolle Theorie. Aber wie gesagt, darüber würde ich später nachdenken. Jetzt musste ich erst eine andere Sache zum Abschluss bringen.

Leo war nicht gerade erfreut, als ich anrief und ihm sagte, wir müssten uns treffen, und zwar so schnell wie möglich.

»Ich arbeite, Carolin – ich kann hier nicht einfach weg.«

»Na gut, dann sage ich das Kennwort für den Safe wohl doch besser deinem Onkel Thomas«, sagte ich. »Er hatte nämlich die durchaus verlockende Idee, dass wir den Safe heute Abend gemeinsam leer räumen und euch nichts davon sagen.«

»Du weißt das Kennwort?«

»Natürlich«, sagte ich. »Wir treffen uns in einer halben Stunde vor der Villa, in Ordnung?«

»Ja«, sagte Leo. Über seine Unabkömmlichkeit bei der Arbeit ließ er nichts mehr verlauten.

Die Villa seiner Großeltern lag im Schatten der alten Bäume und war so schön und verwunschen wie eh und je. Ich konnte Leos Verlobte gut verstehen, dass sie hier wohnen wollte. Es war ein absolutes Traumhaus. Es war eine Schande, es so lange leer stehen zu lassen. Immerhin sah der Garten sehr gepflegt aus, der Rasen war gemäht, die Hecken waren geschnitten und in den Beeten blühten elegante dunkellila Tulpen über einem Meer wogender Vergissmeinnicht.

Ich setzte mich auf die Stufen, die zur Haustür hinaufführten und dachte an den Tag, an dem ich Karl das erste Mal hier gesehen hatte. Der Tag, an dem sich mein Leben so grundlegend verändert hatte. Ich hatte gedacht, so einen Tag würde es immer nur einmal im Leben eines Menschen geben. Aber seit Karls Todestag wusste ich, dass das nicht stimmte.

Leo parkte seinen Wagen in der Einfahrt und stieg aus. Von Weitem sah er aus wie Karl, aber nur auf den ersten Blick. Sein Gang war ganz anders, viel steifer, da war nichts von Karls crocodile-dundeehafter Lässigkeit. Und Karl wäre wohl eher gestorben, als sich einen derart militärisch kurzen Haarschnitt verpassen zu lassen. Noch ein paar Jahre, und die Ähnlichkeit würde vermutlich ganz schwinden. Wie sagte meine Mutter immer: *»Wie dein Gesicht mit vierzig aussieht, liegt ganz bei dir.«*

»Wartest du schon lange?«

»Fünf Minuten, höchstens.« Ich stand auf und klopfte mir den Staub vom Rock. Er war neu, und er war lila kariert, weil ich etwas Passendes zu den lila Pumps gebraucht hatte.

»Iiih, pfui, was hast du denn da unter dem Arm?«

»Das ist »Nummer zweihundertdreiundvierzig«, sagte ich. »Der geliebte Hund deiner Großtante Jutta.«

»Tatsächlich? Die biestige kleine Töle? Es hat was länger gedauert, weil ausgerechnet, als ich gehen wollte, Onkel Thomas angerufen hat.« Leo schloss die Haustür auf, machte zwei Schritte in den Hausflur und deaktivierte die Alarmanlage. »Er sagt, er habe ein handschriftliches und amtlich beglaubigtes Testament von Tante Jutta vorliegen und wolle seinen Anteil nun einklagen. Es sei denn, ich würde mich doch noch außergerichtlich mit ihm einigen und ihm ein bestimmtes Gemälde überlassen.«

»Da bist du aber günstiger weggekommen als ich«, sagte ich. »Von mir wollte er die Hälfte vom Safeinhalt. Allerdings war er auch mit dem ganzen Inhalt einverstanden. Er hatte vollstes Verständnis dafür, dass mir Geld nicht so wichtig ist.«

»Wenn Tante Jutta ihn wirklich in ihrem Testament bedacht hat …«

»Hat sie nicht«, sagte ich. »Sie wollte alles ihrem geliebten Tommi hinterlassen.«

»Aber …«

»Tommi ist der Name von »Nummer zweihundertdreiundvierzig«, sagte ich und hielt Leo den Foxterrier unter die Nase. »Siehst du? Der Name steht hier eingraviert. Aber mal abgesehen davon, dass Tiere nicht erben können – leider hat der liebe Tommi noch vor Tante Jutta das Zeitliche gesegnet, sodass ihr gesamter Besitz an ihren nächsten Verwandten ging, deinen Großvater. Und der hat das alles deiner Großmutter vermacht. Und die hat es Karl vermacht. Furchtbar, wie viele Hunde und Menschen innerhalb von nur vier Jahren sterben können, oder?«

Leo guckte verblüfft. »Und da bist du dir ganz sicher?«

»Mit dem Hund? Absolut«, sagte ich. »Du wirst doch wohl noch wissen, dass der Hund Tommi hieß, oder? Das weiß ja sogar ich, und ich habe deine Großtante nur ein einziges Mal getroffen. Niemand wollte deinem armen Onkel Thomas etwas vererben. Sie waren alle angenervt, weil er ihnen ständig Geld aus den Rippen leierte. Dein Großvater hatte ihn schon vor Jahren enterbt, was aber nicht heißt, dass er ihm nicht doch weiterhin Geld gegeben hat. Mit diesem Testament möchte er nur bluffen, damit wir doch noch was rausrücken, das er zu Geld machen kann.«

»Und dabei hat er schon Tausende mit dieser Nummer von der Schütz-Foundation kassiert – Stiftung für Filmkunst, hahaha«, knurrte Leo. »Einfach ohne unser Wissen hat er diese Anzeige aufgegeben … – mir war gleich klar, dass du oder jemand aus deiner Familie sie auch lesen würde. Am liebsten hätte ich Onkel Thomas den Hals umgedreht. Er ist wirklich das schwarze Schaf der Familie.«

Eigentlich hätte diese Zweit-Beerdigung also ganz still und heimlich abgehalten werden sollen? So verschämt, wie es ihr zugestanden hätte? Diese Neuigkeit stimmte mich ein bisschen milder.

Ich folgte Leo durch den Flur und blieb an der breiten, geschwungenen Treppe, die hinauf in den ersten Stock führte, stehen. »Das Kennwort ist *Butterblume*«, sagte ich.

Leo drehte sich zu mir um. »Der Safe ist im Keller.«

»Geh ruhig ohne mich. Ich bleibe solange hier.«

»Hast du Angst mit mir allein im Keller?«

»Nein.« Oder sollte ich? Wer würde meinen Anteil erben, wenn Leo mich mit einer Girandole erschlagen und für immer im Safe verschwinden lassen würde – gesichert mit dem Kennwort »Stiefmutter«. Oder »Erbschleich«. Da würde niemand drauf kommen.

Leo zuckte mit den Schultern. »Butterblume?«

»Ja. Karl hatte überall nur dieses eine Kennwort. Was anderes konnte er sich nicht merken. Er hasste meine komplizierten Codes. Wo auch immer er einen fand, hat er ihn umbenannt in Butterblume.« Ich setzte mich auf die unterste Treppenstufe. Genau hier hatte ich Karl zum ersten Mal gesehen.

Leo blieb unschlüssig vor mir stehen. »Das war schon eine komische Sache mit euch beiden«, sagte er. »Das letzte Mal lebend gesehen habe ich meinen Vater auf der Beerdigung meiner Oma. Wir haben kaum vier Sätze miteinander gesprochen, er musste mir jedes Wort aus der Nase ziehen, wie immer.

Dann habe ich den Fehler gemacht, ihn zu fragen, wie es dir geht und du immer noch Dinge zählst. Ich hatte es eigentlich mehr ironisch gemeint, ich dachte, es bringt ihn in Verlegenheit. Aber kaum war dein Name gefallen, veränderte sich sein ganzer Gesichtsausdruck. Er sah plötzlich ganz glücklich aus, und er hörte gar nicht mehr auf, von dir zu reden. Er sagte, dass du gerade wieder einmal einen Studiengang mit Bestnoten beenden würdest und dass du dich freuen würdest, nach London umzuziehen, weil du so furchtbar gern in Museen gingest, und dass deine Versuche, Steaks zu braten, immer damit enden würden, dass die Küche brennt. Und, ja, du würdest immer noch zählen, aber nur, wenn du dächtest, er bemerke es nicht.«

»Einmal«, sagte ich und guckte an Leo vorbei. »Ein einziges Mal hat die Küche gebrannt.«

»Wie auch immer«, sagte Leo. »Ich gehe dann also mal runter und hebe den Schatz.«

»Warte«, sagte ich und reichte ihm »Nummer zweihundertdreiundvierzig«. »Ein bisschen müssen wir Onkel Thomas ja auch wieder in den Safe packen. Damit er was zu entdecken hat.«

Leo grinste. »Das ist aber fies.«

»Ja, nicht wahr?« Ich grinste zurück.

Während Leo in den Keller ging, schlenderte ich langsam durch das Erdgeschoss. Die wenigen Möbel waren mit weißen Tüchern behängt, wie man das manchmal in amerikanischen Spielfilmen sieht. Im Wohnzimmer stand noch der Flügel. Vorsichtig schlug ich das weiße Tuch zurück und öffnete die Klappe.

Vor meinem inneren Auge sah ich Karl am Flügel lehnen und erwartungsvoll auf mich hinunter schauen.

Ich spielte Chopins Fantasie Impromptu Op. 66. Und der

Flügel war zum Glück gestimmt. Ich war noch nicht ganz fertig, da kam Leo schon wieder aus dem Keller zurück. Er hatte ganz rosige Wangen.

»Es ist alles da«, sagte er und legte ein Diamantarmband auf den Flügel. »Und noch viel mehr – ich wusste gar nicht, dass meine Großmutter so viel Schmuck hatte. Da unten sieht es aus, als hätte jemand einen Juwelier überfallen. Kaum zu fassen, dass das ganze Zeug hier über ein Jahr allein im Haus war. Mein Vater hätte es in ein Bankschließfach bringen müssen, das war unverantwortlich. Nicht auszudenken, wenn Onkel Thomas das Kennwort erraten hätte! Butterblume ist ja nun auch nicht gerade weit hinten im Alphabet. Früher oder später hätte er es herausgefunden.«

»Hast du den Safe schon wieder geschlossen?«

Leo schüttelte den Kopf. »Noch nicht.«

»Vielleicht legen wir Onkel Thomas doch noch etwas anderes hinein – nicht nur den Hund«, sagte ich.

»Hast du etwa Mitleid mit diesem Betrüger? Ich nicht!«

»War auch eine Schnupftabaksdose dabei?«

»Oh ja«, sagte Leo. »Die ist vierzigtausend Euro wert.«

»Vierzigtausend Euro für eine Schnupftabaksdose? Ich dachte, wir könnten sie vielleicht Onkel Thomas überlassen – er war so scharf drauf.«

»Ja, weil sie vierzigtausend Euro wert ist«, sagte Leo. »Da geben wir ihm lieber ein paar von den hässlichen Schmuckstücken ab, die mein Großvater meiner Mutter in den Sechzigerjahren geschenkt hat.«

»Ja, und die Schnupftabaksdose«, sagte ich. »Bitte! Du kannst sie von meinem Erbe abziehen.«

Leo machte ein indigniertes Gesicht. »Na gut«, sagte er.

Ich ging sicherheitshalber mit hinunter in den Keller und überwachte mit eigenen Augen, wie er »Nummer zweihundertdreiundvierzig« – leb wohl, kleiner Freund – die Schnupftabaksdose und eine Schatulle voller Goldschmuck im Safe einschloss.

»Warte«, sagte ich, als er die schwere Stahltür zuklappen wollte. »Woher weiß ich, dass du nicht gleich wieder herkommst und die Sachen wieder rausnimmst, weil du sie deinem armen Onkel nicht gönnst?«

Leo seufzte. »Du bist ja wirklich ziemlich misstrauisch«, sagte er. »Aber wenn es dich beruhigt, kannst du das Kennwort ändern und es mir nicht verraten.«

Und so kam es, dass ich Onkel Thomas eine halbe Stunde später auf seinem Handy anrief und sagte, er solle den Safe bitte ohne mich öffnen. Ich besäße nicht die Stärke, noch einmal in das Haus zu gehen, in dem ich Karl zum ersten Mal getroffen hatte.

»Ja, ja«, sagte Onkel Thomas ungeduldig. »Und was ist das Kennwort?«

»Ich ben 'ne Räuber, leev Marieche, ben 'ne Räuber durch un durch«, sagte ich feierlich. »Allerdings ohne das letzte durch.«

»Was? Das hat doch mehr als elf Buchstaben«, rief Onkel Thomas.

»Du darfst nur die Anfangsbuchstaben nehmen«, sagte ich. »Und achte auf die Groß- und Kleinschreibung.«

»Warte!«, rief Onkel Thomas. »Wie war das? Das ist ein Karnevalslied, oder? Karneval waren unsere Eltern mit uns immer im Skiurlaub.«

»Aber das Lied müssen Sie doch wohl kennen! Es ist Ihnen wie auf den Leib geschrieben.«

Onkel Thomas schien kein bisschen zu kapieren, worauf ich da anspielte. Aber da hatte ich sowieso schon aufgelegt.

Leo lachte mit zurückgelegtem Kopf. »Ganz ehrlich, das

Gesicht möchte ich gern sehen, wenn Onkel Thomas den Safe öffnet und den Hund sieht!«

»Wir hätten eine Kamera im Safe installieren sollen«, sagte ich. »Aber dazu ist es jetzt zu spät. Es wird höchste Zeit, dass wir hier wegkommen, Onkel Thomas wird schneller hier sein als die Feuerwehr.«

Leo fuhr mich nach Hause. Das Klirren des vielen Schmucks war in jeder Kurve zu hören, und immer, wenn es klirrte, mussten Leo und ich grinsen. Einer plötzlichen Eingebung folgend bat ich Leo, mich nicht in den Hornissenweg zu fahren, sondern schon im Rosenkäferweg aussteigen zu lassen.

Leo nickte. »Ich habe dich übrigens neulich im Kino gesehen. Aber ich hatte Larissa dabei, also wollte ich dich nicht ansprechen und in Verlegenheit bringen.«

»Wie meinst du das?« Ich hätte diese Larissa nur zu gern mal gesehen. »Warum hätte ich verlegen sein sollen?«

Leo verzog den Mund zu einem schiefen Lächeln. »Okay, dann wollte ich eben nicht, dass du mich in Verlegenheit bringst. Du hast so eine Art, weißt du, ich nehme an, du machst das nicht mal mit Absicht … Außerdem warst du nicht allein. Du warst mit diesem Apotheker unterwegs. Larissa kannte ihn und wollte ihm auf gar keinen Fall begegnen, weil er mal mit ihrer Freundin Tina zusammen war und kurz vor der Hochzeit Schluss gemacht hat.«

»Nein, das ist ausgeschlossen, Justus ist …« Ich stockte.

»Glaub mir, Larissa kannte ihn ganz gut«, sagte Leo. »Sie sagt, der Typ habe so einen netten Eindruck gemacht, aber dann hat er ihre Freundin zwei Wochen vor der Hochzeit sitzen gelassen. Die war natürlich am Boden zerstört. Hat Jahre gedauert, bis sie drüber weg war. Das muss man sich mal vorstellen – die Einladungen sind längst verschickt, das Brautkleid gekauft, ein Saal gemietet, das Essen bestellt … – nicht gerade die feine Art, oder? Also sei vorsichtig mit dem.« Leo bremste vor »Pumps und Pomps«. »Aber ihr seid ja nur gute Freunde.«

»Genau«, sagte ich und versuchte mir nichts von meinem inneren Aufruhr anmerken zu lassen. Justus war mal hetero gewesen? Und nur zwei Wochen vor seiner Hochzeit hatte er gemerkt, dass er eigentlich schwul war? Gleich morgen früh würde ich eine Notfalltherapiesitzung bei Frau Karthaus-Kürten anberaumen.

»Tja«, sagte Leo. »Dann – viel Glück und so. Sicher läuft man sich mal wieder über den Weg. Immerhin wohnen wir ja in der gleichen Stadt.«

»Ja, ich wünsche dir auch viel Glück. Für alles.« Ich nahm meine klirrende Handtasche und stieg aus. Leo wollte es mir allein überlassen, ein Wertgutachten für die Sachen einzuholen. Vertrauen gegen Vertrauen, hatte er gesagt, wo wir beide zusammen doch die ganze blöde Erbauseinandersetzung so elegant zu Ende gebracht hätten.

Die Tasche war so schwer, dass ich Angst hatte, die Henkel könnten abreißen. Sicherheitshalber stützte ich sie von unten mit den Armen. »Übrigens, du kannst deiner Larissa sagen, dass sie bei PUMPS & POMPS zehn Prozent bekommt – Familienrabatt.« Eigentlich waren es zwanzig Prozent, aber Larissa gehörte ja auch nicht wirklich zur Familie. Ich wollte sie nur unbedingt mal kennen lernen.

»Oh. Das ist aber nett«, sagte Leo. »Da werden sich auch Helen und Corinne freuen – die beiden sind ganz scharf auf Schuhe.«

Ah. Ja, stimmt, die gab es ja auch noch.

Ich wartete, bis Leos Wagen um die nächste Ecke gefahren war, dann überquerte ich mit meiner zentnerschweren Handtasche die Straße und lief zur Apotheke.

Janina war gerade dabei, das Geschäft zu schließen.

»Da bist du ja wieder«, sagte sie. »Justus hast du leider verpasst. Er wollte noch in den Baumarkt. Irgendwas bastelt er wieder, da unten in seiner Werkstatt.«

Ich stellte meine Tasche auf einen Stuhl. »Sag mal, Janina, kanntest du eigentlich *Tina*?«

»Tina? Dieses Biest? Klar kannte ich die«, schnaubte Janina. »Ich konnte sie ehrlich gesagt nie leiden, aber für Justus war sie absolut fehlerfrei. Ich meine, wie verblendet kann ein Mann eigentlich sein? Auf jeder verdammten Party hat sie versucht, meinen Freund anzumachen. Und Justus' Bruder Jakob. Und überhaupt jeden Typ. Aber Justus hat immer gesagt, sie sei doch nur nett. Und ein bisschen flirten sei doch harmlos. Na ja, das hat er so lange gesagt, bis er sie dann mit seinem Bruder im Bett erwischt hat. In seinem eigenen Bett, wohlgemerkt. Er hat es auf dem Flohmarkt verkauft.«

»Sie hat mit Justus' Bruder geschlafen?« Kein Wunder, dass Justus schwul geworden war.

»Oh ja. Zwei Wochen vor der Hochzeit. Alles war schon bis aufs i-Tüpfelchen geplant. Tina hatte ein Modellkleid, das sechstausend Euro gekostet hat. Und Justus hat es bezahlt. Aber das Schlimmste war, dass sein Bruder nach dieser Geschichte wieder mit dem Trinken angefangen hat. Vorher war er ein Jahr trocken gewesen.«

»Armer Justus. Das ist ja schrecklich.«

»Ja.« Janina schob die Gitter vor dem Schaufenster zusammen, und ich half ihr, das Schloss zu befestigen. »Das kann man wohl sagen. Obwohl wir echt froh waren, als mit den beiden Schluss war. Ich meine – die haben sowieso nicht zusammengepasst. Und jetzt geht es ihm ja auch wieder gut. Obwohl diese blöde Schlampe ihm bis heute nicht den Verlobungsring wiedergegeben hat! Hat einfach gesagt, sie habe ihn verloren! Von wegen! Das Ding hat viertausend Ocken gekostet, das verliert man nicht mal einfach so. Platin mit einem superschönen Diamant. Justus musste ja ohnehin für die ganzen Kosten der geplatzten Hochzeit aufkommen. Und die falsche Schlange hat sich auch noch überall bemitleiden und es so aussehen lassen, als sei Justus das Arschloch.«

»Was für ein Biest. Was ist denn aus ihr geworden?«

»Oh, das Ganze ist jetzt beinahe zwei Jahre her – und mindestens ein Jahr davon hat sie Justus total gestalkt. Sie wollte ihn unbedingt zurückhaben, und ständig ist sie unangekündigt hier aufgetaucht und hat eine Szene gemacht. Aber seit ein paar Monaten scheint sie einen neuen Dummen gefunden zu haben. Einer Freundin von mir hat sie erzählt, es sei ein Banker aus Bonn und er wolle ihr ein Mercedes-Cabrio schenken, wenn sie sich dafür seinen Namen auf den Hintern tätowieren lassen würde. Ich glaub nicht ein einziges Wort davon, du etwa?«

Mich interessierte eigentlich etwas ganz anderes. »Und wann ist Justus dann … – ich meine, wann hat er gemerkt, dass er … äh, hat er lange gebraucht, bis er über Tina hinweggekommen ist?«

»Er hatte schon ziemlich lange daran zu knabbern«, sagte Janina. »War schwer für ihn, als kompletter Hornochse dazustehen. Er hat richtig das Urvertrauen in die Frauen verloren, würde ich sagen. Bis auf ein paar One-Night-Stands ist seitdem nichts mehr bei ihm gelaufen.« Janina seufzte, und ich hielt die Luft an.

»One-Night-Stands mit Frauen?«, platzte es dann aus mir heraus.

Janina sah mich erstaunt an. »Natürlich mit Frauen – womit denn sonst? Findest du das schlimm? Andere Männer gehen zu Nutten. Angeblich sogar fünfzig Prozent aller Männer, egal, ob liiert oder nicht. Glaubst du das? Ich nicht. Ich würde sogar mal sagen, von allen Männern, die ich kenne, gehen höchstens zwei zu Nutten. Carolin? Ist alles in Ordnung? Du guckst so komisch.«

»Weißt du, dass ich einen IQ von 158 habe?«

»Wirklich? Wow.«

»Und trotzdem bin ich die wohl dämlichste Kuh unter der Sonne«, sagte ich. »Und das nur wegen – Feuchtigkeitscreme! Und lila Nagellack! Und Schuhen!«

Janina schüttelte den Kopf. »Ich verstehe kein Wort. Kommst du mit raus? Ich muss nach Hause. Die Hochzeitsplanerin bringt heute die Tortenproben vorbei. Ich habe extra den ganzen Tag nichts gegessen.«

»Nein, ich warte hier auf Justus, wenn ich darf«, sagte ich.

»Natürlich darfst du. Ich finde das so schön, dass ihr beide euch gefunden habt«, sagte Janina. »Ihr tut einander richtig gut.« Sie gab mir einen Kuss auf die Wange, dann verschwand sie durch die Hintertür.

Ich setzte mich im Büro auf einen Stuhl, legte den Kopf auf den Schreibtisch und sagte in sieben verschiedenen Sprachen: »Was bin ich nur für ein Idiot.«

Dann kam der Apotheker nach Hause. Er pfiff fröhlich vor sich hin, sein Einkauf bestand offensichtlich aus einer kleinen Schachtel Schrauben. Als er mich sah, lächelte er.

»Da bist du ja wieder, kleine Kratzbürste – und unversehrt. War's schlimm?«

Ich schüttelte den Kopf.

»Aber du siehst aus, als hättest du geweint.« Besorgt krauste er seine sommersprossige Nase. »Willst du mal mit runter in die Werkstatt kommen? Ich hab da was, was ich dir zeigen muss. Vielleicht muntert es dich ein bisschen auf.«

Und so ging ich an diesem Tag zum zweiten Mal hinunter

in einen Keller. Und zum zweiten Mal fand ich dort einen Schatz.

Der Apotheker hatte mir einen Kamin gebaut. Aus Holz. Mit einem extrabreiten Kaminsims.

»Das ist der schönste Kamin, den ich jemals gesehen habe«, sagte ich und fing an zu heulen.

»Ist noch nicht ganz fertig«, sagte Justus. »Diese Leisten muss ich noch anschrauben. Und ich wollte das Ganze weiß streichen. Man kann so einen Glaseinsatz rein machen, für ein Gelfeuer, dann sieht es aus wie ein echter Kamin. Und hier ist Platz für die Urne. Ach, jetzt heul doch nicht. Das ist nichts Besonderes – es hat mir Spaß gemacht ...«

»Du bist wirklich mein aller-allerbester Freund auf der Welt«, schluchzte ich. Mein aller-allerbester, nicht-schwuler Freund.

»Ja, das bin ich«, sagte Justus zufrieden. Er legte den Arm um mich, und ich lehnte mich an ihn und heulte noch ein bisschen vor mich hin. Dabei fühlte ich mich so glücklich und so leicht, wie schon lange nicht mehr.

Ich wusste, Justus würde da sein, wenn ich eines Tages so weit war, mich wieder auf das Abenteuer mit der Liebe einzulassen. Und möglicherweise war dieser Tag gar nicht so weit weg.

Wenn es allerdings so weit war, durfte der Apotheker auf keinen Fall erfahren, dass ich ihn für schwul gehalten hatte. Das musste für immer und ewig ein Geheimnis bleiben.

# Danksagung

Dies ist eine stark gekürzte Version der ursprünglichen Danksagung, die hatte nämlich mehr Worte als der ganze Roman. Das Schreiben ist ein einsamer Job, und ich könnte ihn nicht machen, wenn nicht so viele Menschen mir den Rücken stärken, mir helfen und dafür sorgen würden, dass es auch in den düstersten Zeiten immer wieder Gründe gibt zu lachen und sich zu freuen. Oder wenigstens aufzustehen und sich die Zähne zu putzen.

Mein Dank gilt:

Eva Völler alias Charlotte Thomas für ihre Freundschaft, ihren Humor und ihre fantastischen Bücher, durch deren Lektüre allein ich immer merke, wie viel ich noch lernen kann. Für das Stück Eva, das in diesem Buch steckt, werde ich ewig dankbar sein.

Claudia Müller, der weltbesten Lektorin, die wie immer mit unerschütterlicher Ruhe dem mehrfach hinausgeschobenen Ende des Romans entgegengesehen hat, ohne mich zu hetzen. (Na ja, aber FAST ohne mich zu hetzen.)

Der zauberhaften Sonja Lechner, dem einzig existierenden Antidepressivum auf zwei Beinen, für ihre warmherzige Betreuung, wunderbare Anregungen (ich sag nur: Kennwort!) und die perfekte Organisation der Lesereisen. Ich freue mich schon sehr auf den Herbst.

Stefan Bauer, der sich die Grundidee für den herrlichen Trailer mal eben beim Mittagessen aus dem Ärmel geschüttelt hat.

Allen anderen Mitarbeitern von Lübbe, die an der Entstehung und Vermarktung meiner Bücher beteiligt sind – nirgendwo sonst gibt es so viele nette Menschen auf einen Haufen.

Meiner Agentin Petra Hermanns für ihre großartige Arbeit und den Mut, sich in den Kölner Karneval zu stürzen.

Meiner Schwester Heidi für das gründliche Studium der Todesanzeigen.

Meiner schönen Mama fürs Zuhören und Immer da sein.

Meinem Mann und meinem Sohn für ihre Geduld und ihre Liebe.

Dagmar für ihre motivierenden Worte und ihre Fähigkeit, einen die Dinge auch mal von einer anderen Warte aus betrachten zu lassen. (Ich: »Hilfe, ich bin erst auf Seite 140. Ich brauche ein Wunder!« Dagmar: »Seite 140 *ist* ein Wunder.«)

Biggi für einfach alles. Eine Freundin wie dich wünsche ich jeder Frau.

Der klügsten, humorvollsten und elegantesten Übersetzerin Europas, Urszula Pawlik, weil sie dafür sorgt, dass man meine Bücher auch in Polen lustig finden kann. Danke für die polnischen Sätze, die ich Carolin in den Mund legen durfte, und die unendlich vielen Lachtränen, die mir deine Mails immer bereiten.

Andrea Koßmann von Kossis Welt für ihre wunderbaren Buchempfehlungen, das lustigste Meet & Read aller Zeiten (gar nicht weit weg von Oer-Erkenschwick, meiner persönlichen Entdeckung des Jahres) und einen Glücksbringer, der wirklich Glück gebracht hat. Alles Liebe für »Männertaxi«.

Monika Kremer, meiner Lieblingsbuchhändlerin aus Haren, die mich nicht nur mit Motivationspäckchen, Lesestoff, Gute-Laune-Karten und -Mails versorgt hat, sondern auch zu Recht darauf hingewiesen hat, dass meine Protagonisten immer alle viel zu schön sind. Ich hatte fest vor, sie diesmal ein bisschen hässlich zu machen – aber es ging einfach nicht.

Der lieben Jennie (puh!) für Herzberg und Schokolade – die Schokolade war schnell weg, aber Herzberg höre ich immer noch.

Und ganz besonders gilt mein Dank allen Lesern und Leserinnen, die mich mit unzähligen, zum Teil anrührenden, manchmal sehr komischen Mails und Briefen aufgemuntert und zum Weiterschreiben angespornt haben. Manche haben mir auch selbstlos ihre ureigensten Erlebnisse zum Verbraten angeboten – wie zum Beispiel Silvia aus Tirol, die sehr anschaulich beschrieb, was passiert, wenn man versucht, vertrocknete Wimperntusche in der Mikrowelle wieder geschmeidig zu machen. Aber ich denke, Silvia wird irgendwann ein Buch schreiben, und dann können Sie da nachlesen, warum man alte Wimperntusche besser einfach wegwirft. Ich habe hoffentlich alle Mails beantwortet, auch solche, die ähm auf ihre ganz eigene Weise aufmunternd gewirkt haben: *Hallo! Ich muss am Montag ein Referat über Ihr Buch schreiben. Wie heißt die Hauptfigur und wie würden Sie sie charakterisieren? Worum geht es in dem Buch? Handelt es sich um einen Entwicklungsroman, und wenn ja, warum? Bitte beeilen Sie sich, es ist dringend.*

Ja, ich beeile mich ja schon. Ehrlich.

*Kerstin Gier*
*im April Mai Juni 2009*

*Was wäre, wenn Ihre Familie, Freunde und Bekannte wüssten, was Sie wirklich über sie denken …*

Kerstin Gier
FÜR JEDE LÖSUNG EIN PROBLEM
Roman
304 Seiten
ISBN 978-3-404-15614-6

Gerri schreibt Abschiedsbriefe an alle, die sie kennt, und sie geht nicht gerade zimperlich mit der Wahrheit um. Nur dummerweise klappt es dann nicht mit den Schlaftabletten und dem Wodka – und Gerris Leben wird von einem Tag auf den anderen so richtig spannend. Denn es ist so eine Sache, mit seinen Mitmenschen klarzukommen, wenn sie wissen, was man wirklich von ihnen hält!

Eine Lach-Therapie für alle Schwarzseher!

Bastei Lübbe Taschenbuch

*Eine Mutter ist gut.*
*Mehrere Mütter auf einmal sind die Hölle!*

Kerstin Gier
DIE MÜTTER-MAFIA
Roman
320 Seiten
ISBN 978-3-404-15296-4

Constanze ist Anfang dreißig, bildhübsch, chaotisch – und frisch geschieden. In der adretten Vorstadtsiedlung, in die sie mit ihren beiden nicht weniger chaotischen Kindern nun zieht, um ein neues, besseres Leben zu beginnen, scheint es hingegen nur Vorzeigefamilien zu geben, Bilderbuch-Ehen, Bilderbuch-Kinder und Bilderbuch-Mütter. Allerdings merkt Constanze bald, dass dieser Eindruck trügt – und schneller als ihr lieb ist, steckt sie mittendrin in einem turbulenten Verwirrspiel aus Konkurrenz, Intrigen und Seitensprüngen. Hier überlebt nur, wer Mitglied der streng geheimen Mütter-Mafia wird. Wenn Frauen zusammenhalten, können sie tatsächlich die Welt verändern – zumindest in einer kleinen Vorstadtsiedlung.

Bastei Lübbe Taschenbuch